藤澤清造短篇集

一夜／刈入れ時／母を殺す　他

藤澤清造
西村賢太編集・校訂

角川文庫
21666

目次

藤澤清造短篇集

本文校訂　西村賢太

一夜

その日も日が落ちると、一段と寒くなってきた。——昼間は、他の物音のために妨げられて、さほどでもなかった風の音が、ちょうど夜になるが最後、あの残忍酷薄な強盗でもあるように、やけにその猛威をたくましくしてきた。そして屋根を吹き、裏に立っている、一本の欅《けやき》の木の枝を叩きつけたうえに、今度は家の中へ忍びこもうとするもののように、劇《はげ》しく板戸を打っているのが、うるさく耳についてきた。で、それに聞きいっていると、私はまた、溜らなく不安な思いがしてきた。

まず第一に気になるのは、現在自分の煩っている病気のことだった。いうところの急性胃腸加答児《いちょうかたる》＊なるものは、こうまで劇しく痛むものだろうか。そして、腹部の痛むのは仕方ないとしても、背中までこうも痛むものだろうか。——まるで金棒でもって、思いきり打ちのめされでもした跡のようになるものだろうか。それが疑われてきた。

それに、もう二週間足らずにもなるが、不断に下痢と嘔吐とが催されるものだろうか。ひょっとするとこれは、みな医者の誤診の結果で、ほんとうは、他の病気なのではなかろうか。若《も》しそうだとすれば、今のうちにもっと名のある医者の手で診察してもらいたいと思うと、私のこころは一段と暗くなってきた。というのは、それをするには、先《ま》ずそれ相当の診察料を用意してかからねばならないからだ。

ところで、金という金は、もう十円と纏《まとま》ったものは、ちょっと手にすることの出来ない身分だけに、そこまで考えてくると、あとはもう深い谷をのぞくようなもので、それからさきは一歩も前へ進むことが出来なくなってきた。仕方がないから私は、凡《す》べてをなりゆきに任す気で、もうこのうえは何も考えまい。何も思うまいと思って、死んだもののようになっていた。ちょうどそこへ、白歯をむきたてて、人の身に噛みついてくる、隙洩《すきも》る風とひとつになって、吉田と西尾とが入ってきた。

まず西尾が、私の枕元へ腰をおろすと、

「どうだい。少しはいいかい。」といって、私へ言葉をかけてくれた。

「ありがとう。どうもいけないんだ。」

私はこういうより外はなかった。そして、私は、

「外は溜らないだろう。火鉢へ炭をついでくれたまえ。」といいながら、西尾とならんで腰をおろした吉田の方へ目をやると、ちょうどその時、もうし合せたように、私の方へ目をもってくる吉田のそれと、ぱったりそこででっくわした。すると吉田はあわてて目をふせたかと思うと、

「ちっとも知らなかったんだ。君が病気のことを。どうだい。少しはいいのかい。」

といって、彼もやさしく言葉をかけてくれた。

「ありがとう。どうもいけないんだ。微塵食慾のないのは、病いが病いだから仕方ないが、いや、かえってその方が、僕のような貧乏人にはもっけの幸だが、困るのは腹の痛むことなのだ。形容のしようのない位に痛むので、それには往生だよ。ひょっとすると僕は、今度は駄目なのじゃないかと思うよ。」

私はこういって挨拶したが、あとは溜らなく寂しくなってきた。私はほんとうに、今度こそこの病いゆえに、起つことが出来なくなるのではないかと思われた。

「そんなやつがあるもんか。大丈夫だよ。医者は何といってるんだよ。」

吉田は私の面上へ目をつけながら、こういうのだ。

「医者は思いきり、軽症なようなことをいってるのだ。ものの二週間もしたら、さっぱりするだろうといってくれてるのだ。がそれが大分怪しいんだ。何しろもういまの医者にみせてから、明後日で二週間になるんだが、それでいて、ちっともよかならないんだから。」といいながら、私は吉田の方をみてみたのだ。

いずれ物はそうたいした物ではなかろうが、吉田は拵えてから余り日のたたない紺地の背広をつけていた。それが、如何《いか》にも健康そうな彼の体に、ぴったりとついていた。それに目をつけていると、私にはしみじみと彼が羨ましくなってきた。その羨むこころが、幾分向きをかえて、自分の病気と、その病気を診察していてくれる医者とに立ちむかった時に、私はもう一図になって彼に、私がかねてから抱いている医者への疑いをはなして、もう一度他の名医に診察をこおうと思っている念を計ってみようかと思ったが、同時に、その時はやく、この時おそく、彼はもう二人の子供の父だということに気づいてきた。ために私は、いずれは金のかかる事柄を、それでなくてさえ雑用の多い彼に計ってみるなどということは、余りにエゴイステックなことのように思われたところから、それはつい言わずじまいにしてしまったが、しかし諦めかねたこころは、これは必ずしも吉田でなくともいい。若しかしたら西尾でも、診察料を免除してくれる名医を知ってはいないかとも思ったが、これも、二人が二人とも、性病以外には、病気らしい病気の経験をもっていないことを知っているだけに私は、聞いてみるだけ野暮だと思ったので、ついそれも計らずじまいにしてしまった。

　その私ではあるが、しかしその時の私は、ただ自分の寂しさが思われるにつけ、吉田の顔をみていると、ひとりでに、彼が妻帯の身のうえだということが、甚《ひど》くそねまれてきた。——妻帯者には独身者の知らない、幾多の苦労のあるものだということを知っていながらも、その時ばかりは、吉田の身のうえが嫉《ねた》まれてならなかった。

それから、私達の間には、私の病気治療法についてのことが取りかわされた。

「一体にそうだが、殊《こと》に君のは、体をひやしちゃいけないのだろうから、腹などへは、手近なところ、懐炉でもいれてるのだなあ。」

「それにしちゃ君の着てるものは、少し薄過ぎやしないか。そいじゃ寒くて溜らないだろう。君は毛布をもっていないのか。毛布を着てると、暖くていいのだがなあ。」

こういった風なことが、彼等の口から、かわるがわるいい出された。それに応じて私は、

「それは僕も知ってるんだ。また医者からもいい聞かされてるんだ。だが、厭というほどそれを知っていながらも、せずにいるというのは、みんな金のいることだからだ。」といって、意地にも私は、じろじろと彼等の顔をみてやった。すると彼等は、まるで舌をぬかれた者のようになってしまった。――彼等は、ただ目的ばかりを説くのに急で、少しもその手段におよぼうとしなかったのを、愧《は》じたのかどうか。それは無論私には分らなかった。がしかし、彼等は、それ限り、暫く黙っていたのだけは事実だ。

思うに彼等は、私がそういうと、もう彼等には、金のことは現にこの私が手にしていないばかりでなく、幾らその必要にかられるところから、心をくだいてそれを調達しようとしても、それをする方法なるものを持っていないことを、私同様に知っているところから、彼等はおのずと口を噤《つぐ》んでしまったのだろう。私はそのうちでも、毛布のことを耳にすると、あの毛布の感触が、おんなの肌のそれをおもわしめるもののあるのを思った時には、どうにかして、それだけでも手にしたくなった。しかし、それも畢竟《ひっきょう》するところ、いまの自分には、空中楼閣だと思うと、連想はおんなに見捨てられた時のかなしさでもって、私の疲れているこころを泣かしてきた。そこで私も、暫くの間黙っていた。がやがてまた、私達の間に、いろいろな話が取りかわされた。

話題は誰がはじめるともなく、芝居や絵画の評判にもなった。また盛《さかん》におんなのことになりもした。だがそのうちでも一等盛だったのは、各自の身のうえばなしだった。ところでその身のうえばなしなるものは、みんな愚痴と泣言とでかためたもので、世の物持ちが聞きでもしたら、嘸《さぞ》あさましがることだろうと思われるくらい、それはけちで惨めで、目もあてられない種のものばかりだった。

「所詮、金がなければだめだ。」

「先立つものは金だ。何をするたって、金がなければ手がつけられない。」

「これからは少し、金を儲けてかかるんだなあ。この頃新聞をみていて、一番興味のあるのは、泥棒と人殺しの記事だというようになっちゃっちゃ、人間もおしまいだ。」

こんな台詞が、絶えず私達の口から繰りかえされた。だから芝居のはなしをするといえば、問題はすぐと場代の高過ぎる非難になるのだ。それから、役者のうまい拙いの評判が、すぐと給金高の詮索にかわって、それがやがて、攻撃の的になるといった風なのだ。また絵のはなしが出たかと思うと、それがすぐと画料の噂にてんじて、終いには各画家の財産調べがはじまるといった風に、いわば乞食の立ちばなしも同様で、金を離れては、片言隻句も口を利くことが出来ないといったような話ばかりだった。

それと問題になったのは、この頃花魁《おいらん》に苦労をしているのだという、西尾のことだった。

西尾は、その花魁と一緒になれなければ、生きてはいないというのだ。で、私達が、それほどまでに思いこんでいるなら、一日もはやく一緒になったら好いじゃないかというと、西尾は、一緒になるには、おんなを引かさなければならない、引かせるには金がいる。ところで、金といったらおんなの代はおろか、この頃では、逢いにいくのにいる金さえも出来ないので、毎日気を腐らしているのだといって、声までおとしてしまうのだ。それには私達も、慰める言葉もみつからなかったので、弱ってしまった。

ことに私は、それよりちょっと前に、彼等から私の病気治療法について説かれた言葉に対して加えてやった復讐を、今度はみごと西尾の手によって、報いられたも同様の形だったので、私はかえりみて、衷心大《ちゅうしんおお》いに忸怩《じくじ》たらざるを得なかった。

それはそうと、終いには私達の間に、自由廃業*のはなしが出たり、心中論に花が咲いたりした。けれども西尾だけは、そんなことにはなんらの興味ももてなかったと見えて、彼は浮かぬ顔つきをして黙っていた。

私の知っている限り、西尾は以前から心中嫌いの一人だった。そして、正直で臆病な彼は、すこしでも自分の体へ、暗い影をつけるのが大嫌いだった。そんなことは、考えただけでも、空恐ろしくなって、彼にはとても出来ない相談だった。それに西尾は、買えば買えるものなのだから、何も盗んでまで手に入れるにはおよばない。ことに、晴れて夫婦になろうという身に、後暗いことなどは、微塵もしたくないという考えでいるらしいのだから、彼には、自由廃業のはなしなどは一顧にも価しなかったのだろう。ただおかしかったのは、西尾が私達のはなし中に、出しぬけに吐息をして、「金が欲しいなあ。金の二百両もあれば、僕達は一緒になれるのだがなあ。」といって、ちょっと間をおいてから、「だってよく世間のやつらは、『金で済むことなら。』というじゃないか。」といった時だった。その時ばかりは、私達もおかしくなってつい笑ってしまった。可愛《かわい》そうだと思っているだけに、取りように依っては、おどけてさえ聞えるその言葉が、――「金で済むことなら。」というその言葉が、身を割くように響いたので、私達はいじらしさの余りについ笑ってしまったのだ。そして、またその言葉が、どんなに私達の貧乏くささを思わせて、寂しい気持ちにしたか知れなかった。少くとも私は、ことがらには幾分の相違があっても、私は私の病軀《びょうく》を思いみて、また彼のために泣かされた。

そうだ。それからも一つこういう話があった。それは昨夜私達の口にしたものの中では、――乞食の立ちばなしのような話ばかりの中では、少し金離れのし過ぎたような話だった。

なんでもそれは、暫く旅を廻ってきた吉田が、埼玉とかで見たのだといってはなした、人殺しの一件だった。だが、その代りにその話は、如何にも血腥く、紅《くれない》でかためたようなはなしだった。

彼等が帰っていったのは、かれこれもう十二時に近かった。

「電車があってくれればいいが。」

二人が二人とも、はなし疲れて頭が重くなっているうえに、ともすれば猛獣の吠えるような音をたてて、吹きながれている寒い風の中を帰っていかなければならないのだから、余計と途中のことが気になったのだろう。おかしいほど彼等はそのことばかりを口にしながら、そそくさとあわ食って帰っていった。

そのあとに私はただ一人取りのこされて、夜の明けるまで起きていた。その間の寂しさ、切なさといったらなかった。

彼等もそうだっただろうが、それからの私の体は、まるで打ちしかれた綿のようになっていた。そして、これは滅多見舞ってくれる者もないので、床についてからこっち、ちょうど魚のようになっていた者が、たまに夜遅くまでしゃべっていた所為《せい》ばかりではないようだった。これはきっと、私が人一倍亢奮《こうふん》して、無闇と胸をおどらしていたことが、一等いけなかったのだろう。その天罰は覿面《てきめん》で、私はいくら眠ろう眠ろうとしても、なかなか容易に寝つかれないのだ。そして、頭の中へは、やけに不安な思いが、黒雲のように重なりあって湧いてくるのだ。その中に、西尾の口にしていった言葉が思いだされたりした。

「君みたいに、しょっちゅう煩ってばかりいちゃ、しようがないなあ。」といった、同情と嘲笑とを一緒くたにしたような言葉が、何かしらしきりと気になってきた。しまいには、それが少しでも同情した言葉のように取っていたのはこっちの誤りで、ほんとうはそれは、嘲笑どころか命をこめていった呪いの言葉に違いないように思われもした。

また、その思惑がしだいに嵩《こう》じてきて、なんだか自分のことが、――それでなくてさえ、貧しさゆえに絶えずこころを冷しがちに生きている身が、またまた病いゆえに責苛《せめさいな》まれて、夜もすがら泣きあかさなければならない哀れさを思うと、なんのことはない。この私というものは、不意に突きつけられた大身の槍先を、しっかと握って突ったっている、風呂場の長兵衛*をみるような気持ちになってきた。と同時に、其処《そこ》へそれが、なんの機縁があったら思いだされてきたのか知れないが、いましがた吉田のはなしていった、埼玉の殺人事件が浮んできて、私の頭の中を血でもって真赤にしてしまった。

吉田のはなしに依ると、何がもとで、一家みな殺しになんぞされたのか、それはちっとも分らないのだそうだ。殺されたのは、吉田の泊っていた家の家族のもので、その一家族親子五人のものが、一夜のうちに何者かの手にかかって、みな殺しにされたのだそうだ。

それに災難なのは、その宿に吉田達のように宿泊していた一人の客だ。その客は、ちょうどその時便所へおりていったのが因縁で、おなじ刃《やいば》にかかって斬殺されたのだそうだが、私も私だ、私はその時、そんな耳にするも残忍な所業を敢てしたいわれを、これかあれかと思って、いろいろ想像してみたものだ。そして、揚句のはてに、その犯人を、その宿の番頭に仕立てたものだ。

つまりこうなのだ。――先ず番頭を、そこのおかみと喰っつけておいて、その現場を、人もあろうにそこの亭主をして見せつけさせたうえで、その亭主が番頭を半殺しにして、表へ突きだす場面を拵えたものなのだ。すると、今度は期せずして、濡れ場と殺し場とは、背中合せになっているもので、一方濡れ場が切れて舞台がまわるが最後、きっとそこが殺し場だということが、まるで絵にでも書いたように、はっきりと私の目についてきたので、私はただ一図に空恐ろしくて堪《たま》らなくなった。

その時ふと寝返りをうつと、煩っている下っ腹が、それこそ槍でも突きたてられたように、また痛みだしてきた。そこで、はっとして、その癖赤子に添寝している母親のようにして、また仰向けになったけれども駄目だった。一旦床板までも通したように突ったった槍は、今度は錐に早変りして、それをきっかけに、ぐるぐると左右へ廻りだした。火に包まれたようになった全身からは、熱湯のような汗が滲みでてきた。そのうちに気が遠くなってしまった。そして、ようやく自分に返ったのは、それからものの三四時間もまだもしてからだった。

その時は、患部は痛みはずっと鎮《しず》まっていたものの、でもまだ、槍の穂先でもなかに折れのこっているように、ちょっと足を曲げようとしても、直ぐそれが響いて、また突っささってくるように痛みだすのだ。そして、今度は、肩先がぞくぞくと冷えるのが苦になってきた。全身は全身で、つかっていた水の中からでも這いあがってきたようになっていて、いまにも腐って、潰れていきそうなのだ。

それにまた汗のあとが、ちょうど藻でも搦みついているように、頻《しき》りとむずがゆくてならないのだ。胸のあたりをそっと触ってみると、まるで流れている膿《のう》のなかへ手を浸しているような感じがするのだ。そこで、しょうことなしに、両手を揃えて、患部のところへ浮かすようにして乗せて凝《じっ》としていると、自分の口からはく激しい吐息の音が、異様に耳についてくるのだ。ところへ、頭のうえについている電灯が、すっと消えてしまった。その感じがまた、如何にもよく人の臨終に似ていたので、私のこころのうちまで、暗くなってしまった。

ところへまた、宿のおかみが起きたとみえて、台所の障子をあける音がしたと思うと、追駆けて、戸足の悪くなっている水口をあける音と、そこの明りとりをあける音とが聞えてきた。が間もなくまたそこへ、やけにがらがらと、抜けるような音をたてでやってきた牛乳配達の車が、ぴたりと表でとまったかと思うと、すぐにまたそれが一散に駈けていってしまった。と今度はそれと入違いに、豆腐屋の喇叭《ラッパ》が、遠くから流れてきた。そこへまた、近所の寺でつく鐘の音が、ながく余韻をひいて聞えてきた。その時気がついてみると、足のうえの方の窓障子の真中のところが、その前にたてである板戸の隙間から忍びこんでくる光をうけて、そこだけほそく、心持ち青白くなっていた。それがまた、無闇と私の気持ちを慌しくしてきた。

第一には、夜が明けはなれたら、迚《とて》も私自身ではいけそうにもないから、宿のものに頼んで、医者を呼んできて貰おうということを考えた。すると、医者がはたして来てくれるかどうかということが気になってきた。同時に、きて貰うには往診料がいるということに気がついたので、それが苦になって堪らなかった。けれども、いるものは仕方がない。その時になったら、持ちあわせの中から払ってやるまでだと思って、腹をきめてかかった。

すると今度は、医者がきてみてくれたうえで、何というだろうか。それが気になってきた。――もし昨夜のことがひどく障って、それでなくてさえ余り経過のよくない症状を、更に不良ならしめるようなことがあったらどうしたものだろう。それが元で、いよいよ死の手につかなければならなくなったら、その時はどうしたものだろうと思うと、ひとりでに目が塞がってしまった。そして、まるで心臓へ青い焔をはいているって、焼鏝《やきごて》でも当てられたような気持ちになってきた。と同時に嵐に吹捲《ふきま》くられたようになって、ただ金のことばかりが考えられた。――それまでにも幾度か、苦心惨澹、血みどろになって思いをめぐらしてはみたものの、金のことはいまのところ絶望だと知ったので、もうこの上に木によって魚をもとむるにも等しいことは再びしまいと、かなしいながらに思いあきらめていたことではあるが、しかしまた、新に自分のいのちへ鑢《やすり》をかけられるような苦痛をおぼえると、既往のことは一切忘れはてて、ちょうど恋人を待つような気持ちでもってひたすらに金のことばかりが考えられてきた。

「そうだ。金があるなら、すぐに入院して、出来るだけの治療をしてみるのだ。そしたら助からないこともあるまい。」とこう思うと金のことが、垣根をひとえ隔てて、顔をむきあわしている恋人を、自分の手元ちかくへ引きよせようとする時のような焦燥さでもって、金が欲しくて堪らなくなってきた。

で、こころまでが金のために火のようになってくると、思いつくしてみたことではあるが、もしや自分の知っている人達のうちで、この自分に金を恵んでくれる者はないかと思って、それからそれと、こころを一つに集めて、自分の知っているだけの名前を繰ってみた。けれども、金を貸してくれそうな者は、やはりただの一人もいなかった。もっとも、残らず事情をうちあけて泣きついたなら、多少の心配はしてくれないこともなかろうと思われるところはないではないが、しかしそんなところへは、もう今までに再三厄介をかけ通しているから、何がなんでも、このうえ頼んでいけた義理はない。そして、兄弟はあっても、意気のあわないところから、その後絶縁していて、その居所さえも分らなくなっているから、今更どうすることも出来ない。といって、このまま打捨《うっちゃ》っておいては、ほしいままに病苦と貧苦との苛責《かしゃく》をうけて、死んでいくより外はない。所詮は金ゆえに、なおる病いもなおされずに、空しくなっていかなければならないのかと思うと、わが身ばかりか、この世の凡《すべ》てが呪われてきた。果ては、どうで悲しみに悲しみを加え、苦しみに苦しみを重ねて死につかなければならないものなら、いっそのこと、われとわが手で、ひと思いに自分の命を絶ってしまおうかとも思った。そして、自殺の方法を、例えば、匕首《あいくち》や、拳銃や、毒薬などのことをこころに画いてみた。

ちょうどその時だった。それまで閉じていた目を、かすかにだが何気なくあけてみると、しだいしだいに明けはなれてきた夜が、自然に私の部屋のなかをも薄明くしていた。その刹那《せつな》に自分のこころはまた、一切それらのものを、――毒薬や、拳銃や、匕首などを、たとえば身に降りかかった塵埃《じんあい》ででもあるように強く振りはらって、なおも生きよう生きようとしてきた。その結果は、またも溺死からのがれて、岸へ泳ぎついた者が、さらに陸上へ這いあがろうとするも同様に、生きるためには、差当り何をおいても、現在煩っている病をなおさなければならぬ。それには何をおいても、金を拵えねばならぬと思うと、百千度絶望に絶望をかさね、断念に断念をつくしたことではあるが、もう一度満身の勇を鼓して、私は自分のこころにある引っかかりを残らず繰ってみたのだ。

よしそれが、現金で駄目なら、品物でもいい、ことという当てがありさえすれば借りることにしようと思って、こころの隅から隅までかきたて、ほじくり返すようにして考えてみたのだ。まず、井上、戸田、中島といった風に、五六の人達を数えてみたのだが、しかしこのうちでは誰一人あって、頼みになってくれる者とてはないのだ。だが、これではいけないと思うこころに励まされて、なおも林、渡辺、田中と数えてくると、ふとそこへ、その後はついぞ思いだしたこともなかった、佐久間のことが浮んできた。何が原因だったのか知らないが、もう五六年も前に轢死《れきし》してのけた佐久間のことが思いだされてきた。すると、幾らか晴れかかっていた私の気持ちが、みごとそのために打ちけされてしまって、まるで墨のようになってしまった。

ウィスキーの味

つとそこの戸をおしあけて、△貞次はなかへはいっていった。と、そこにいた女給が、

「いらっしゃいまし。」といって、かれを迎えてくれた。

ことわるまでもなく、そこはカフェー*なのである。——ところは、須田町《すだちょう》*にある、とあるカフェーなのである。

なかへはいって△みると、一つは時間のせいもあろう。**ちょっとは**、△腰をおろす椅子もみつからないまでに、客でもって一杯だった。それでも貞次はようようのことで、左手のなかほどになるあたりに明いている椅子を一つみつけた。本当をいうとそれは、そこにいた女給が、

「どうぞこちらへ。」といって詞《ことば》をかけてくれたから、その声について行って、それをみつけたのだった。

　それから、かれは、

「おあつらえは。」という女給の詞のうえへ、ウィスキーとビフテキとを乗せてやった。間もなく、黄金をとかしたように見えるウィスキーが、かれの前にはこばれてき

△藤澤清造自筆原稿による　解説参照

た。かれはそれを、餓えたる者が食でもえたようにして、すぐとかれの口へ持って行った。だが、その飲みッぷりは、まるで鴆毒《ちんどく》*でもくわえられているものでも口にする時のようにいともつつましやかにそれを一口口にした。口にすると今度は、その液体が、一刹那のあいだ、こころよい刺戟をそこへ与えて、次第に腹のなかへながれおちて行くのとは反対に、かれは目をあげて四辺をみてみた。

とそこには、――貞次の目のまえには、明治大学の制帽をかむった男が二人、だまって紅茶をのんでいた。その二人の、肩と肩とのあいだからは、これが秋なら、秋も晩秋なら、朝な朝な食膳にのぼるあの茄子漬のいろを思わせるような地色へ、ほどよく芽生えした柳の枝をあしらった羽織の背中がみられた。ことにかれには、その柳の枝のところどころにくッつけられてある、緑青《ろくしょう》のようないろをした葉っぱのいろにこころをひかれた。だからかれは、その時にはまたその羽織のぬしの容貌をこころのうちで描いてみたりした。がしかし、それはかの女の鬢《びん》のかげからみえる鼻がひくくて、口のおおきなうえに、分厚な眼鏡をかけた男の顔にさまたげられて、なかなか思うようには描かれなかった。しかしかれは、その時なにか知ら、かるい嫉妬をおぼえたので、しずかに目をひいて、またウィスキーを一口口にした。

それから、今度は目をてんじて、かれの左手になる次の卓子《テーブル》のほうをみてみた。

そこには、オーバーをつけている者はそのオーバーも背広を着ている者はその背広もみな時間のために、変色しているもので身をかためた、三人の男が、無駄話をしながら酒をのんでいた。貞次は、この連中も自分とおなじように、安月給取りなのだろうと思ったら、かれのこころは、トンネルのなかへ追いこまれでもしたようになりかかってきた。

だからかれはまた、ここで一口ウィスキーを口にした。と今度は右の耳のほうで、ナイフの柄でもって、卓子のうえを叩く音がしたから、期せずしてかれは、またかれの目をそのほうへ持って行った。とたんに、

「おい、おかわりだ。」といって、そこの卓子にいた一人の男が、まるで死人の腕でもあるようにみえる、真白な銚子をいっぽん持ちあげて呶鳴《どな》っていた。

みたところ、この男は二人づれらしい。相手というのは貞次のほうへオーバーの背中をみせている、老境の男がそれらしかった。なぜといえばかれらはおなじ卓子についている二人の客とは、年齢もちがっておれば、また身のこしらえもことなっていたからだ。それればかりではない。いってみると、一方の若い組は二人が二人とも、あまりもののよくないうえに、もう好加減《いいかげん》くたびれているオーバーに身をつつんでいるのに反して一方の老いたる組は、みなうえにつけているものは、どう悪意でもって踏ん

でみても、去年の秋口に新調したらしい駱駝《らくだ》だった。それに、黒と茶との相違こそあれ、帽子もソフトの上物らしかった。

　とそこへ、

「それからどうした。君は泊ってきたのか。」というのが貞次の耳へついてきた。

――これは、いまのさっき、銚子を持ちあげてみせた男なのである。

「ああ、わしは泊った。だがすっかり莫迦《ばか》をみてきたよ。『宝の山にいりながら。』というやつだった。」

　これは、貞次のほうへ、オーバーの背中をみせている男なのである。

「どうしたのだ。君はああいう孫ででもあるような、若いのをあてがって貰ってさ。なんともしなかったのか。」

　今度は和服のほうなのである。つまりこれは、銚子を持ちあげた男のばんなのである――かれらは、いままでしていた話のつづきをしているらしかった。

　ちょうどそこへ、貞次のところへ、――通しておいたビフテキを持って女給がやってきた。

「どうも、お待ちどうさま。」といって、それをかれのまえにおくのをしおに、かれは、「かわりをくんないか。」といって、ウィスキーのコップを手にとってみせた。それをかれは、少しばかりだが、余計に思いきって、口にしてみた。なかへはいった液体は、まだ一刹那のあいだ、すこし量がおおかっただけに、それは熱灰を口にした時のような刺戟を与えてきた。だからかれはその刺戟にかられたようにして、今度はビフテキにナイフをいれるがはやいか、その一片を口にした。そのあいだに女給が、ウィスキーをそこにあるコップのなかへ注いで行ってくれた。がこれよりさきかれの耳へは、隣りの卓子でおこなわれている話声が、水のようになってはいってきていた――

「いや、わしは、そりゃあせったさ。だが駄目なんだ。あせればあせるほど駄目なんだ。なんのことはない。膝までもはいってしまおうというほどある、雪のなかを逃げて行く、泥棒をおっかけまわしてるのも同然さ。――もうわしのように、こう年齢をとっちゃかなわん。かけた金は惜しくはないが、わしはもう、色事もできなくなったかと思うと、泣きたくなるよ。」といったかと思うと、一方は、思いあきらめていた落しものを手にした時のように笑い声をたてたが、すぐ、

「あの晩は、すこし酒がすぎたからさ。年齢ばかりじゃないよ。」などといっているのがかれの耳へはいってきた。

それから、また、和服のほうが、詞をついで、

「どうだ。今夜もう一度行ってみては。」というと、一方のほうは、

「いやもう止そう。金をだして、口惜しなみだを飲みに行くにもあたるまい。」とこたえているのが、耳へついてきた。そこへ女給が、かれらのためには、仇敵だという銚子を、——おんなを買いに行くのには、まさにかれらに取っては、仇敵だという銚子を持ってきておいて行った。

貞次はその話を聞くと、哀れにも思ったが、同時にうらやましくもなってきた。ことに、一際《ひときわ》その感じをつよめてきたというものは、かれのほうへ、背中をみせている男の声だった。——それは、いかにもよく、かれの勤めている銀行の支配人のそれにそっくりだったからだ。

それと気がつくと貞次は、もう一度はっきりと、その男の顔をみてやりたくなった。——かれは、ここへはいってきて、今かけている椅子のそばへくるまでに、無意識にではあったが、ちらりとその男の顔はみて知っていた。それは、目が細いのとは反対に、おそろしいまでに鼻がたかかった。しかもその鼻のさきはまがっていた。だから、取りようによっては、この鼻のたかいのが、なおと目を細くみせているのかも知れないと思われるほど、それはたかくて大きな鼻だった。

それに、その男の顔は一面に酒焼けがしていた。体だってそうだった。体は豚のように、酒肥りに肥っていた。だから、その顔や形をみていると、そこには、残忍なといいたいまでに執拗な性慾が、寝穢《いぎたな》くうたたねでもしているのをみているような感じがあった。その感じがまた、貞次には、かれの勤めている支配人のことを思わしめてくるようすがになってきた。

これは、貞次が同僚などから聞きしったのだが、その支配人というのは、現在では本妻のほかに、妾を二人も持っているのだということだった。また、その妾は、二人が二人とも、三十前後の者ばかりで、その支配人とは、親子ほども、年恰好に相違があるということだった。それに、この妾をかこっておくようになったのは、それはいまから五六年あとからだということだった。

だからこれは、きっとその点からきているのだろう。曾《かつ》てその支配人の甥なる者が、ろくろくかれの通っていた学校へも通わずに、遊蕩三昧に身を持ちくずしているのが分るとかれは自分の手許へ、その甥をよんで、こんこんと強意見《こわいけん》をしたのはいいが、しかしその時、

「人間はいくら道楽してもいい。——いくら女狂いをしてもいい。だがしかし、それはそうしてもいい年齢なり、地位なりができてからでなければいけない。でなければ、虫のついた苗木のように、みすみす花もさかせず、実もむすばずに、枯死するもどうようだ。」というような意味のことをいったそうだ。その結果だかどうだか知らない

が、このことがあってから間もなく、その甥は相手の芸妓といっしょに死んでしまったそうだ。

　貞次がこの話を耳にすると、かれはいきなり、自分の〇〇《ママ》を切断されでもしたようなかなしさを覚えた。

　なるほど、その支配人のいうところは、一応は道理である。同時にそれはまた、一を知って、二を知らざる者の口にすればする道理である。なぜといえば、人間はみな、生殖するために生れてきた者であり、生きている者だからである。それは、何を目的として行われているものか分らないが、しかし、この生殖をするためにということは、ちょうど生殖した者が、生殖された者を、保護し養育して行かなければならないのもどうように、これくらい確な事実はないからである。

　つまり、人間にあって、生殖は本能的なものである。してみると、その生殖をはたすために必要な性慾もまた本能的であれば、したがって盲目的にできているものなのである。

　その盲目的なものを、理性というのが、この世に二人以上の人間が存在する時からしてはじまった社会だとか、その社会の風教を維持して行くのに必要な克己《こっき》自制などというつめたい理屈でもって、これを左右しろというのは、飽くまでいうほうが無理なのである。もしこれを疑ぐるならそのあかしは、いま自分のよこに腰をかけている老人について聞いてみるがいい。なるほど理論上、相当の年輩になり、相当の名声や地位をかちえてから、自分の持っている性慾をみたすのは、その手続きとしては最も当をえたものかも知れない。だが、知らなければならないのは、時とするとそれは、ただ単なる手続きはすなわちただ単なる手段としてのみ有効であって、畢竟ず《ママ》るところ、今度はそのために、真の目的をうしなうことになる虞《おそれ》がないでもないからである。

要するにこれは、おなじ人間に生れながらも、そこには微塵このうつくしいもまたさかんな性慾をみたすのになくてはならぬ、物質上の余裕を持っていない人間のみが、とればとるべき道なのである。——こうした、生れながらにして貧しい人間のみが、血のなみだを飲みながら、とればとるべき道なのである。と、その時思ったかなしさ痛ましさが、——その支配人が、かれの甥にくわえてのけたという強意見なるものを耳にした時に覚えたかなしさ痛ましさが、この時またも貞次のこころへよみがえってきた。

よみがえってくると、これもおなじようにかれは、それに対しておこってくる恨みや憤《いきどお》りを、またもその場で、当の相手へむかって、叩きつけてやりたくなってきた。が生憎くと、それはこの場合ではとてもできない相談だったと気がつくと、今度はまた、その声音といい、体恰好といい似たとはおろか、寸分たがわずその支配人にそっくりなところからして、ついそういうおろかしいことまで思いださせてきた、そこに居る男の頭上へむかって、かれは、いやというほどその恨みつらみを叩きつけてやりたくなってきた。

だがしかし、それも実際では、とてもできない相談だって、仕方のないところからかれは、焼けになって、そこにあるウィスキーを取りあげるがはやいか、それを口のなかへ打《ぶ》ちまけてしまった。それから、われながら頓狂に思われるほどの大きな声をあげて

「おい、おかわりだ。」といって、呶鳴りつけた。

とその声におどかされた客達は、みないっせいにかれのほうへ目を持ってきた。それがこの場合、なおとかれのこころを火のようにしてきた。

それからかれは、女給がそこへ持ってきて注いでいるウィスキーのいろをみながら、態《わざ》とこころのうちで、いましがたかれの横に、オーバーの背中をみせている男がぼやいていたことに対して、思いきりはげしい嘲笑の声をあげてやった。同時に、なみなみと注がれたウィスキーのコップを取りあげて、またもそのなかばを口のなかへ打ちまけてしまった。——かれにはかれの口のなかが、裂けてしまわないのが、不思議に

思われもした。

　が相次《あいつい》で、きっといまごろは、同僚の村本が、馴染みの待合いへいって、馴染みのおんなに逢っていることだろうと、そんなつかぬことまでがふとこの時考えられてきた。というのは、村本がいましがた勤めさきを出てくる時に、嘘をいって国元から取りよせた金が届いたから、今日はこれから、なつかしいおんなに逢ってくるのだといっていたそれが、かれの頭にこびりついていたからだ。いや、もっとこれをはっきりといえば、かれは今日の帰りにこの同僚が口にしたところをきっと実行するだろうと思いみると、取りよせたくも、もう取りよせさせてはくれそうにもなくなっている自分と、自分の国元との関係などが考えられたところから、まるで魂をぬかれでもした者のようになって、電車にものらず、とぼとぼと石町《こくちょう》＊から須田町まであるいてきた揚句に、何気なくとびこんだのがここなのだと思うと、かれの瞼までが熱くなってきた。

　とそこへまた、貞次に背中をみせている男と、そのつれの男とがしている話が聞えてきた。

「あたしは今年の春は、すこしは乗りふるしたのでもいいから、自働車を一台買いたいと思ってるんだ。」

「それはいい思いつきだ。買うたら、わしにも仲間入りをさせて貰いたいものだなあ。

わしも、税金くらいは持つよ。」

「何か、君は税金だけだしてあとはただ乗りか。」

「まあそうさ。何も人助けだ。そうさせてくれるのだなあ。——平生人を、むやみと口車にばかり乗せている罰もあるからなあ。」

「それは、こっちでいうこった。常談いっちゃいけない。」

どうやら話は、方向転換して、今度は自働車のことになったらしい。

「常談じゃない。本気だ。今年はそれに乗って、花見に行こうか。飛鳥山《あすかやま》＊へでも。」

「とおっしゃるのこそそれは常談で、本当は、そんな自働車なんぞよりは、若くて綺麗な子に乗ッかりたいと、こういうのだろう。それがどうも動かぬところらしい。」

貞次は、自働車だとか、花見だとか、もしくは、若くて綺麗な子だとかいうような詞を耳にしていると、溜らなくさびしくなってきた。ひょっとすると、この二人は、いま自分がこころのうちでした嘲笑をそれと覚ったところから、敢えてこういった話題をはじめて、それによってこの自分へ、復讐をしようとしているのではなかろうかと、そんなこともかんじられてきた。

月々、七十五円しか貰っていないおれには、春のたよりも、それはちょうど秋の知らせのように思われてならなかった。かれは一層のこと、もう一度去年の秋口にあったような、大地震*がやってきてくれればいいとも思った。

刈入れ時

午後の二時頃だった。庄吉が政次郎をたずねていったのは。——ところは、京橋の新栄町《しんえいちょう》にある、太田という活版印刷所だった。政次郎は、そこの文選＊職工をしているのである。庄吉が、神田は裏神保町《うらじんぼうちょう》の、栄進社という活版印刷所の植字＊をしているように、政次郎はそこの文選をしているのである。

で、庄吉が、そこの受附へいって、政次郎に面会方をもうしこんで、ちょっとの間待っていると、もうそこへ当の相手たる政次郎がでてきた。——政次郎は、ものは縮みでできた半袖のシャツを着て、腰には、天竺木綿《てんじくもめん》の大幅をまきつけた拵えでもって、そこへ顔をだしてきた。とそれは難題であるばかりか、しかもそれは、なかば以上嘘からできたものを持ってきているだけ庄吉には、一種妙なかんじがした。——そうだ。それはちょうど、あの熊狩りにきている猟人が、自分のさがしもとめている、熊の姿を目にした時のような感じだった。つまり、そこにはうれしさとともに恐れがあった。だから庄吉は、一刻もはやく相手を射とめて、うれしさばかりに浸りたいと思った。浸らなければ措《お》くものかと思った。

その庄吉のことにしてみると、かれは、政次郎がかれと顔をあわすがはやいか、「おい。どうした。——今日は休みか。」といったのに冠せて、

「ああ、おいら二三日、とんだどんたく*の仕続けよ」といったかと思うと、すぐと後をつづけて、「実は今日、お前のとこへやってきたッてのは、ちっとばかり頼みてい筋があってやってきたんだ。——どうだろう。一つ面倒みてやってくんないか。」といって切りだした。切りだしておいて、相手のほうにずっと目をつけていった。

「なんでい。頼みッてのは。」

「頼みッてのは、金のことなんだ。」というと庄吉は、少しばかり調子をおろして、「すまないが兄哥《あにい》、ちょっとこっちへ顔を貸してくんないか。」と、いうより早く自分から先にたって、外のほうへでてきた。というのは外ではない。その時庄吉には、自分達とは目と鼻との間でもって、いやにひかって見える、受附の爺の薬罐頭《やかんあたま》が気になって溜らなかったところから、そうして外のほうへはでてきたのである。

でてみると、外は外で、折から火のかたまりのようになって、かんかんと照りかがやいている日光のために、そこいら一面、まるで火の海だった。だが庄吉には、その火の海につかっているような苦しさなども考えてはおれなかった。いや、それも苦しさは苦しかったが、しかしありようは、それよりも庄吉が身に脊負《せお》っている苦しみの

ほうが、なおとかれには堪えられなかった。で、庄吉は、外の空気が熱ければ熱いだけに、一刻もはやくかれの用件をかたづけて、そこにこころからの涼《りょう》を納れたくてならなかったから、旁々《かたがた》もってかれは、

「ところで、その金の入りわけだが、そりゃ、こうしたいわれなんだ。」と、ここでもって、改めて切りだした。――

「こりゃ朔日のこッた。おいらもその日、お昼から浅草へいってきたんだ。その行きがけによ。茅町《かやちょう》にいる叔父のところへ寄ったと思いねえ。――叔父のとこでは、いまから二月ばかりも後のこったが、叔母とおいらの為には従姉妹になるのとがよ。二人とも加減のわるいところから、草津へいってるんだ。――草津へ湯治にいってるんだ。一つはそれの見舞いかたがた、おいら叔父のところへ寄ったと思いねえ。と叔父のやつ、『お前これから浅草へいくなら、あすこの郵便局へ寄って、この金を一つ組んでやってくんないか。――こりゃ、おせいのところへやるんだから。』といって、出してきたのが百両よ。――そうだ。おせいというなあ、おいらの叔母の名なんだが、こういいながら、手紙といっしょにだしてきたのが百両よ。――おいらそれを持って、浅草へいったのはいいが、あすこの郵便局へきて、――お前だって知ってるだろう。神谷バー*へいこうという、左側の郵便局へきてみるていと、こいつゃ大変なんだ。」

といってきて、ここでもって、ちょっと息をいれたものである。ところへ、

「郵便局へきて、いざ金をとりだそうとするていと、どこへどうしたものか、その金がなくなっている。とこういう寸法なんだろう。きっとお前のは。」という政次郎の詞《ことば》が耳についてきた。と庄吉は、ついそれに釣りこまれて、

「そうだ。その通りだ。」といってのけたものである。と同時に、「こいつあいけねえ。」と思った。なぜといえば、その詞には、――政次郎の詞のうちには、どこかこう、氷漬けにしてあった、あの水母《くらげ》でもまさぐるような感じがあったからだ。で、庄吉は思った。――

「待てよ。こいつひょいとすると、政次郎のやつ、今日おいらがたくらんできた腹のなかを、のこらず見透していやがるなあ。」と、こうも思ってみた。が相ついでまた、「政次郎だって、神や仏じゃあるめいし、そんなことがあって溜るものか。」と思いかえてもみた。だが、胸のどこかには、まだ晴やらぬ黒雲がのこっていた。しかしそれはそうした関係からきているものだとすると、庄吉の手では、所詮どうすることもできなかった。要は、のこらずそこへ用件をぶちまけてしまった上でなければ、どうにも仕様のないことだった。ところへまた、

「どじな野郎じゃねえか。ええ。こちとらはよ。人の物をかッぱらったからといって、

ぅぬの持ち物を、ぉッことしてきて溜るものか。」といってくる、政次郎の詞にでッくわした。それがこの場合、一段と庄吉のこころを暗くした。——取りように依っては、かれのこころにかかっている黒雲を、根こそぎはらいにきた風のようにも取れる詞が、どうしたものかこの時ばかりは、その正反対に聞きなされた。が庄吉はここだと思った。ここでやけになって、ことを壊してはならないと思った。だから庄吉は、それでなくとも堪えられない日中につッたって、喘ぎ喘ぎしている自分の頭へ、さらに火をかけられたようになってきた気持ちを、われとわがこころで押鎮めながら、「といわれらあそれまでだが、」といって、政次郎の詞をうけた。うけておいて、庄吉は後をつづけた。——「なにもおいらだって、ことを好んで、そうした訳じゃねえんだ。——から、人からのことづかり物だと思うだけに、余計とこころを使ってよ。後生大事に内懐へいれていったんだ。それがよ。郵便局へきてみるていと、こいつどこへ素ッとんだものか、影も形もねえッて始末なんだ。——そうだ。その時着ていたのがこの浴衣だ。これを抜いでよ。縫いめという縫いめまでも、のこらず当っちゃみたが、百円のかたはおろか、それを入れてきた、おいらの蝦蟇口《がまぐち》ぐるみ、もう影も形もねえというんだから驚いた。」というと、ここでもってちょっと詞をきって、そっと上目づかいに、政次郎のほうをみたものである。と政次郎は、つまらなさそうな顔附をしていた。それが庄吉には、ちょっと気になったが、同時に庄吉は、政次郎がまた無駄をきいてこないうちに、話の筋だけを売っておきたいと思うところから、矢継ばやにその後をつづけだした。——

「おいらそれから、もう夢中になって、あすこの角にある交番、——『いろは*』の傍につッたってる交番へかけこんで届けをしたんだ。とどうだろう。そこにいやがったお廻りのやつがよ。『こいつ生《なま》なら、まあおッことしたもんだと思って、諦めるんだなあ。』てなことをいやがるんだ。——おいらその時、どうしてやろうかと思った。」

といってきて、はっとばかりに気づいたもんである。というのは、ここでもって庄吉は、如何《いか》にもその時は溜らなくなったという風情を、はっきりと相手の目へいれておかなければと思ったからである。で、そうと気づくと、庄吉はわざと声をはげまして、

「まったく、その時ばかりはおいらも、幾くら泣いても泣いても、泣ききれなくなっちゃった。」といって、相手の注意をひいておいて、いいおわると今度は、もう潰されてしまった、あの鶏のようにしてみせたものである。とそこへまた政次郎が、

「だからよ。おいらそういってるじゃねえか。間抜けな野郎だって。」というのが耳についてきた。それを庄吉は、

「いや、今度ばかりは、なんといわれたって仕方がねえや。」といって、ちょっとこ

こでは、屁ッぴり腰でもってうけながした。うけながしておいて庄吉は、「で、そういう訳なんだ。金の入りわけッてのは。」というと、いよいよ、腹でたくんできた罠を、政次郎のほうへと運びだした。――「どうだろう。すまないが今度だけ一つ、おいらを助けてくんないか。長いこたあいわねえ。今月いっぱい面倒みてくんないか。――この通りだ。この通りだ。」とつけくわえると、庄吉はかれの鼻のあたりでもって、掌と掌とをあわしてみせた。――無論その時の庄吉の目は、蛙にたてむかっていく、蛇のそれのように、異様にひかっていた。

「なにか。その百両を、おいらに貸せというのか。」

庄吉の詞がきれると、政次郎はこういって聞いてきた。

「そうなんだ。――おいらも男だ。来月のはじめまでには、おいらの首をかたにしてでも、きっと返すから、それまでのところ、一つ面倒みてくれないか。」

庄吉は、どこまでも物々しげにこういって、それに答えた。

「せっかくだが、金のことなら駄目だなあ。――とても、おいらにはできねえなあ。」

これは政次郎の挨拶だった。――政次郎はちょうど、額にわきたっている汗水と一緒くたに、それを払いのけてしまった。払いのけてしまうと、その刹那だけは、いかにも涼しげな顔附になってみえた。

「そりゃお前が、おいらに愛想をつかしてるのは尤もだ。なにしろ、人からことづかった金をよ。ものの四五町場もいくかいかない中《うち》に、――それも歩いてでもいったことか、電車でもっていく中に、もうなくなしてしまうんだから、お前が愛想をつかすのもそりゃ無理がねえ。だが、これもおいらの身にしてみるていと、何もおいらだって、好きこのんでなくなしたんじゃねえんだ。いわば時のはずみからなんだ。でまあ、こいつ、お廻りのいいぐさじゃねえが、おッことしてしまった物なら仕方ないとして諦めるんだ。だが諦められないのは叔父夫婦の手前なんだ。それを考えるていと、おいら泥棒をしても、その金を拵えたいんだ。拵えて叔母のところへ送ってやりてえんだ。でなきゃ、叔父夫婦の手前、おいら生きちゃおれねえ。だからおいら、これがいまじゃ、昨日一昨日、そうだ。これが一昨々日のことにしてみるていと、それからこっちというもの、ろくすっぽ夜の目も寝ずによ。ここかあすこかと思って、こころ当りというこころ当りを繰ってみたんだ。だが駄目なんだ。自慢にゃならないが、おいらこことといって、まともに打《ぶ》つかれそうなところといったら、ただの一軒もねえんだ。弱った挙句、恥もみえも忘れて、やってきたなあお前のとこなんだ。本当にすまないが、今度という今度だけ一つ、おいらを助けると思って、面倒みてくんねえか。たのむよ。」

これは庄吉である。庄吉は、政次郎から断りをいわれると、醜い者にとりまかれた者が、われを忘れて身をしりぞけるのとは反対に、なおもこういって、政次郎のほうへと突きすすんでいった。――庄吉は金のまえには、もう目がなかった。

「おいら、駄目だったら駄目だよ。第一おいらには、百両なんて金がありやしねえや。――幾くらおいら、お前に貸してやりたくたって、そんな大金がありやしねえや。」

「常談だろう。――いつかもお前が、幾くらとかいっただっけなあ、ちゃんと郵便局へ預けてるんだといってたじゃねえか。おいら長いこたあいわねえ。今月いっぱいだけ面倒みてくんねえ。よう、頼むよ。」

「常談だろう。お前こそ。――そりゃおいら、いままでに幾くらかの金はのこしておいたなあ。だが、お前知るめえが、その後田舎へ片づいていた妹がなくなるしそれに引きつづいて、おいらのところのやつのお袋が中気*になってよ、ぶらッかぶらッかしてると、そのほうへも幾らか送ってやらなきゃならねえといった風でもって、この頃じゃおいらも、またぴいぴい風車《かざぐるま》よ。」

これは政次郎である。政次郎はここへくると、それは如何にも荷厄介そうに、こういうのであった。で、それを耳にした庄吉は、いよいよ、自分が政次郎にかけていた望みをも断わられる時がきたと思った。――庄吉は、はなかれが、金の入りわけを語る筋道として、叔父からことづかった百円の金をもって、浅草の郵便局へやってきたことにおよんだ時である。その時もう政次郎が、

「ところでそこへきて、いざその金をだそうとするていと、もうその金がねえ。とこうお前がいうんだろう。」という意味あいのことをいったものだった。それを聞いて庄吉は、

「こいつあいけねえ。」と思った。がすぐと、「政次郎だって、神や仏じゃあるめえ。きゃつだって、ただの人間でい。」という念からして、予定どおりに話をはこんできたのだが、それがここへくると、「やっぱりはな、おいら思ったとおりだ。」とばかり、もう一度こう思いかえさねばならなかった。これがまた、庄吉には溜らなかった。

第一庄吉には、はなからこうと分っていたなら、嘘の上塗りをするがものはなかったと思った。――嘘の上塗りをした上へもってきて、なにも泣訴哀願するがものはなかったと思った。そう思うと、それまでは、締めにしめていた庄吉も、なかばやけになってきた。途端にまたそこへ、今度は叔父夫婦の顔がうつッてきた。それにこころをとめていると、かれらは庄吉を恨んだり、庄吉を蔑《さげす》んだりしてきた。とやけになりかかっていた庄吉は、もう一度不断の自分にかえらねばならなかった。

で、正直なところ庄吉は、そのことを考えると、――叔父夫婦のことを考えると、

自分はどんなに莫迦《ばか》をみてもいい。もう一度政次郎に哀願してみようと思った。そのうえで駄目なら駄目で、よすまでだと思った。

「そりゃそうだろう。いや、そりゃそうかも知れねえ。だがおいらだって、今度という今度は困りきってるんだ。——おいら金ができなきゃ、水牢へぶちこまれてよ。そこでもって、くたばってしまうより外には手がねえといった風になってるんだ。だからよ。いやでもあろうが、そこんとこを一つ、なんとかこう都合して、今度だけ一つ助けてくんないか。おいらも一生恩にきるよ。」

庄吉はここへくると、本当にその詞を、涙でぬらすことができた。それほど庄吉には、ここで政次郎に蹴られるのは、切ないことの限りだった。で、庄吉はこういいおわると、かれはかれの耳を、猛りだった獅子の鬣《たてがみ》のようにたててきた。

「分らねえなあ。お前も。——おいらそういってるじゃねえか。金のこたあ駄目だって。」

そこへ政次郎のこういうのが聞えてきた。庄吉のこころは、鞘をはなれた太刀先のようになってきた。——庄吉は、異常な興奮のために、暫《しばら》くの間は、口をきくことさえもできなかった。とそこへまた、

「あれじゃねえか。お前だってなにも、おいらのような、しがねえ野郎のところへ持

ってこないでよ。吉の字とか、順てきのところとか、なんでもうんと金をもってる野郎のところへいきゃいいじゃねえか。どうでい。おいらはそう思うなあ。」といって附加えた、政次郎の詞が耳についてきた。だが、庄吉はそれにも答えずに黙っていた。

「ええ、そうしねえなあ。おいら、そのほうが早道だと思うなあ。」

で庄吉が黙っていると、政次郎は、沢庵のおしでもするように、重ねてまたこういって来た。それが耳につくと、庄吉は勝手にしやがれと思った。というのは、なるほど政次郎のいうとおり、吉之助や順蔵は、自分達とおなし稼業をしていながらも、五百と千と名のつくくらいの金をのこしていることは、庄吉もちゃんと知っていた。――かれ等は、自分達よりは、二十も年の違う点からして、その間にのこしたのだろう。五百と千と名のつくくらいの金をのこしていることは、庄吉もちゃんと知っていた。と同時に庄吉は、順蔵というのは「因業《いんごう》」の異名で、これというたしかな担保があればとにかく、でなければ、舌をもだそうとはしない人間にできあがっていることをも知っているからだ。また、一ぽう吉之助はといえば、これは順蔵ほど因業でないにしても、なにしろ半ダースちかくの家族を、自分の手ひとつで養っている人間にしてみると、いくら相手の事情がわかったところで、そこには、おいそれとばかりに、百という金はなげだすことのできないもののあるのを知っていたからだ。だから、そ

れを思うと庄吉は、

「おいらいやだ。」とばかり、首を左右にふってみせた。それから、「おいら、あの野郎達から都合がつけられるものなら、なにもこんなしみッたれな話をもって、お前のところへきやしねえや。」と、それを嚙んではきだすようにしていった。とそれが切れるか切れないうちに、政次郎は政次郎で、

「ならどうでい。一層のこと、叔父きのところへそういっていっちゃ。――実はこうこうだと、真直ぐにその入りわけをはなしてよ。お前のほうから名乗ってでりゃあ、それでことあ済むだろうじゃねえか。――そうだ。そうしねえ。これが一等、間違いのねえ手だぜ。」といって、無理やりにおしつけて来たその時庄吉は、いよいよこの話は駄目だと思い込んでしまった。なぜといえば、政次郎も、生れつきの莫迦でないかぎり、いってみるとそういった、暗闇の恥をあかるみへさらけだすも同し様に、当の被害者のまえへもっていける位なら、なにも自分だって、こうまでこころを粉にしていないことは分りそうなものだったからだ。そのできない相談を、いたずらに人に強いてくるというのは、政次郎に本当の親切さがないからだ。とこう思ったからである。だから庄吉はいった。

「で、なにか、どうでもお前は、おいらに金を貸すのはいやだ。とこういうんだな

あ。」

庄吉は、どうで無駄だとは思いながらも、かれは一応の駄目をついでみた。

「分ってらなあ。おいら何も、銀行の頭取じゃねえからなあ。」

「ならいいや。もう頼まねえから。」

庄吉はこういうと、もう政次郎のそばをはなれていた。――傍をはなれて庄吉は、足早にあるいていた。その時第一に感じたのは、咽喉のかわきだった。――庄吉はそれまでというもの、まともに照りつけてくる熱さを全身にうけていただけに、いざ歩き出して見ると、いまにもそこへのめりそうになってきた。それを忍んで、なおも歩みをつづけてくると、今度は咽喉がかわいてきてならなかった。それは、水ならば水、汁ならば汁のなくなった鍋を、炎々ともえさかっている火のうえにかけてあるのを見るもどうようだった。

で、庄吉は、政次郎のそばを離れて、ものの半町もあるいてくると、そこにある氷屋の店先へとびこんでというよりも、むしろ倒れこんでといったほうが揖《は》まっているようにして飛びこんでいって、先ずレモンを一つ誂えることにした。間もなくそれができてくると、庄吉は飲むのではなく、飲まれるもののようにして、それを飲んでしまった。飲んでしまうと、またお代りを誂えることにした。それが出来てくるのを待っている間だった。いや、それの出来てくるのを待っている間と、出来てきたそれを飲んでしまうまでの間だった。庄吉の頭の中へ、政次郎がかれに対してとったところの、仕打のほどが考えられてきた。

だが庄吉には、いくら考えてみても、どうしたら今日にかぎって、あの苦労人にできている政次郎が、ああまで物分りのよくない態度をとってきたのか、そればかりは分らなかった。――なるほど、先頃政次郎の妹がなくなったのは事実である。また、政次郎がつれそっている、女房のお袋が中気にかかって、軒提灯のように、ぶらぶらしているのもそれは事実である。がしかし、それとともに、この二人の者にいくらか金をかけたり、掛けさせられたりはしても、まだ政次郎の懐には、どう内輪にみつもっても、二三百がものは納《しま》いこまれているのも事実である。それだのに今日の政次郎は、どうしたらああした隠しだてをしたのだろう。苦しければこそ、切なければこそ、大の男一疋が、恥もみえもうち忘れて、ただ一筋にとり縋っていたのを、どうしたらああまで邪慳《じゃけん》にとりあつかったのだろうとも思ってはみた。だがそれはやっぱり分らなかった。ちょうどこれは、白痴が絵さがしを探しているもどうようだった。がそれでいて悲しいのは、分らなければ分らないだけに、なおとそれが気になってならないことだった。だから、ここでもって庄吉は、性懲《しょうこ》りもなく、もう一度これを考えてみなければならなかった。

　とその時だった。庄吉のこころについてきたことがあった。それはなんだというと、ひょっとしたらこれは、政次郎がはなからして、もうちゃんとこの自分のもっていった話のいきさつなるものを、残らずそこでもって、見抜いていたせいからではなかろうかということだった。そうだ。これは庄吉が、政次郎とさしになって、金のいりわけを切りだした時にも思ったことだった。そうだ。それから、政次郎がもう人に貸すような金はもっていない。――さきごろ自分は妹をなくしたり、また、自分の女房のお袋が中気になったので、いままでに持っていた金という金は、残らずそのほうへ掛けたり、掛けさせられたりしているのだというのを耳にした時にも思ったことだった。それがここへきて、新にまた庄吉のこころへついてきた。そして、驚いたのは、今度はこれがいかにも本物らしく、何時《いつ》までたっても、一向に消えていこうともしなかったことだった。それどころか、今度のはもう見るみるうちにそこへ根をおろしてきて、それと気づいた時にはなんとも手のつけようがないようになっていた。

　が考えてみると、これはその筈だった。なぜといえば、庄吉が政次郎のところへ持っていってはなした話という話の大部分は、嘘でかためたものだったからだ。つまりそれは、庄吉が苦しまぎれにでっちあげたことだったからだ。で、いってみると、今度のは、その下地へ種をおろしてきたことだけに、これがどう根をはやしてこようと、庄吉にはもう手のつけようがなかった訳である。

なるほどこれも、はなの中や、二度目の時には、まだそこにはそれ相応の思惑なるものがあったからよかった。――こうもいって頼んでみたら、相手がそれと聞いてくれないこともなかろう。いや、もしそういって泣きついても、相手がこれを叶えてくれない時には、こっちはこっちで、どこをどうしてなりと、きっと叶えさせてやろうという意地もあれば思惑もあったからよかった。だがこいつ皆が皆しゃべってみて、なお向うからことも見事に蹴られてみると、根が嘘でかためたことだけに、もうどうにもしようがなかった。反対に、それがこの時ばかりは、まるで砂地へうちこまれた鉄砲玉のようになってきた。かと思うと、今度はそれが花火のようになって、庄吉のこころの中へうちあげられてきた。打ちあげられてくると、もうそこでもって、いやでも応でも、またかれが金をなくなした本当の顛末《てんまつ》なるものをみなければならなかった。

まず第一の花火は、庄吉が宮戸座*のむこう横町にある、とある待合いへあがりこんでいるそれだった。――その待合いでもって、芸妓を呼び、ビールを飲んでいるそれだった。第二の花火は、そうはしていても、この勘定はみな、叔父さんからことづかってきた金でもってするのだと思うと、微塵酔うなどということはなかった。となると、庄吉は後から後からとビールを誂らえて、強いてもそれに依って、良心なるものへ目隠しをしようとしているそれだった。

第三の花火は、やがてビールを一打《ダース》からもあけるとあとは、芸妓と、いっしょになって、蚊張《かや》のなかへ入っているそれだった。第四の花火は、そうはしていても、まだはっきりと目覚めている良心のために、おちおち睡りにおちることとさえ出来なくて、夜ッぴて転輾《てんてん》としているそれだった。第五の花火は、そうこうして短い夏の夜をあかした後のそれだった。——短かい夏の夜をあかしてしまうと、そこへ女中を呼んで、それまでの勘定をさせているそれであった。——前の日のたそがれ時に、そこへあがってきて、いきなり女中へ手渡しておいた百円の金でもって、それまでの勘定をさせているそれだった。

第六の花火は、六十幾個というのを取られたあとのつりでもって、またもビールを飲んでいるそれだった。——ビールを飲んで、一つは女中や芸妓の手前、そうしなければならなかったところから、庄吉自身はほしくもない飯などを通して、なおも酔らしい酔いも買えずにいるそれだった。——無論そうといいつけた時から、もう庄吉だって腹をきめてはいたことだが、いざ勘定してみて、叔父の金を、なかば以上ないものにしてしまっているのをはっきりと知った。後は、一段と気をあおられて、これとても余りほしくもないビールだったが、所在のないところからそれを取りよせて、やけに口のなかへ流しこまなければならなかったそれだった。――庄吉は、すまないながらも、自分はいまこうして、なおもビールを呷っているからいい。まあそれはいいとする。だが、やがて残りの金を費いはたして、一歩ここから離れるが最後、みないま口にしているビールが硝酸に早変りしてきて、ここ自分のこころを攻めさいなんでくることだろうと想うと、時にはそれが、まるで死に水でもあるようにさえ感じられてきてならなかった、それもあった。と同時に、一時もはやくことを切りあげたいと云うこころ持ちとは反対に、一時もながくここに居座って居たいと願うこころ持ちとが、もうそこでもって鉢合せをしているそれもあった。

第七の花火は、いよいよそこを離れた庄吉が、今度は観音堂裏*のベンチに来て腰をおろしているそれであった。――そのベンチに凭《もた》れている庄吉は、悔恨そのものであった。――そこにいる庄吉は、水攻め火攻めに遇わされているもどうようだった。――庄吉は、待合いにいて想いみていたように、もうそこへくると、それまで口にしていたビールというビールは、みな硝酸に早変りしてきて、かれのこころを焼きただらせていた。同時に今後の後始末をかんがえると、庄吉のこころは独りでに、氷漬けにされたようになっていた。――庄吉はこれが午後の二時頃のことにしてみると、空からはもゆるような日の光がさしている。それを背にうけていたかれは、全身をもう流れるほどの汗にしていた。だが気がついてみると、それは決して体のみではなかった。かれのこころの中までも、汗みずくになっていた。それがこの場合、庄吉のなみださえも奪いとってしまっていた。

第八の花火は、庄吉が叔父からことづかってきた金を手にして、浅草郵便局の為替《かわせ》口につったッているそれだった。――そこの係りの者から、もう時間過ぎだからと云われて、ちょっとの間だったが、そこにぼんやりしていたそれだった。

第九の花火は、六区の電気館*へとびこんで、活動写真をみているそれだった。――ちょうど庄吉が、なかへはいっていった時には、「島に咲く花*」というのが映っていた。だがそれは、なんとしても、庄吉にはつまらなかった。だから、そこへはいったということは、もう出ていったもどうようだった。

第十の花火は、宮戸座前へきている庄吉のそれだった。ところで、そこへきてみると、まだ狂言は昼の部で、ちょうど舞台ではいま、きりの「怪談《かいだんこ》小幡《ばたこ》小平次《へいじ》*」というのが開こうとしていた。で、庄吉が切符売場で聞いたところに依ると、夜の部までには、まだ一時間はあろうということだったから、かれはそれと知ると、もうそこを離れていた。

第十一の花火は、庄吉が中屋*の向う側にある、とあるカフェーへ飛びこんで、しきりとビールを飲んでいるそれだった。第十二の花火は、やがてそこをでて、ぶらぶらと宮戸座のほうへやってくる途中で、――ちょうどそれは、松島のいりくち近くだったが、そこまでやってくると、一人の俥屋《くるまや》が、

「旦那まいりましょう。ええ。どちらまで。ええ。仲*へおともしましょう。」といって、後からついてくるそれだった。で、この時のこの俥屋の詞が、やけにまた庄吉のこころを煽《あお》ってきた。――「旦那まいりましょう。」や、「ええ。どちらまで。」というなどはいいとしてその後の、「ええ。仲へおともしましょう。」という一声が、なにか知らやけに庄吉のこころを煽ってきてならなかった。だから、それを耳にするが早いか、庄吉は、

「なにをいってやがんでえ。面《つら》見てものいやがれ。こう見えてもこちとらは、灯火のはいるかはいらない中から、花魁買《おいらんがい》にでかけるような野郎たあ野郎がちがうんだ。」ととこう思ったところから、かれはその先の横町を右へまげてしまったのである。こころの中では、

「口惜しかあついてきてみろ。こちとらのいく家はここだから。」と思いながら、そ

この横町をはいっていって、とある待合へあがりこんだのである。これ十一《ママ》発目の花火だった。

で、これらの花火が、それこそ花火屋の火事のようにして、ぽんぽんと、この時庄吉のこころの中でうちあげられてきた。そして、打ちあげられてしまうと、庄吉のこころは、一向に文目《あやめ》もわからない真の闇夜ででもあるようになってしまった。――真黒の印肉でもってぬりこくられたこころ持ち。もしそういうた物があるとすれば、それは庄吉がこの時のこころ持ちだった。

と庄吉は、もうそこにそうしている気がなくなってきた。――ちょうど、その時には、そこに三人の合い客がいた。――一人は麻の背広に、金縁の目鏡をかけた中年の男だった。一人は、もうかなり草臥《くたびれ》た浴衣をきて、胴中へは、ぐるぐると、もうよれよれになった伊達巻をまきつけていようという女だった。そして、もう一人は、その妹だと見れば妹に見えるし、またこれは、近所の娘だと見れば、そうも見えぬことのない娘が一人いた。これらがかたみに、氷を口のなかへはこんでいた。庄吉はもうそうなってくると、この外にもう一人いるそこの主人から顔をみられるのも憚《はばか》られてきた。だから、レモン二つ代を盆の上へなげだすと、庄吉は外へでてしまっていた。――庄吉の体ではない。かがそれからだった。また庄吉のこころは汗ばんできた。

れのこころは汗ばんできていた。というのも外ではない。庄吉が外へでると同時に、かれがかつて、浅草は観音堂裏のベンチに凭れながら思いみたことのある考えが、さもさも、そうしてそこの氷屋から逃げだしてくるかれを待ちうけてでもいたようにして、かれのこころの中へおしよせてきたからだった。

「どうしたら、こうも俺は気がよわいんだろう。」

その時庄吉は、こうも思った。

「どうしたら、俺は一昨日、ああいった風な、だいそれたことをしでかしたんだろう。」

相次でまた、庄吉には、こんなことも考えられてきた。

なるほど、庄吉が待合へいく気になったのは、松島前に出会した俥屋の詞があずかって力あったのは事実だった。だが、いくらそれが庄吉の気をあおってきたからといっても、もしあの時に庄吉が、ビールさえ飲んでいなければ、決してああいう謀反気はおこしっこなかったのも事実だった。そうだ。その時のその俥屋の詞を気にした、というのからして、これはもうビールでもって庄吉のこころがほてっていたからだった。それに相違ない。と思うと、庄吉には、その時口にしたそのビールが怨まれてきてならなかった。――待合でもって、またもビールを飲んでいる時だってそうだった。

どうで乗りかかった船なら、いけるところまでいってみるのだ。そして、いきついたら、そこでもって、友達という友達、知りあいへでかけていって、嘘も方便だ。相手によりきり、その場その場で、口から出放題なことを並べてみたら、金の百や二百は、どうにかならないこともなかろう。万が一、そうしてみて駄目だったら、その時はまたその時だ。叔父のやつから持ってくる指図通りになるまでのことだ。とも思っていたそれもみなビールの上のことで、こいつ覚めてみると、もうそういう考えは、嵐のまえの木の葉のようになっていたから、なおと庄吉には、口にしたビールが怨まれてならなかった。が考えてみると、夏場はビールを、冬は冬で酒を飲むのは、なにも昨日今日にはじまったことではなかった。これは、庄吉のうまれつきだといえば、そうもいえるかれの性癖だった。だから、最もいけなかったことはといえば、それは庄吉が、あの場合叔父からことづかってきていた、百円という金が、かれの腹巻のなかに、とぐろを巻いていたのがいけなかったのだ。これさえなければ、庄吉がいかに虎になったところで、滅多いったこともない待合ばいりなどはしなかったに相違ない。などと思ってはみたけれど、これはこの場合、なんの足しにもならなかった。それどころか、そんなことを思えば思うほど、なおと庄吉のこころは暗くなってくるばかりだった。暗くなってきて、しっとりとした汗の上塗りをしてくるばかりだった。

だが、悲しいのは、そうかといってそれを、そこで持って打ちきってしまう訳にもいかないことだった。いや、打ちきってしまいたいなどと思えば思うほど、よけいとあらぬ考えが後から後からと入道雲のように湧きたってきた。湧きたってくると、仕様ことなしに、庄吉は凝《じっ》とそれに目をとめていた。と今度は、庄吉が郵便局へいきついた時に、もうそこの為替取扱い時間のきれていたのが、一等いけなかったもののようにもなって思われてきた。かと思うと、今度は、電気館へはいったことではなくて、そこから直ぐと飛びだしてきたのが、一等ことのはじまりのようにもなってきた。がそれも間もなく影をひそめてしまったかと思っていると、今度は宮戸座の前までいきながらも、中へはいらなかったのが、最近因のようになって考えられてきた。

で、こういった風なことが、玩具の電車でもあるようにして、庄吉のこころの中を、往ったりきたりしている間に、どうしたことからか分らないが、それもこれも、みなことの起りはといえば、叔父が庄吉に、そういった金をことづけたのが一等いけないもののようになって思われてきた。と同時に、庄吉のこころ持ちは、いくらか和んできた。がしかし、これも玩具の電車が、鉄力《ブリキ》でできた線路のうえを往来している間にうまれついたのだといえば、ここでもってその電車は、線路の故障につまずいてひッくりかえったもどうようになってきた。というのは、一旦はそうも思われたが、暫くするとこれは、当座のがれの口実にすぎないという念が庄吉のこころへ湧きたってきて、みるみる中にその考えを押し流してしまったからだ。となると庄吉はまた、笹子トンネル*の奥深く封じこめられたもどうようになってきた。

悪いといえばそれはみなこの自分が悪いのである。時と場合とによっては、斗酒を口にするのもいい。——飲み代があって、これを口にするのはいいとする。だがいけないのは、この自分が人一倍おんな好きにうまれついていることにある。その癖、今年二十八になっても、まだ女房もむかえず、昼となく夜となく、色餓鬼《いろがき》のようになっているのがいけないのである。なるほど、そのいわれ因縁なるものをいえば、それは皆、自分の貧乏なところからきているのである。もしくは、自分の意気地なさからきているのである。がそれはとにかく、人一倍おんな好きでいて、人はもうとッくの昔、人の親父になっていようという年格好になっても、まだ自分一人でいるというのがいけないのである。そういう風だから、月に二度しかない休みに外へでて、ビールを口にするが最後、もうわれを忘れて遊びにいくのである。——ビールを口にして、たまたま懐へ金がはいっていると、もうそれは、人の物か自分の物か、その見境えさえもつかなくなってしまって、これを一夜の遊興のかたに当ててしまうことになるのである。と思ってくると庄吉は自分のこころへ向って、数えきれないほどの青鬼赤鬼の群が、ひた押しに押しよせてくるのを見なければならなかった。

また、そうなってくると、そこには微塵政次郎を怨む念などは消えてなくなっていた。ただあるのは、悪玉であり、弱虫にうまれついている自分自身を、どうしたらいいだろうかということのみだった。そうだ。これらの考えの間をぬって、かねてから叔父夫婦が、庄吉の顔さえみれば、

「どうだ。もういい加減に身をかためないか。」といったきり、「そりゃ一人のほうが、暢気《のんき》だといえば暢気だけれど、それじゃ身がもてないからね。」といって、妻帯をすすめてくれたことだった。これが、どうしたものか、この俺に、

「ああ、なんだなあ、叔父夫婦の腹では、この俺に、おふさをめあわそうとしてるんだなあ。——おふさというのは、叔父夫婦の娘で、庄吉のためには、従姉妹になる間柄だった。だがこれは思いだされてきたかと思うと、もう蜉蝣《かげろう》のように、消えていってしまった。

そうだ。それも一つあった。これはどの間へはさまって起きてきたのか分らなかったけれど、庄吉が政次郎のところへ、嘘偽りをえさにして、金の無心にでかけたまでのいきさつが、この時また思いだされてきた。というのは、庄吉が待合からでて、観音堂裏のベンチに腰をおろしていた時だった。庄吉は、どうして今度の穴埋めをした

ものだろうかと思って、こころを粉にくだいてはみたけれど、これといって、格好なてだてもつかなかった。とその時、鼻のなかがむずついてきたので、これを摑《か》もうとして、そこに捨ててあった新聞をひろいあげて、何気なくそれへ目をもっていくと、そこにはある金物屋の小僧が、北海銀行からして、当座の預金二千円というものをもって外へでると、後からついてきた一人の男が、やにわにそれを奪いとって逃げてしまったという記事がでていた。それを読んでしまうと、庄吉はちょっと、腋《わき》のしたを擽《くす》ぐられているようになってきた。がこれも、叔父夫婦の詞なみに、もう思いだされたかと思うと、消えてなくなっていた。そして、その跡には、

「悪いこたあできねえ。——一つの悪事は、十の悪事をうむもとだ。」ということが、しみじみと庄吉に考えられてきた。そうだ。この時だった。そう思うと、青鬼赤鬼の一群が、庄吉のこころを目掛けておしよせてきたのは。で、庄吉は、一時はすなおにこの鬼達の手について、地獄へおちていこうかとも思った。が次の瞬間には、それとは正反対に、是が非でもここを切りぬけて、自分の身を安きにおかねばならないと思った。

「どうで、金ですむこッたあ。」

この考えが、なおと庄吉をして、こう思いこませてきた。といって何も庄吉は、

「毒を食わば皿までを。」というやつでもって、焼けからこう思いこんできたのではなかった。反対に庄吉は、もうこういった風な恐ろしいことは、二度とふたたびしまいと思うにつけても、今度は、金さえあれば済むことだから、その金を都合してきて、早くことを片づけたいという念のみがさかんだった。がいざとなると、この金なるものが、どこへいったらできるのか、その当てという当てなるものを、皆目もっていない庄吉は、ここへくるとまた、途方にくれるより外はなかった。そうかといって、そのまま、手をつかねて、ぼんやりしている訳にもいかなかった。だから庄吉は、いま暫く、自分のこころをも鬼にして、金策にあたってみようと思った。それには、誰でもいい、自分の知っているほどの者を、片ッ端からあたってみるのだとも思った。ところへ、電車の音がしてきた。目をあげてみると、そこはもう新富町《しんとみちょう》の大通りだった。庄吉は、その電車の姿をみると、なおといらいらしてきた。ちょうどそれは、胃痙攣《いけいれん》にかかっている者が、医者のくるのを待っている時もどうようだった。だが、そのころ持ちや、その苦痛の度合いは、胃痙攣をやんでいる時のそれに似ていたけれど、庄吉には、その手当てをしてくれる医者は、いつになったらきてくれるのか、ちっとも当てがなかったから、かれは弱ったのである。

それに、弱ったといえば、上からまともに降っている、日の光にも弱った。で、庄吉は、そこの日蔭へにげてきて、そこでもって、暫く息をついていた。がその時ふと、孝一のことが思いだされてきた。いや、孝一のお袋のことが思いだされてきた。――庄吉にとって孝一は、政次郎どうよう、いってみると、一つ釜の飯を食ってたてきた間柄だった。それが去年の暮に、急死してしまったのである。が後にのこされたたった一人のお袋は柳町《やなぎちょう》に、――小石川は柳町に、名ばかりではあるが、荒物屋をだしている。それを庄吉はこの時思いだしたものである。

「そうだ。いまからあのお袋のところへいって、一つ当ってみよう。」

それと思いだすと、庄吉はこう考えた。

「そうだ。ことを成るべく殊勝そうに持ちかけたら、聞いてくれないこともなかろう。いや、今度こそ、どんな手荒なことをしても、きっと聞かさずにおくものか。」

庄吉はまた、こうも思った。で、こうとことがきまると、庄吉はいそいそと、そこへきた電車へとびのったものである。

この電車を、厩橋《うまやばし》に一度と、春日町《かすがちょう》に一度とのりかえると、もうその次が、庄吉のめざしてきた柳町だった。――電車がそこへきて留まると、庄吉はとびおりるようにしておりてしまった。おりると、今度はそれを左にまげて、暫くくると突きあたりになる。それを右へまげて、家数にしたら、五六軒ばかり歩いてくると、もうその右側が、孝一のお袋がだしている荒物屋だった。

だが、庄吉はその荒物屋の前へきた時にはちょっと弱らされた。というのは、なんといって庄吉は、孝一のお袋にたのんでいいか、その口実のほどが、まだかれに考えられていなかったからだ。――その癖庄吉は、もう新富町で電車にのった時からして、そればかりをつもってみてきたのだけれど、まだそれが、ここへきても、はっきりしなかったのである。とそこへ、

「まあ、お珍らしい。」という声が庄吉の耳についてきた。見ると、それは孝一のお袋だった。孝一のお袋は手にアルミニュームの鍋を一つ持っていた。かの女はきっと、それをいま買いにでも行ってきたのだろう。がことが余りにだしぬけだったので、庄吉はすっかり面喰った形だった。

「すっかり御無沙汰しちまいました。」

庄吉は、こういうと、いきなり麦藁《むぎわら》をとって、二三度頭をあげさげしてみせた。

「いいえ。手前こそ、すっかり御無沙汰しています。お変りもありませんか。」といって、ちょっと詞をきったかの女は、

「なんて暑さでしょう。いまもあすこではなしたんですが、今年はまた別ですね。ちとお寄りになりませんか。」といって、庄吉のほうへ目をつけてきた。

「ありがとうござんす。」

庄吉は、かの女の詞をうけて、こうはいったものの、もう二の句がつげなかった。

「今日はお休みですか。庄さんは。」

これは、歩きながらいった、かの女の詞だった。

「なあに、休みッて訳じゃありませんが……」といってきて、庄吉はまたそこでもっていいつまってしまった。その中にもうそこの店頭へきていた。庄吉はかの女の後について、家のうちにはいっていった。この間に、かの女の姪だという娘が一人店番をしていて、かの女の姿をみると、

「お帰りなさい。」というのが庄吉の耳へも聞えてきた。また、庄吉に対しては、

「入らっしゃい。」といって、挨拶をしてくれた。それも庄吉の耳へはいってきた。

それから、庄吉が腰をおろしたのは、茶の間と座敷とをかねた四畳半だった。

「いつももう散らかしていまして。」といいながら、かの女がすすめてくれる茣蓙《ござ》の坐布団の上へ、とにかく庄吉は腰をおろした。おろしてから庄吉は、

「本当に、今年の暑さッちゃありませんね。もう日中なんざあ、息もつけませんね。」

といった。無論これは、なかばてれかくしなのである。

「さあさあ。どうぞお頽《くず》しなすって。」

かの女はこういってから、

「今日はどちらへ。」といって、またも庄吉の胸をどきつかせてきた。

「ええ。今日はちょっとお宅の御近所までやってきましてね。」

庄吉は、とうとう嘘をついてしまった。嘘をついてしまってから、これはいけないと思ったけれど、もうそれはどうすることも出来なかった。

「あれじゃないんですか。昨夜は、白山《はくさん》*へでもいったんじゃないんですか。お友達と御一緒に。」

「御常談でしょう。そういう景気じゃありませんやね。」

庄吉はこの時、へんに胸騒ぎがしてきた。だから庄吉は、今度も駄目なのかと思った。なにか知ら庄吉には、そんなことが思われた。同時に庄吉は、今度こそ、誰が素手でもって帰るものかとも思った。がしかし、それには、それらしい攻め道具がなければならなかったから、何をそれに当てようかと思って、またこころを粉にしだした。

「庄さんは、まだお独り。きっとそうなんでしょうね。——どうです。もう庄さんもおかみさんをお貰いなすっちゃ。」

「ところで、今度そいつを貰うことにしましてね。」

かの女の詞へ、庄吉はこういう返しをしてからだった。いや、これは、かの女の詞が、庄吉の耳へついてきた時にといったほうが当っている。庄吉には、一時に夜があけはなたれたように思われた。なぜといえば、庄吉は、その詞によって、それまで迷いに迷っていた攻め道具なるものが見つかったからだった。だから、この時庄吉がかの女へかえした詞は、それは勝利の歓呼だったといえばそうもいえる種のものだった。

「まあ、そうですか。そりゃおめでとうござんすわ。――それじゃ庄さんも、今度は、家をおもちにならなきゃなりませんね。」

こういってから、かの女はそこへ茶をだしてくれた。

「この暑いのに、茶はおかしいけれどね。」といって、かの女は茶をそこへ出してくれた。

「どういたしまして。結構でさあね。」

茶の礼をいってから、庄吉はつづけた。――

「そうなんですよ。その家のことなんですがね。いやなに、お蔭で家はみつかりましたがね。それに移るにゃ、まあなにを措いても、土釜の一つも買わなきゃならないし、それに、敷金というやつがあってね。」といってきて、庄吉はちょっと詞をきった。詞をきって、ゴールデンバット*の煙ごしに、そっとかの女のほうを窺ってみた。とかの女もまた、その時火のついた長煙管を、かの女の口へもっていって、鼻を煙突がわりにしていた。そこでまた、庄吉は詞をつづけた。——

「で、その敷金のことで、実は今日お宅の御近所までやってきたんです。わたしちょっと知ってる者がいてね。とこいつ、貸せといえば、百や二百の金はすぐにも貸してくれますがね。——二つ返事でもって、貸してはくれますがね。ただいけないのは、箆棒《べらぼう》に利子が高くってね。こいつにゃ弱っちまいました。なにしろ、一割の天引きでもって、一割二分の利子ッてんですからねえ。」

ここへきて、庄吉はいよいよ嘘を本物にしてしまった。——本当に嘘を嘘でかためて、かの女の前へつきだしてみせたものである。

「そりゃ高ござんすわね。——で、どうしました。話は。」

「ええ。よしました。——なんぼなんでも、こちとらには手出しがなりませんからね。よしちゃいました。」

ここでまた庄吉は、そっと、かの女のほうへ目をもっていった。

「そりゃそうだわね。」

そこへ、かの女のこういうのが、庄吉の耳へついてきた。

「で、ここんところ、ちょいとあたしも、困っちゃいました。——なあに、あたしは何時だって構いませんが、先方では、話がきまったら、一日もはやくしろ。とまあこういってくるッてッたあような訳でね。いや、おっかさんの前で、なにも惚気《のろけ》をいう訳じゃありませんがね。まあ、そういったような訳でね、家がみつかったのを幸、わたしもできるものなら、一日もはやく金の都合をして、そっちの方へ移りたいと思いましてね。」

庄吉は、どうで打ってはなつなら、強薬のほうがよかろうと思ったところから、われながら冷汗の種である、惚気さえも交えてこういったものである。そして、これを打ってはなつと庄吉は、きっと獲物がそこに、のたうち廻って倒れるだろうと思った。――いや、のたうち廻って倒れないまでも、きっとそこへ獲物が姿をあらわして、段々とこっちへ歩みよってくることだろうと思った。とどうだろう。

「それはそうだわね。庄さんとしちゃ無理もありませんわね。」といったかと思うと、「ではどう。そのお金ッてのは、幾くらだか知らないが、庄さんの叔父さんに一つ頼んでみたらどう。外のこととたあ違って、今度は庄さんの身もかたまるんですから、きっとそういって行ったら、叔父さんのほうでも叶えてくださるでしょうよ。」といってきたから庄吉は驚いた。そして、今度はかの女のほうから、じろりじろり庄吉のほうへ目をもってきた。――「どうだ。いい智慧だろう。」といわんばかりに、そうしてかの女は目を庄吉のほうへつけてきた。だから庄吉は、この目を目にし、その詞を耳にした時には、また自分自身のこころへ、真黒の印肉をなすられでもしたように思われてならなかった。それは溜らない気持ちだった。

ところで、この時庄吉はいいことを思いついた。というのは、兼々《かねがね》庄吉の叔父は、かれの娘と庄吉とを、末始終一緒にしようとしているらしい点のあることだった。それを庄吉はここで利用してやろうと思いたった。つまり、叔父はそう思っている。娘のおふさだって、その気でいるらしい。いや、その気でいたらしい。それを今度自分のほうから蹴ってしまって、自分は新に、余所《よそ》から嫁をもらおうというのだから、その自分にしてみると、とてもそういった話は、叔父のところへ持っていけた義理でないということにしようというのだった。で、それと思いつくと庄吉は、一段と念をいれて、これを如何にもまことしやかに説いたものである。説いてしまうと、今度はあらためて、

「まあ、そういった風なわけなんです。——叔父のほうは、まあそういった風なわけでもって、所詮駄目なんです。で、どうでしょう。もしお願いできるものなら、この際おっかさんに一つ、面倒みていただきたいんですが、駄目でしょうか。」といって、庄吉はまたも目をかの女のほうへ持っていった。それはまるで、狐憑《きつねつ》きのようだった。そして、直ぐと後をいいつづけた。——

「長いこたあいいません。今月一杯、一つ面倒みていただきたいんですが。――おっかさんにこんなことをいっちゃ、嘗めたことをいやがる野郎だと思われるかも知れませんが、今月末になりあ、お借りした金と一緒に、きっと、お礼をもって出ます。この際一つ、わたし達を助けてやると思って、面倒みてくださいなあ。頼みます。――今月末になりあ、ちょうどわたし達が、毎月勤めさきのほうへ掛けてる金もとれますから、そしたらそれを持って出ます。――きっと、それを持って出ます。申兼《もうしかね》ましたが、一つ頼まれてくださいなあ。」

断るまでもなく、これは皆嘘なのである。――礼をもって出るということや、はなから掛けていないだけに、勤めさきへ掛けている金が、今月末になれば払いもどされるのだなどというのは、皆嘘なのである。だが、この時の庄吉は、ことの善悪をかんがえている余裕などを持ってはいなかった。あるのはただ、かの女の手から、百円という金をとりだしたいということだけだった。後の始末などは、長の月日のうちで都合することにしようという腹だった。で、庄吉はこういうと同時に、かれの全身を耳にして、相手の口元のほうへ持っていった。――兇か吉か。――それを庄吉は、固唾《かたず》をのんで待ちかまえていた。――庄吉は、かれの命を、相手の前へさらけだしたもののようにして、凝とその返事を待ちもうけていた。とそこへかの女が、

「折角ですが、わたしも都合がわるくてね。」というのが耳についてきた。相次《あいつい》でまた、「この頃の不景気ッちゃないんですよ。それはそれは甚《ひど》いんですからね。もしわたしなんぞ、干乾しになるのを、待ってるもおなじなんですからねえ。」というのが耳についてきた。それが鼓膜にひびいた時に庄吉は、即座に相手を、蹴殺してのけようかとさえも思った、――その一言によって、絶望の底ふかく叩きこまれた庄吉は、そうも思った。

「あれでしょうか。――どうでしょう。もし叔父さんのほうがそうなら、庄さんの御主人に一つそういってみたら。」

庄吉は暫くの間だまっていた。とそこへかの女はこういってきた。だが、庄吉はやっぱり黙っていた。

「それを手前《てめえ》に教わろうか。」

こう思って庄吉は、なおも舌をぬかれた者のようにしていた。ところへまたかの女が、

「庄さんのおかみ―さんになる人、どこの人です。」というのが耳にはいってきた。だが庄吉は、相変らず、熟《う》んだ柿がつぶれたともいわずに、ただ黙っていた。この時の庄吉はもう、かの女へ対して、詞をかえす気持ちなどは持っていなかった。だから

もし強いてもこの際口をきかねばならぬとなれば、庄吉は、

「うるせいや。」といって、とんと一つそれを突きとばしておいてから、「嬶《かかあ》の話なんぞみんな嘘だ。ざまみやがれ。」といってやりたかった。だがそれは、何かに妨げられて、庄吉の口の端へのぼってこなかった。となると、庄吉はもうあがらなければならなかった。何故といえば、そうしてそこに凝としていることは、この場の空気がゆるさなかったからだ。つまり、庄吉が、その儘《まま》そこに凝としていた日には、どうでも終りには、彼女の問いに対して、それらしい答えをしなければならなかった。ところで、それがまた癪だったから、庄吉は、

「どうもお邪魔しました。お喧《やかま》しうございました。」というと、もう麦藁を手にして、そこから出てきてしまった。この間に、

「いいじゃありませんか。はなしていらっしゃいなあ。」だとか、「折角でしたが、手前どももそういった訳なもんですから、どうか悪く思わないでくださいなあ。」とかいうかの女の詞が、耳へはいってきていたことは、それは庄吉だって知っていた。しかし庄吉は、それに就いても、

「どういたしまして。」とも、「ありがとうございます。」ともいわずに、ずんずんと外へでてきてしまった。――この時の庄吉には、相手の気分などを考えている余裕な

どは微塵ももってなかった。ただ庄吉は、自分のしたい放題にふるまいさえすれば、それでもうよかったのである。だが、その時には正直なところ、それは自分なのか、――そこへ出てきたのは自分なのか、それともそれは他人なのか、ちょっとはその別目さえもわからなかった。だから庄吉にはそこの通りも、どこかから、知らぬ他国のある通りででもあるように思われてならなかった。

やがて、そこの角を、左へまげてからだった。庄吉はどうしてやろうと思った。――この自分を、どうしたものかと思った。だがそれはちっとも分らなかった。ただ分ったのは、いよいよ自分の破滅の日がきたのだということだった。そう思うともう庄吉の足は、そこでもって、釘附にされそうになってきた。それを無理からはげまして、電車通りへでてきた。とそれをまた左へまげて、今度は春日町まで歩いてきた。

この間に庄吉はまた、いまのさっき、京橋は新栄町通りの氷屋でいてした苦しみを再びしなければならなかった。――今度はその苦しみを、大きくもあれば、また烈しくもまわる煽風機でもって、やけに吹きあおられているもどうような目にあわされなければならなかった。その上に庄吉は、向うのほうからやってくるお廻りを目にした時には、これはてっきり、自分へ縄をうちにきたのではなかろうかとも思った。――その時には、こういった風な恐れさえも感じた。だからある刹那には、そこへ駈けて

くる電車をめがけて、飛びこんでしまおうかとも思った。また、そこに突ッたってい
る電信柱へ庄吉は自分の頭をぶつけ、死につこうかとも思った。だが考えてみると、
百円のかたにして退けるには、余りに物体ない命のように思われたから、これはよし
たものの、それから先の庄吉は、まるで生きた屍《しかばね》もどうようだった。

で、そうなると、流石《さすが》に庄吉も、いくぶん焼けにならずには居れなかった。その証拠の一つに、庄吉は春日町の電車停留場へきた時だった。その時ふと、由太郎という人間を思いだしたものである。と何を措いてももうその由太郎なる者を尋ねていく気になったのなどは、まさにそれだった。

庄吉の腹では、善いも悪いも、すべてがあたって砕けるまでだ。自分はこれから由太郎のところへ行ったら、これこれの詞でもって、これこれの金がいるから、それだけの物を貸してもらいたいというまでだと思った。そして、もしこれが、首尾よくいけば、自分は百円という金をひろったもどうようだ。反対にこれがぐれはまになったら、その時は元ッこであるとこう思った。尤も、洗いたてる日になると、その腹の底には、一種のたくみといえばたくみ、計らいといえば計いのあったのは事実だった。というのは、いわば庄吉は、由太郎のために身代りにされたことがあるからである。いいかえると、庄吉は由太郎のために、かれの身売りをしてやったことがあるからで

ある。

もっとこれを委《くわ》しくいおうなら、かつて庄吉は、下谷は二長町《にちようまち》にある凸版印刷につとめていたことがある。時間はかれこれ、三年足らずもつとめていたことがある。とその時、由太郎のいいだしでもって、庄吉のいた植字課の者一同が、社長へむかって、賃銀の値上げかたをもうし出たのである。ところでこいつ内輪から火をだすものがあったために、見事その時のくわだては、画にかいた餅にされてしまった。その結果、こっちは幾人かの責任者なるものをださなければならなかった。――幾人かの責任者なるものをだして、それ等のものがそこを追んでて、ことを円くおさめなければならなかった。この時、損な役目を買って出た者のなかに、庄吉も加っていたのである。だから、この時の因縁が、庄吉の腹の底で、とぐろまいていたからである。――これが本来なら、その時は誰をおいても、ことの発頭人たる由太郎が、ことのいざこざを身に背負いこんで、首になる筈だったのである。ところで犬か猫のように係りの多い由太郎は、もし首になったり、首にされたりしたが最後一家の者が困るだろうということが理由ともなり、口実ともなって、いまなお元のところに、首をつないでいるのである。だから、庄吉はそういった関りを呑んでいたのは事実である。がしかし、要はそれだけのことだった。――そういったこともあるにはあったが、同時に、根が訳合い一つでもって、自分の朋輩を売りこかしても、自分だけは元のところに腰をすえていようという人間を向うにまわしてのことにしてみれば、今度だって、こっちの持っていく頼みを聞いてくれるかどうか。それは考えものだというのも、庄吉のこころの隅に動いていたから、決して多くのものは待っていなかった。ことの入りわけをはなしてみて、叶えてくれれば恩の字だし、それが破れたら元ッこである。元ッこになったらもう仕方がない。そしたら叔父のさばきを受けるまでだと思った。

で、こうとことがきまると、庄吉は、すぐと厩橋ゆきの電車に乗ろうとした。が同時に、庄吉の足はそこでもって、二の足を踏んできた。というのは、いまから凸版印刷へでかけていくのは考えものだったからである。——そこには、由太郎外、多くの知り合いがいるのはどうでもいいとしても、ことがことだけに、「就業中面会謝絶」と書いてぶらさげられている札の面をおかして会ったところで、おちおち落着いて、話のできないことは、それこそ火を見るよりも明らかだったからだ。とすると、それは夜にはいってから、由太郎の家でもってするに限ると思ったからである。——由太郎の家は、三輪《みのわ》にあった。だから庄吉は、そこへ今夜いくことにしようとこう思った。が相次で考えられて来たのは、それはそれでいいとして、それまでの時間を、どこでどうして消したらよかろうかということだった。そう思うと、庄吉の身体はやけに熱くなって来た。――赤金《あかがね》の金盥《かなだらい》のようにして、ところはちょうど、大曲《おおまがり》のうえあたりにかかっている日輪。それは庄吉一人の身をこがすために、照りかがやいているもののようにさえかれには思われた。だから、これという当てもなく、少なくともこれから二時間というものを、どこかで消さなければならないことを考えると、まったく庄吉は、焦熱地獄へでもきている者のように思われた。が同時にこの時、「地獄に仏」といえば、その仏らしいものが、庄吉の頭をかすめてきた。それは、いましがた、庄吉が孝一のお袋から聞かされてきた詞だった。――二三のやりとりがあってから、「もし叔父さんのほうがそうなら、今度は、庄さんの御主人にそう云ったら。」という意味でもっていった、孝一がお袋の詞だった。これがこの時真清水のようになって、庄吉に思いだされて来た、思いだされてくると、庄吉はまたその気になった。

なるほど考えてみると、これは確に、この際における一つの手段だったからである。何故と云えば、もう自分という者は、当てになってならない、昔の友達のところさえも、今夜はいってみようと思っている身のうえだからである。そうした身のうえからいえば、現在の自分が現在の主人へ、それらしい事情をあかして、金を貸《か》りにいくということの方が、昔の友達のところへたよって行くよりは、ずっと、ずっと、確なことだったからである。それを、身のふしだらから、ここ一両日も休んだからというのを気にして、現在の主人を忘れたもののようにしていたのは決して分別のある人間の採るべきことではなかったからである。そうだ。それに、そうしてもう二日も無断で休んでいる者の身にしてみると、一応はその断りをいいに行くのだって、決して無駄ではなかったからである。よしまたそれが、全然無駄になっても、――金は借られず、その上に剣突くを食わされたにしたところで、この際の庄吉が幕合いの芸当としては、結構な芸当だったからである。と考えてくると、庄吉はここでもって、ぽんと一つ、かれの膝をうたなければならなかった。そして、庄吉はその足でもって、そこへやってきた、呉服橋ゆきの電車にとびのらなければならなかった。

これは電車にのってからである。庄吉は、あまり多くの期待を、かれの主人に対してもつまいと思った。それは、持つだけ野暮だと思った。というのは、何時でもかれらが、給料の前借をもうしでると、かれの主人は、

「そいつあ、どこか外で一つ都合してもらいたいなあ。」というにきめているその詞が、この時庄吉のこころについてきたからだった。だから、それはそれでよかったが、ただ庄吉にかなしかったのは、かれがそうして、電車にゆられていく中に、そこの窓からはどうしたものか、やけにお廻りの姿が目についてくることだった。庄吉がそれをそこの窓越しからみていると、ひとりでに、かれの全身へながれている火のような

汗も、氷のようにかわってきた。がその中にもう電車は、駿河台下《するがだいした》の停留場へきていた。庄吉はここでもってそれをおろした。そして、そこから一町とはへだっていない、庄吉のためには主人の住宅でもあり、また工場でもある建物の前へきて、かれは立っていた。

と、庄吉の耳へは、印刷機械の動いている音がはいってきた。それが何か知ら庄吉には癪のたねだった。出来ることなら庄吉は、やにわにそこへ踏みこんでいって、その機械をたたき毀してやりたくなった。だが、そういうことは、この場合どう考えたところで、出来ることではなかった。だから、そうなると庄吉は、その音色を尻目にかけてではない。それを尻耳にして、そこの勝手口のほうへと廻っていった。――庄吉には、それがこの際の礼儀だと思われたからだった。

勝手口へきてみると、そこには房州からきている女中が、馬鈴薯《ばれいしょ》の皮をむいていた。それへ庄吉は、親指をだしてみせて、

「いる。」とこういった。

「いらっしゃいます。」

「いる。」が消えると、すぐとその後へ、「いらっしゃいます。」が出てきたから、庄吉はまたその先へ、

「ちょいと、わたし会いたいんだが、そういってくんない。」というのを食ッつけて、これをかの女の耳のなかへ投げつけてやった。と女中は、弾機《ばね》仕掛けにできているおどけ人形のようにして立ちあがったかと思うと、もうそこの廊下のかげへ隠れてしまった。かと思っていると、そこへ主人が顔をだしてきた。――不断から庄吉達が、「河馬《かば》。河馬。」といっているその河馬が、ここへぬっと河馬首をだしてきた。と同時に、

「困るよ。池田君。どうしたんだい。君は。」というのが庄吉の耳へ筒ぬけにぬけてきた。――「この十日までッてものは、夜の目も寝れないくらいに忙しいのあ、君だってよく知っているじゃないか。そこを君だけすっぽかしているんだからなあ。」というやつを引いて、庄吉の耳へ筒ぬけにぬけてきた。

庄吉は、こうして剣突くを食わされることは、はなから覚悟はしていたことだけれど、この時はまた、あまりにそれが出しぬけだったから、かれはちょっと面食った形だった。だが、すぐと庄吉はわれに返った。われに返ると庄吉は、

「ええ、実はそのことで、わたし今日でてきたんです。」といって、これを主人の足元へ叩きつけてやった。

「まあ、こっちへ上りたまえ。ここはまるで、地獄の様だ。」

これは主人だった。主人はこういうと、もう次なる茶の間のほうへとはいって行った。それに引きあげられるようにして、庄吉もまた、その後からついて上っていった。その時庄吉はちょっとうれしかった。――庄吉には少しでもいい。折からいまを最後に、いってみるとそれは、煮えくり返っている油ででもあるような日足《ひあし》を、べっとりとそこえら一面にながしている夕日。その夕日のおもてからのがれただけに、その時はちょっとだったが、でも胸のあいていくような感じがした。

と庄吉の腰をおろすかおろさない中に、もう主人は、詰問の矢をいかけてきた。

――

「どうしたんだい。君は。――なにかこう、不幸でもあったというのかい。」と、主人はそしてもって、もう待ちぶせを食わしてきた。と庄吉は庄吉で、すぐとそれを射返してやった。

「まあ、不幸だといえば不幸なんでさあねえ。――いってみると、いまのわたしにゃ、この上もない不幸なんでさあね。――そりゃこういった風な不幸なんでさあね。」とばかりに、射返してやった。そして、それを枕にして、そのいわれ因縁なるものを説きだした。

話の筋なるものは、庄吉が今日、政次郎にしたのと同一だった。――庄吉は、これが一等、世間へ対しては体裁もよければ、それだけにまた、一等本当らしくも響くだろうと思ったところから、そうしたのだった。で、一通りそれをした後へもってきて、「こういった風なわけなんでさあ、まったく今度という今度は、わたくしも困っちまいました。」といって、ここでもまた、締めあげられた鶏の真似をしてみせた。が、すかさず庄吉は、さらにその後へもっていって、こういうことを附加えるのを忘れなかった。——

「で、まあ、わたし、昨日からかけて今日、いや、本当をいいや、一昨日の晩からでさあ。わたしのこころ当りというこころ当りを、あれで何軒まわっただろう。」といってきて、その一刹那、何軒にして退けようかというのでもって、ちょっとこころの中で小首をひねってみた。とそこへ、事実の五倍という数字がうかんできたから、すぐとこれを、その下へ食っツ《ママ》けることにした。つまり、「あれで何軒まわっただろう。」というの下へ、「かれこれ十軒はまわってみたが。」という風に食っツ《ママ》けて来た。そして、これを食ッつけると、間髪いれず、その上へまた庄吉はかれの舌をはしらせた。——「こいつ皆、わたしの友達が、友達でなきゃ知りあいだけに、手前ッちの泣きごとばかり聞かせやがって、ただの一人だって、力になってくれる者はいないんだから、すっかりこちとらも、ここのところちょいと、途方にくれちゃったような形なんでさあ。」とばかり、庄吉はかれの舌をはしらした。走らせきるとここでまた、念入りにも狐の真似をしてみせたものである。――話に聞いている、死んだ狐の真似をしてみせたものである。

「なんでもそんなことか。――それならそれで、早くおれのとこへ、そういってくれればいいじゃないか。」

これは主人である。主人はこういうと、ついと立ちあがって、そこの小簞笥《こだんす》をあけたかと思ったら、すぐと閉めてしまった。そして、そこから離れると、もう庄吉の目の前へ、手のきれるようなといいたいが、本当は、かなりに草臥た十円紙幣のかさなったのをつきだしてきた。

「じゃこれで送ったらいいじゃないか。叔母のとこだか叔父のとこだか知らないが。」

その紙幣の上へ、主人はこういう詞をのせてきた。

「どうも済みません。」

この時の庄吉は、かけ値のないところ、胆《きも》をつぶしてしまった。この時の庄吉は、これは夢ではなかろうかとも思った。まったく、出しぬけにその札束を目の前へつきつけられた時には、庄吉はなんともいえない感じにうたれてきた。それは、地獄でもって、仏にあったときの感じだったといえば、まさにそうもいえる感じだった。とにかくその刹那には、庄吉の目のなかへ、熱いなみだがにじみ出て来た。そして、「当分こりゃ、お借りしまさあ。」といって、それを、――その札束を手にした庄吉の手は、風鈴のしたたにつけられている、あの短冊のように打ちふるえていた。

それから、その紙幣の数を読んで見て、これを懐へしまいこむ時だった。ハンケチに包んで、これを懐へしまいこむ時だった。庄吉はすんでのことに、いまがいままで、叔父の家から、浅草郵便局へいくまでの間に、落してしまったとばかりいっていた蝦蟇口をとりだそうとして、その刹那、はっと気をひやさせられてしまった。そして、このことがあってから、庄吉の気ごころは、幾くらかはっきりとしてきた。そのはっきりとした気ごころでもって、庄吉があたりを見た時には、午後の五時過ぎの空気も、かれにだけは、それは明けがたのそれのようにさわやかだった。庄吉は、自分の身が、風船玉のようになったとも思った。ところへ、主人の口にする詞が、庄吉の耳についてきた。――

「君もまた、莫迦じゃないか。拾ったというなら聞えているが、君のはおっことしたんだからなあ。」

庄吉は、これにはなんともいわずに、黙っていた。とそこへまた、主人がこういってきた。――

「その金は、月々の君へやる給料のうちから、わしのほうへ廻してもらおうぜ。月々、十円ということにして。それからわしがいまもいった通り、また君も知ってる通り、この十日までは、わしらは八つ手の観音にでもなりたい位のものなんだ。そこへ持ってきて、これは昨日のこったが、また秀文堂のほうから仕事をもってきたんだ。なんでもそりゃ、ベースボールのことを書いた本なんだが、それが一つふえたんだ。だから、やって貰えるものなら、わしゃ君に、今夜いまからでも、仕事にとっかかって貰えるだろうか。――ここのとこ一息、わしゃ君にも気張って貰いたいんだが。」

「いいえ、済みません。どうも。――それに、今日はまた今日で、とんだ御心配をかけて、まったく済みませんでした。がどうでしょう。今日だけもう一ン日、わたしに閑《ひま》をやってくださいませんか。いや、なに、こんな巫山戯《ふざけ》たこたあ、わたしの口からは、いえた義理じゃないんですが、そこんとこを一つ、――あれなんです。実は、――実は、わたしいまもはなした通り、なにしろ一昨日の晩からこっちというもの、碌《ろく》すっぽ寝もしないで、三輪から新宿、新宿から青山といった風に、あっちこっちへ駈けずりまわったんで、もうこの牛殺しも、あれでさあね。なんのこたあない。あれでさあね。ちょうど日のたった調革《しらべかわ》＊とおなじなんですから、今日だけもう一ン日、みのがしてください。わたし今日はこれから宿へけえって、ぐっすり一寝入りねちまいたいんです。その代り、——その代りッてやつもないが、明日からわたし、わたしだけは、電車のあがるまでということにしてもいいってことにしますから、今日だけはもう一ン日勘忍してください。」

庄吉は、主人の詞を聞いた時に、ちょっとだったが、さびしい気持ちになった。というのは、それまで意外にしていた主人の態度の底の底なるものが、この詞のすきからして、ありありと見えすいてきたからである。無論そこには、うけた恩は恩でもって、それは飽くまではっきりしていたけれど、この時はそうも思った。それにたまたま、

「君も莫迦だなあ、金をおっことしてくるとは。」といった意味のことを聞かされた時には、ふと政次郎の口にした詞のほどが思いあわさせられたりしたので、なおと不愉快だった。——庄吉には、それやこれやでもって、この時はまた不愉快だった。だから、こういった訳からではないが、事実は身もこころも、水につけられた紙片もどうようになっていたからかたがたもって庄吉は、この時はこういってずらかってしまった。ずらかっておいて庄吉は、

「それに、ちょっと申兼ましたが、あれでしょうか、——まことに申兼ましたが、もうお金を十円だけ拝借させて頂けますまいか。——実は、いまもお話したような訳で

もって、蝦蟇口ぐるみおッことしたんで、もう明日から、電車賃にさえも困るんですが、まことに中兼ましたが、もう十円だけ拝借させて頂けますまいか。」とばかりいって、主人のほうへおし進んでいった。

と主人は、いましがた百円の紙幣をとりだしてきた時の仕草を繰返すと、見ている間に、もう十円紙幣を一枚庄吉の手へ手渡してくれた。無論この間主人は、まるで唖《おし》もどうようだった。がこっちは庄吉である。庄吉はそれを摑むといった。

「わたし恩にきます。ありがとうござんした。」と、いかにもうれしそうに、こういった。それから、幾分主人の機嫌をむかえてやれという腹もあって庄吉は、

「おかみさん、お留守ですか。今日は。」といったものである。

「なあに、あいつは今日、餓鬼をつれて、芝浦さ。――わしはわしで、目をまわしているのに、あいつらはいわば、物見遊山さ。」

主人は、いかにも苦々しげに、こういってきた。だから、その感じを受けて庄吉は、

「じゃ済みませんが、そういうことに一つ願います。――ありがとうござんした。」

というと額を畳のそばへまで持っていった。

「それじゃ、その積りで頼むぜ。」

これは主人だった。

「よろしうござんす。明日は、すこし早目に出てきましょう。」

庄吉は、これを捨台詞のようにしていいながら、そこから外のほうへと飛びだしてきた。そして、外へでてからである。庄吉は本当の意味でもって、放たれた者のように思った。その思いはまた、庄吉を駆って、かれに左右の肩を一緒に上下させもした。その都度、庄吉の首はまた、肩の線を中心にして、その上下へ、出たりひっこんだりした。それればかりではない。うれしさに胸をおどらしていた庄吉は、してさえよければ、その儘《まま》空にはられている電線へむかって、飛びついてみたいとも思った。だが、これは所詮できない芸当だったからよしてしまった。よしてしまうと、庄吉は今度、ふとのこっている金をとりだして、それを頭のうえ高くふりかざしながら、

「やい、政次郎。やい、孝一の婆。よッく見ろ。こりゃ金だぜ。こりゃ百両の金だぜ。」といって、大きな声をあげて見たくてならなかった。だが、こういった愚な仕草は、この時、このところでは、やはり出来ない相談だったから、庄吉はそれも思いとどまった。そして今度は足にへビーをかけて、ところは南神保町八なる、行きつけのカフェーへと急いで行った。

カフェーで庄吉は、ビールを三本だけあけてしまった。それに、豚カツ一皿と、野菜サラダーを一皿食べてしまった。この時の口にした物は、みながみな、庄吉にはう

まかった。これは、あまりうまい物というほどのうまい物を、絶えて口にしなかった所為《せい》からかも知れないが、とにかくこの時の飲食物は、ひとりでに庄吉の舌を皷《つづみ》にしてきた。それだけに庄吉はまた酔ってしまった。考えて見ると、これはその筈である。何故といえば、庄吉はここのビールを口にしない前に、もうかれは、かれの主人から借りてきた、百円という金でもって酔っていたからである。

それはそうと、とにかく、この場に於ける庄吉はたのしかった。その楽しさの度合いは、いまのさっきまで嘗めさせられていたかれ自身のおこない、かれ自身のこころ持ちを、いとも軽いほほえみでもって、思いかえしてみることが出来るほどだった。従ってもうそこには、政次郎をうらむこころ持ちもなくなっていた。また、孝一のお袋を詛《のろ》う気持ちも消えてしまっていた。それればかりか、この時の庄吉は、「いや、さきほどは、とんだ心配をかけて済まなかった。お蔭で、おいらもどうにかこうにか、危い瀬戸を切りぬけたから、安心してくれ。」というだけの落着きとともに、この世の人情なるものをも取返していた。

で、庄吉が、よろこびとビールとで酔って、カフェーを出たのは、夜も七時を過ぎ、もう八時にちかい頃だった。庄吉はそこを出ると、神保町の電車停留場まで歩いてきた。そして、そこから早稲田ゆきに乗った電車を、新宿ゆきのそれに、飯田橋でもってのりかえると、今度はやきもち坂上でおろしてしまった。おろしてしまうと、庄吉が借りている、南榎町《みなみえのきちょう》の、煙草屋の二階へと帰っていった。

　この間も、――神田は神保町のカフェーを出て、牛込は南榎町の煙草屋の二階へかえる間も、庄吉はたのしかった。ちょうど外へ出ると、一日燃ゆるようだった昼も、いつの間にか、影をひそめて、吹きながれている風さえも、緑にひかって見える夜になっていた。そして、そこの大通りにいる夜店の列、それをひやかして歩く学生達、これらにも庄吉は、自分の友達に対するような親しみを持つことができた。その間を、絹針のようになって縫ってあるくおんなの姿、――みながみな、派手な浴衣で身をよそうて歩くおんなの姿、それらをも庄吉は、まるで自分の姉か妹にでも対するような懐しみをもって、迎えることが出来た。

　中でもうれしかったのは庄吉が、生れかわったような新しさと、老境へすすんできでもしたような沈着さが、自分自身のうえに、しっかりと加えられているような感じを、この夜この時切にしたことだった。その庄吉はこれから先、なにを措いても、一心不乱に稼ごうと思った。同時に、この世がひっくり返えろうとも、もう二度とふたたび、自分が或日の夜したようなことはしまいとも思った。これは、男女を問わず、人間という人間。昼をもあざむくようにして照りかがやいている灯火のもとに、うつくしくもまた、華やかにうつし出されているショーウィンド。それらのものを見るごとに、庄吉のこころへ湧きあがってきた感じだった。その感じを、懐のなかへいれている、百円の紙幣ぐるみ、こころの奥ふかくしまいこんで、庄吉は自分の宿へと帰ってきたのだった。そうだ。これをもっとはっきりといおうなら、自分は、今夜はこれから宿へかえって、直ぐと睡りにつくことにしよう。そして、夜があけたら、早々に主人のところへ出ていって、今日うけた恩をかえす点からも、人一倍本気になって自分の仕事をはげもう。金は、昼の休み時間に、近所の郵便局へでかけていって、そこから叔母のところへ組んでやることにしようとこう思って、庄吉は気もいそいそと帰ってきたのだった。

で、帰りつくと、そこの段梯子を、とんとんと上っていった。上りつくと、いきなり庄吉は、かれの冠っていた麦藁をとって、そこへおっぽり出した。それから、博多《はかた》＊でできた、一重の角帯を、するすると解いてのけた。かと思うと、もう袖から両手をだして、身につけていた越後上布《えちごじょうふ》＊を、かれのうしろへと振りおとした。がその時だった。庄吉はまた、胆を潰してしまわなければならなかった。というのは、外でもない。ちょうどそれは、落とせばなくなるのとおなじように、当然入れておいた物だけに、そこになければならない筈の百円の金なるものが、どこへどうしたものか、その影も形もみせなかったからである。――ハンケチ包み、皆目、その影も形もみせなかったからである。

　無論庄吉は、それと気附くと、電気をずっと下までさげた。――引きちぎりでもす
るようにして、それをずっと下までさげた。それから、まず手にした上布を、上下に
ふってみた。だが、そうはしてみても、やっぱり影も形もみせてはくれなかった。で
今度は、それこそ、いうところの蚤取り眼《まなこ》というのでもって、上布の袖袂をはじめ、
縫いめという縫い目を、のこさず見はみたが、そこにもやっぱり、それらしい影も形
もみれなかった。と五百燭*の電気玉のように、はげしく輝きすんでいた庄吉のこころ
は、またも真黒な印肉でもって、寸分剰《あま》すなく塗りつぶされたようになってきた。そ
して、そのこころは、この時また、八大地獄の苦しみを、一時の中にしなければなら
なかった。いや、これは、その八大地獄の苦しみをしたところから、しかし庄吉のこ
ころまで、炭団《たどん》のようになってきてたのかも知れない。

　とにかく庄吉は、火のきえたも同然だった。その火もきえたも同然のうちにいて、
庄吉に考えられたのは、かれが主人の家をでてから、カフェーへ寄ったことだった。
――あすこで、ビールさえ飲まなければ、こんな悲しい思いはなかっただろうという
後悔の念があったばかりだった。そうだ。それと庄吉がそのカフェーを出てこようと

して、懐へ手をやった時だった。そこにはちゃんと、いれておいた百円の紙幣が、いれられた儘になっていたという記憶はあったが、しかしこれも、現物のなくなった後のことにしてみると、なんの力にもならなかった。それはまだ腹にいる子の、性の差別を問題にしているもどうようだった。

で、こういった風な、愚劣なことばかりを繰返している中に、庄吉のこころは、ずんとずんと坂落しに暗くなり、腐っていくのみだった。これでもまだはなの中は、――真黒の印肉でもって、塗りつぶされながらも、まだこれがはなの中のことにしてみると、そこへは、ちょうどあの白墨で描きでもされたように、幾つかの顔がうつってもきた。例えば、一等はな描きだされてきたのは、それは庄吉の叔父の顔だった。これが手一杯にはっきりと描きだされてきたかと思うと、今度はそれが叔母の顔にかわってきた。かと思うと、今度はまた、これが政次郎の顔にかわってきた。といった風でもって、後は順々に、庄吉の主人、孝一のお袋などにかわってきた。そして、一等最後が、庄吉自身の顔だった。庄吉が、犯した自分の罪を背負って、哀れにも首うなだれているそれだった。

これが、名も知らぬある裁判長の顔のあとでうつッてきたのであった。裁判長の前が、これも名の知れぬある検事の顔だった。その前が、あるお巡りの顔だった。ところで、いまもいったように、これらの顔も、もう一向に庄吉のこころへは映ってこなくなった。それほどに庄吉は、庄吉のこころは、無力なものになってしまったのである。なんのことはない。庄吉のこころは、生きているとは名のみで、本当は、開ききった肉眼もどうようになっているのである。

女地獄

もうものの小一時間もしてからだった。林は少ししゃべり草臥《くたびれ》てきた。いや、林は少し聞きくたびれてきた。だから林はこころの中でもって、何かこういう時に、自分の嫌いな者を追ッぱらう法なるものがないものかと思った。いって見ると、食べあきした時にのむあのコロダインのように利く方法なるものがないものかと思った。とちょうどこの時だった。相手の樋口が、それまで手にし通していた敷島*を、そこの灰皿へほうりこむと、

「じゃ、僕、失敬するよ。」と言ってきた。

で、これを耳にすると、やっとの事で、林は救われたように思った。が同時に、潮時が潮時だったから、ちと気がとがめないでもなかった。なんだかこうそれは、その実自分自身の手でもって、無理から樋口の口にのぼさせでもしたかのようにさえ思われた。だから林は、樋口の詞《ことば》がきれると、

「まあ、いいやな。もう少しはなして行きたまえな。」と言ったものである。がその時また林は、償いがたいことでもした後のような気持ちになってきた。

と其処《そこ》へまた樋口が、

「いや、そうもしちゃ居れない。僕、今日はこれから、もう一軒廻らなきゃならないとこがあるから。」と言ってきた。だから林は、おくれ走《ば》せながらこの時、この詞のきれるかきれない中に、いまのさっき、言おうとして言いそびれたやつを言ってのけた。――

「そう。――じゃ、またやって来たまえ。」と言うのを言ってのけた。言ってのけると、胸の開いていくのを覚えた。

「夫人によろしく。」

其処へまた樋口がこういってきた。――その時はもう持ちあがっていた樋口がこういってきた。

「ありがとう。」

林も起ちあがると、かれは樋口のあとから跟《つ》いて、玄関まで送っていった。送りだしてしまうと、林はその帰りに便所へ寄った。便所で用をたすと、今度はまた二階の書斎へと取ってかえした。

で、これは二階の書斎へ取ってかえしてからだった。林は生暖いそこの日差しをきらって、午後からはわざわざ、書斎の真中へだしてすえてある机の前へきて腰をおろすと、今度はやけに手をたたいてみせた。と間もなく下から女中があがってきた。

「お呼びでございますか。」

「下にサイダーがある。」

「ええ、ございます。持ってまいりましょうか。」

女中はすぐとこういってきた。

「ああ、済まないが、一本持ってきてくんないか。」

「よろしうございます。」

承《うけたまわ》って、女中が下へいこうとした。その後から林が、

「おお、おかね。序《ついで》にお前、これを下げてくんないか。」と言って、顎でもってそこへ出ていた、茶道具と菓子器とを指してみせた。

「下げてようござんすか。」

女中は、なかばてれ隠しにこういうと、それらの物を持って、しずかに下へおりていった。

それから、林は腰にあてていた座敷団《ざぶとん》の上へ今度は腹をあてることにした。腹をあててから、其処いらに散らかっていた新聞をひろいあつめて、それへ眼を持っていった。

と一等上になっていた新聞に、「陸軍大学講師オーシポフ中佐情婦を射撃して自殺す。」というのが出ていたから、それを読んでみた。読んでみると、それは元露西亜《ロシア》の陸軍中佐で、いまはわが国陸軍大学の講師をしている、オーシポフと言う中年者が、これも露西亜人で、もとは神戸駐在領事をしていたマリニン氏の義妹になる、マリニン嬢を、失恋の結果、ピストルでもって瀕死の重傷をおわせた上、かれもまたピストルでもって自分の心臓をうちつらぬいで、見事自殺してのけたことが書かれてあった。これが、その新聞の三段くらいに亘《わた》って書かれてあった。

これを読んでしまうと、林の頭は、一面血でもって染めなされてきた。だから林は、この時その新聞をかたえへ押しやると、眼をつぶって、二三度頭をふってみた。と其処へ女中がサイダーを持ってあがってきた。

「抜きましょうか。」

「いいよ。いいよ。僕、自分でぬくから。」

「そいじゃ、此処《ここ》に置いてきますから。」

女中は、サイダーの乗っている銀盆を、林の肩のあたりに置くと、もう通り雨のようになって、下へおりていった。その足音もそっち退けにして、林はまた持っていくともなく、手許にのこっている新聞へと眼を持っていった。

そこには、「果然政府の腰砕け互選規則は改正せず。」というのや、「政務官顔揃い。」などというのが出ていた。だが、この面はその日の起きがけに読んでいただけに、それらを眼にするが早いか、もう林の手は風のようになって、これを引ッくり返していた。と今度は、「ゆく春を惜しむ人の群れ。」と題したその下と、その左手とに、思いきり大きく、小金井や稲田堤*の写真がでているのが眼についてきた。人と花とに織りなされている写真が、二面ででているのが目についてきた。

これに眼をおとしていると、林のこころも、その日の天気並にちょっと蔭《かげ》ってきた。——これは惜しんでいいのか。それともこれは、惜しみなどせずと、自然の成行きにまかせて置いていいのか。其処のところはっきりしなかったけれど、兎《と》に角《かく》、林のところが、此処でもってちょっと蔭ってきた。

で、そうなって来ると、林はやおら身を起した。それはちょうど、弾機《バネ》仕掛になっている護謨《ゴム》人形のようだったが、起きあがると林は、そこにあるサイダーを取って口をぬいた。と注意して抜きはしたものの、上なる蓋がとぶと、中なる液体がやけに吹きだしてきたから、今度はあわてて、これを其処のコップへ注いだ。注いだと思うと、今度はそれを一気に口へいれてしまった。がこれが腹のどん底に落着くと、反対にそこからは、あぶくのような物がこみあげてきた。それに依って、それまで蔭っていた林のこころ持ちも、また元通りになってきた。

それから、林は、そこへ出ている莨入れ《たばこい》の中から、朝日*を一本つまみだしてこれに火をつけた。火のついたそれを口にしていると、その間に幾つか、林が担任している訴訟事件なるものの経緯が、かれの頭についてきた。だが、この時にかぎって、これが溜らなく林には、お荷物に思われてならなかった。

で、そうなって来ると林は、一つはそれを紛らすために、また一本つまみ出した朝日に火をつけた。火をつけるとこれを口にしたまま、ごろりと其処へ体を倒してしまった。ところへ下からして、入口の格子戸があく音がしてきた。かと思っていると、間もなくそこへ女中が顔をだしてきた。

「寺田さんがお見えになりましたが……」

「お通ししてくれ。」

林は、そうした自分の挨拶を手につかんで、下へおりていく女中の後姿をみながら思った。――

「今日はまた、やけにやくざ者達の舞いこんでくる日だなあ。」と思った。そう思って、林は起きなおった。と其処へもうのぼる段梯子の足音もあらく、寺田があがってきた。

「僕、今日はきっと、君も留守だろうと思った。」

「どうしてさ。一週一度の日曜を、どうしたら僕があけるんだい。」

「いや、僕、たまの日曜だから、君もきっと今日あたりは、飛鳥山《あすかやま》とでも、うかれ出したことだろうと思った。」

寺田はこう言いながら、今のさっき樋口のあてていた座布団の上へきて、どっかと腰をおろした。

「ところで僕、このたまの日曜も、貧乏隙《ひま》なしでもって、そんな景気じゃないんだ。どうやら今年もまた、花らしい花も見ずじまいにしなきゃならないらしい。」

林は林でもって、こう言いながら、見るともなく寺田の方をみた。と寺田は、まだ大学にいた頃から、破れ帽子に、破れ服をきて、大道を濶歩してあるく級友達を眼にすると、何時《いつ》もきまって、

「いい案山子《かかし》達だなあ。」と言ったものだった。——「これが俺なら、俺はいくら人から頼まれたって、あんな見っともない態《ざま》なんぞはしやしないなあ。俺は、毎月払ってやらなきゃならない下宿屋の宿料を踏《ふ》んでも、もっとりゅっとした拵えでもって歩くなあ。」と言ったものだった。それだけあってこの時も寺田は、上下そろいの大島ぞっきだった。それへ献上博多《けんじょうはかた》*の帯をしめていた。

林はこれへ眼をやっていると、今度はかれの耳へ、寺田の口にしている詞がはいってきた。――

「そりゃ、僕もおなしこッた。僕、行こうとさえ思えば、こいつ行く隙がないわけじゃないけれど、僕は君も知ってる通り、この物言わぬ花はきらいだからなあ。物言う花の方なら、毎日毎夜、どんな無理算段をしても、通いたいけれどなあ。」

「そうだろうなあ。――君ならそうだろうなあ。」

「どうだい。君はそんなに忙しいのかい。」

暫くしてから、寺田はまたこう言ってきた。――寺田は、いきに絞ってある、その袖のみえる袂からとりだした自分の莨へ火をつけてから、こう言ってきた。

「いや、それほどでもないけれど、何しろ、毎日やってる仕事というのが、支払命令の申請か、でなければ、それに対する異議の申立なんだから、もうすっかり僕、頭を悪くしちゃった。」

「などと贅沢をいわずに、みっちり稼ぐんだなあ。何も方便だよ。」

「君はどうだい。忙しいのかい。」

「いや、僕、相変らずさ。」

「あれじゃないか。この間、君の銀行へ泥棒がはいったそうだなあ。――第四十銀行といえば、君のところだろう。」

「常談いっちゃいけない。あれは第八十だよ。」

「そうだったっけなあ。」

二人の間に、こういう話があってからだった。寺田が、

「今日は、かみさんが留守なのかい。」と言ってきた。

「ああ、僕のとこのやつは今日、子供をつれて、親父のところさ。」

「親父ッていうと。」

「そうか。親父だけじゃ、君には分るまいなあ。」

「そうさ。」

「この親父ッてのは、実は、法学博士、弁護士、中井謹爾のことなんだ。つまり、わが輩の主人なんだ。」

「そこへまた、何しに出掛たんだよ。かみさんは。」

「なあに、そいつはこうなんだ。――実をいうと、今日僕のとこのやつが行ったのは、僕の主人の奥方のところなんだ。二三日あとから、この奥方が、次の日曜日には、自宅の庭園でもって花見をするから、子供をつれてやってこないかと言う仰せがあったんだ。だから、僕のとこのやつ、今日はお昼近くにうちを出て、その方へいっちゃっ

たんだ。――僕の主人は、品川の御殿山にいるんだ。君の知ってる通り、事務所は、丸ビルの内なんだけれど。」

「道理で、下がいやにひっそりかんとしてると思った。」

寺田はこう言うと、それまで手にしていた敷島の吸いのこりを、そこの灰皿の中へほうりこんだ、投りこむと、今度はそこへ出ている新聞を手にとって、それへ眼を持った。この間に、蓄膿症をわずらっている林は林でもって、かれは袂へしまっていた鼠色のハンケチを取りだすと、それでもって頻《しき》りと洟《はな》をかんだ。と其処へまた寺田が口を利いてきた。――それまで、新聞にそそいでいた眼を転じて、今度はそこにあったサイダーの方へ持っていった寺田が、この時また口を利いてきた。

「誰か客でもあったのかい。」

「ああ、今のさっき、樋口がやってきたんだ。」

「道理で、サイダーがあると思った。」

「いや、こいつは今僕が飲んだんだけれど。」

林にはここへ来ると、はじめて寺田が、来客の有無などを、だしぬけに口にしてきた謂《い》われが分ったので、ちょっと苦笑を強いられた。だが、これは寺田には分らなかったらしい。ちょうどそれは、林がサイダー云々というのを耳にするまで、寺田がどこをどうしたら、そう言うことを口にし出してきたのか分らなかったように、寺田にもまた、林の苦笑した気持ちは分らなかったらしい。だから、寺田が言ってきたのだろう。——

「なんだい。僕はまた、君も飲んだんだろうけれど、樋口のやつも飲んだだろうと思った。」

寺田はこう言うと、かれもまた苦笑した。それから、寺田が、

「樋口のやつ、試験をうけたんだろうか。」と言った。これは幾分、てれかくしから言ったものらしかった。どうやら林には、そう思われてならなかった。

「いや、やっこさん、試験は今年もうけなかったそうだ。」

林がこう言っているところへ、女中が茶をいれて持ってきた。無論菓子もつけてである。——其処が本郷の台町《だいまち》なら、この菓子は、藤村の羊羹《ようかん》*だった。と言うのは、ちょうどその日が日曜だったから、林はふとその気になって、朝のうちに女中をして、少しばかりこれを買わせたのである。

「お互に宗旨違いだが、よければ一つつままないか。」

林は型のごとく、まず自分から一つ羊羹をつまむと、こう言ってそれを寺田の方へおしやった。が寺田は、これには答えようともせずに、

てきたんだ。」

「どうする気なんだろうなあ。やっこさんも、困った者だなあ。」と言ってきた。

「そうだよ。困った者だというと、樋口のやつ、今日はまた、とんだ話を持ってやっ

　断るまでもなく、これは林である。

「なんだい。飛んだ話ッてのは。」

「さあ、その話というのはこうなんだ。――樋口のやつ、今日きていうには、『僕、また宿を越したよ。』と言うんだ。」

「また、宿を越した。」

「そうなんだ。ところで、やっこさんの引越し沙汰は、なにも今にはじまった事じゃないから、そう言い聞かされても、僕、だまっていた。」

「やっこさん、今度はどこなんだい。」

「今度は、東中野だそうだ。」

「また、遠くへ行ったもんだなあ。」

「そりゃ構わないさ。――どんなに遠くへいこうが、これは皆やっこさんの勝手だから構わないさ。ところで今度のは、唯《ただ》単に、以前の宿には飽きがきたからと言うんじゃないから、困るんだ。」

「どうしたんだい。今度のは。」

「今度のは、体よく宿の方から、追いたてを食ったも同然なんだからなあ。」

「追いたてを食ったも同然なんだって。」

「そうさ。なんでも樋口のいうところに依ると、止せばいいのに樋口のやつ、今から半月ばかりも後のこと、宿の女中へ手をつけたんだそうだ。」

「ああ、そうか。相手の女中ッてのは、おまつだなあ。」

「なんだい。君、知ってるのか。」

「なあに、何時か樋口に逢った時、樋口のやつ、『この頃僕のところへ、新規に女中が一人きたんだ。こいつ、中々のシャン*なんだ。』と言っていたから、屹度《きっと》そいつだよ。」

「そうか。――いや、僕、おまつだか、おたけだか知らないけれど、兎《と》に角《かく》やっこさん、その女中と通じて、べんべんとしてるとだ。――君の口吻《くちぶり》でもっていうと、樋口のやつ、体のいい無銭遊興をこととしてるとだ。とうどうこいつ、足がついたんだ。」

「どうしたんだい。」

「いやさ。やっこさん、独りでもって悦にはいってると、これが帳場の知るところとなったんだ。その揚句のはてが、おまつと言うのかい。これがお家の御法度とあって、即座に見事追放さ。」

「だが、それはおまつの方だろう。」

「そうさ。」

「分らないなあ。」

「何が。――何が分らないんだよ。」

「だって、おまつが首になるのは好いさ。――こと露顕におよんでさ。おまつが首になるのは好いけれど、どこをどうしたら、樋口のやつまで、追いだされたんだい。」

「それは分ってるじゃないか。なんぼ図々しいやつだって、事こうなると、居溜《いたたま》らないや。居溜らないとなると、後はもう仕方がない、唯これ転居あるのみさ。」

林のこの詞がきれると、寺田は暫くだまっていた。――寺田は、さも感に堪えられない者のようにして、暫くだまっていた。が聽《やが》てのこと、また口を利いてきた。――

「だが、きゃつも意気地がないなあ。それとも、やっこさん、元来律義者なのかも知れないなあ。そうして、転居するところを見ると。」

「まったくだ。やっこさんは、律義者の恥知らずという組かも知れない。」

ここでもまた、寺田は唖になっていた。だから、林は独りでもって後をつづけた。

――

「僕、いまになると、やっこさん、今年も試験をうけなかったのは、この事のあった所為《せい》ではないかと思うなあ。」

寺田はまだ黙っていた。だから林は、ここへ来ると、こうあるのを待ちもうけていたもののようにして、更に語りつづけた。――

「やっこさんは、幾らいたくたっても、大学には、もうあと一年しかおれない筈だ。だのに、やっこさん、今年もなまけていて、とうどう試験もうけなかったと言うのは、屹度僕、このごたごた騒ぎがあった所為だと思うなあ。――やっこさんも、このごたごた騒ぎに妨げられて、それこそ仕方なくなく、試験もうけなかったんじゃないかと思うなあ。」

「そうかも知れない。」

「いや、僕、屹度そうだと思うなあ。その結果はといえば、なんのことはない。『一文惜しみの百知らず』なんだから、大笑いさ。」

林は、此処でもって、はっきりこう言った。

「また、何処《どこ》をどうしたら、それが帳場なんぞへ知れたんだろうなあ。」

「そいつや、僕、知らないなあ。」

「あれじゃないか。こりゃ屹度、おまつが嬉しさのあまり、余所《よそ》のみるめにも、一見それと分るような素振りをして見せたか、でなければ、やっかみ半分、朋輩の女中が、きっとこれを言いふらしたんだ。」

「だが、何方《どっち》だって好いじゃないか。そんなことは。」

「そう言ってしまえば、それまでだけれど……」

「それよか僕、ことは総《す》べて、樋口にあると思うなあ。樋口がいけないからだと思うなあ。」

「そりゃそうだよ。だけれど。」と言ってくる寺田の詞を、林は遮ってしまった。——林は、寺田が「だけれど。」と言うか言わない中に、もうかれは、それに押っかぶせていった。——

「いや、僕にいわせると、なんの事はない。樋口のやつ、あまりに好色過ぎるからいけないんだよ。若《も》しくは、樋口のやつ、あまりに食うことに対する苦労がなさ過ぎるからいけないんだよ。この二点が、いわば今度の原因であり、同時に今度の結果なんだよ。」と言った。だから、これをうけて寺田が、

「君、少しうるさいなあ。」と言ってこれに酬《むく》いた。かと思うと、寺田は間髪をいれず、直ぐあとをつづけた。——

「そりゃ、君の弁論でなく、君の論告通りさ。だけれど僕、ことを此処まで持ちきた

したのには、本件の被告たる、樋口某以外、この事件の関係者たる、おまつの不所存さなるものも与《あずか》って、大に力があると思うなあ。つまり、当の相手たるおまつ、若しくは、このおまつの朋輩が採った行為なるものも、与って大に力があると思うなあ。」

「などと、幾くら君が、頼まれもせぬ弁護の労をとったって駄目さ。なぜと言いたまえ。そういう詭弁は、一向に裁判長御採用にならないから。」

言いおわると、林は笑ってみせた。

「こいつ、なかなか手厳しいなあ。」

寺田もこの時こういって、高々と笑ってみせた。

「被告は、この判決に不服なら、一週間以内に控訴するんだなあ。」

林は、なおも嵩《かさ》にかかって、こう言ったものだった。

「いや、僕、この上もうそう言うお手数をかける気はないさ。だけれど、これは独り下宿屋とかぎらず、どこの家でも、女中などと言うものは、それはそれは、始末にいけないものだからなあ。僕、それを言ってるんだ。」

寺田は寺田でもって、かれもこの時、こう言いかえした。が林も、黙ってはいなかった。反対に林は、

「おい、君はこういやに女中を引合いにだして、樋口の弁護をするが、あれか、何か

こう君にもこころ当りがあるのか。——何かこう君も、ある女中によって、ある冤罪《えんざい》を身にうけたとでも言うような覚えがあるのかい。これはちょっと、参考までに聞くんだが。」と言って、またも迎えうちとでかけた。

無論、これは常談だった。要は、唯いきがかり上、揶揄《からかい》半分でもって、こう言ったまでだった。と其処へ寺田がいってきた。——

「ところで、僕にもあるんだ。僕にもそれがあるんだ。」

これを耳にすると、林はおどろいた。少くともこれは林にとって、寝耳に水という感があった。が一方寺田は、そんなことには気づかなかったのだろう。その証拠には、寺田はここでもまた間髪をいれず、直ぐとこの後をつづけてきた。——

「僕のは、樋口のそれに比べると、事実および内容においては、自《おの》ずから選をことにしてるんだ。だけれど、ともに女中なる処にかかわりのある点は同一なのだ。僕、現に昨夜も、そのために手をやいて来たんだからなあ。」

「どうしたんだい。そりゃまた。」

こと此処へくると、林は蟻地獄へさしかかった蟻もどうようだった。もう見るみるうちに、林はその話の中へひきこまれて行った。その癖林は、そこに多分の疑いを持っていたのだけれど、それはこの場合なんの役にもたたなかった。いや、それがあったから、尚のこと、掛からなくともいい、あの蟻地獄にかけられた蟻もどうようになって行ったのだといえば、将《まさ》にそうも言える風があった。

「いやさ。何時だったっけなあ。僕、君にはなしただろう。僕、白山の待合の女中から御馳走されちゃったってことを。」

「なんだい。あのことか。」

それと分ると、林はこう言わずには居れなかった。何故といえば、女中はおなし女中でも、樋口のそれと、寺田のこれとは、先《ま》ず第一に、内と外との相違があったからだ。として見ると、寺田の方のは、どんな形をとって来ようとも、その結果において、とても樋口のそれとは、同日の談でないことは、何もこのうえ、聞くまでもないことだったからだ。だから林は、それと知った時には、ちとがっかりした。いや、ちとがっかりしたと言うよりも、これは大にこころを安んじたと言った方が本当かも知れない。

「ああ、あのことだ。あれの続きなんだが、これが如何《いか》に、この女中なる者のあさましいかということを証しているからまあ暫く、黙って聞いてくれたまえ。」

この時林の耳へは、寺田のこういうのが聞えてきた。と同時に、もうそこへ、後追ッかけて口にしだした、寺田の詞が聞えてきた。——

「僕は君とちがって、まだ独り者なんだから、その後もちょくちょく、桐の家へいくんだ。ところで、何時かおひさと言う、あすこの女中のやつの据え膳に箸をつけてからと言うもの、どうも不愉快なことばかり多くて、僕、いささか閉口なんだ。」

「おい、惚気《のろけ》のおさらえはよさないか。」

ここで林は、こう半畳をいれた。

「いや、心配するなあ。そうじゃないんだからなあ。」

これは寺田である。寺田はまた、こう断りをいって、また後をつづけてきた。――「これは、一度そうした事があってからだ。その後僕、幾度いって、僕の馴染だといえば馴染。岡惚れだといえば岡惚れをかけても、唯の一度だっておひさのやつ、これを掛けちゃくれないんだからなあ。――何時もそういう時には、僕の名差した芸者なる者は、座敷だというんだ。それから、人が聞きもしないのに、もう先潜りして、『あたし、貰えないでしょうか』と言って聞いたら、「済みませんが、今夜は駄目でしょうよ。」と言ってましたわ。――「なんなら、明日の朝、早くうかがわせますわ。」と言ってましたわ。』と言うんだ。」

ここまで、一気でもって言ってくると、寺田は、手にしていた敷島を口へもっていった。だから、その隙をみて林が、

「おい、もう好い加減にしないか。」と寺田は、「もう少しだ。もう少しだから、黙って聞きたまえな。」と言って、またその後をつづけてきた。——寺田は、口から吐きだす敷島の煙と一緒に、その後をつづけてきた。——

「で、もしも僕、向うがそういった時、ちょっとで好いから、顔だけ借りてくんないか。ほんの挨拶だけで好いからと言って、もう一度そういって見てくんないかと言うと、『じゃ、聞いてみますわ。』と言うのでもって、その場だけは気軽るにたっていくさ。だけれど、暫くしてから、僕のところへ持ってくる返事というのが、こいつきまって条文通りなんだからなあ。——『今聞いてみたんですよ。聞いてみますとね。済みませんけれど、今夜は勘忍してくださいッて言うんですの。ですから、誰か余所の妓にしましょうよ。』とこう言うんだ。何時もこれが紋切型なんだからなあ。」と言ってきて、ちょっと此処でもって息をいれた。息をいれると寺田は、「ところで、こいつ皆、嘘なんだから、呆れざるを得ないじゃないか。」と言ってきた。

「どうして、それが分るんだい。——どうしたら、こいつ嘘だということが、君に分ったんだい。」

この時林はこう言った。——流石《さすが》に林もここへくると、つい寺田の話にひきこまれたところから、こう言ったものである。

「いやさ、もう少し聞いてくれたまえ。そりゃこうした謂われからなんだ。」と、寺田はもう一度断りをいって置いて、その後をつづけてきた。――「ある時僕、あすこにある書籍会社のまえを歩いてきたんだ。とそこへ前の晩僕がおかけして、お断りをくわされた芸者なる者と、ぱったり出会《でくわ》したと思いたまえ。――あすこの角のところでもって、ぱったり出会したと思いたまえ。」

「で、どうしたんだよ。」

「いやさ、其処でもってぱったり出会すと、その芸者なる者が、『どちらへ。』と言うんだ。『どちらからのお帰り。お楽しみね。』と言うんだ。だから僕、前の晩のことを言って、逆に相手をなじってやると、相手のやつ、『御常談でしょう。あたしそんな売れッ子じゃないわよ。あたし昨夜は、ずっと家よ。』ときたもんだ。」

「どうだかなあ。――まあ、これは参考として聞いておくけれど、相手が相手なら、たしかな証言にはならないなあ。」

「それは一に君の勝手だよ。だけれど、僕にはこうしたことが、その後も幾度かあったんだ。」

「嘘つけ。」

「いや、嘘じゃない。天地神明にちかって言うんだが、これ正真正銘さ。」

「どうだか、危ないもんだ。」

「だってそうじゃないか。おひさなる者が、仮りにもこころあって、一旦かの女の身を許すが最後、その相手たる者は、あくまで、かの女のラバアだからじゃないか。だから、この場合僕は、あくまでおひさのラバアだろうじゃないか。」と言ってくると、林はこの時、

「おい、おい、それじゃ話が違うぜ。」と、また異議のもうしたてをした。

「何が違うんだい。」

それを受けて、寺田はこういった。

「だって、君は一切、惚気はいわない約束だったぜ。」

これは林である。

「だから僕、そんなことは言ってないじゃないか。」

これは寺田である。

「そうだろうか。——たしか君はいま、『この僕が、おひさのラバアだ。』とかなんとか、そう言った風のことを言ったようだが、これは僕の聞きちがえだったか知ら。」

今度は、林もすこし皮肉にでた。

「そりゃ言ったさ。だが、これは決して、いうところの惚気じゃないんだからなあ。まあ、待ちたまえ。今その証拠をみせるから、もう暫く、だまって聞いてくれたまえ。」

寺田は、こう言っておいて後をつづけた。——寺田は、話の途中でもって、林がさらに異議の申立てをしようとしたのを、こう言ってちょいと、泣きだといえば、その泣きをいれて置いて、さてその後をつづけた。

「いま仮りにだ。おひさがこの僕を、かの女のラバアだと思いこんでるとするんだ。となりゃ、どうしたって、かの女は僕の指定する芸者なる者を、掛けるわけには行かないだろうじゃないか。何故といいたまえ。そうすることは、これ聽てかの女のラバアを、その芸者なる者へ譲渡することになる虞《おそれ》があるからなあ。此処においてかかの女は、何時でも僕のところへ呼んでくる芸者という芸者は、残らずこの僕の知らない者ばかりを呼んでくるんだからなあ。これには、流石の僕も呆れかえらざるを得ないじゃないか。」

「で、昨夜も、ちょうどその轍《てつ》だった。ところ君がいうのかい。」

「そうだ。昨夜も僕、銀行の帰りに、ちょっと一杯飲んだ勢でもって、桐の家へよったんだ。寄っておひさに、この前呼んだ芸者をかけてくんないかと言うと、例によって例のごとくと言わんより、今度は輪に輪をかけて、『今朝から、遠出なんですって。』と来たもんだ。」

「それから、どうなるんだい。君の話は。」

「それから、僕、桐の家をでて、今度は大和という家へいったんだ。其処へいって掛けると、今のさっき、おひさのやつが遠出だといったその芸者が、『はい、今晩は。』といって、やって来たんだろうじゃないか。」

「おい、おい、もう好い加減にしないか。——人が黙って聞いてると、好い気になって、何処までいっても、惚気よりは一歩も出ないじゃないか。」

一時は、ついその話につりこまれて、それからそれと、話の先をうながし立てていた林も、ことここへ来ると、こう言わずに居られなかった。——寺田はもうこの時、すっかり草臥てきた。

「常談いっちゃいけない。僕、ちっとも惚気なんぞ言ってないじゃないか。どうも君のように、よく人の話を聞きもしないで、無闇とそういった風に、偏頗《へんぱ》な解釈ばかりされちゃ、僕も叶わないなあ。僕、君を忌避したくなるなあ。」

「じゃ、そうしたら好いじゃないか。そうなりゃ僕も、願ったり叶ったりだ。」

これもなかば常談ではあったけれど、その調子をかなり強くして、林はこう言った。

とこれを受けて寺田が、

「早合点しちゃいけない。僕、一面にはそうも思うけれど、他の一面には、全然これとは反対のことを考えてるんだからなあ。で、ここでは一層のこと、前者を放棄してしまうから、もう暫く君も我慢して、続行してくれたまえ。僕、いますぐに結論するから。」と言ってきた。寺田はこういって置いて、すぐとその結論なるものに取りかかってきた。――

「要するにこれは、僕、最近、待合の女中なる者について経験したことなんだ。つまり、君が僕にむかって、『君もなにか女中について、手をやいた覚えでもあるか。』と言うような意味のことを言うから、僕、あえて、こうした僕の経験談をしたんだ。」

「いや、もう分った。」

「分ったかも知れないさ。だけれど、もう少しだから、黙って聞いてくれたまえ。――で、これに依ってみても、如何に女中なる者は愚劣であり、得手勝手な者かということが分るじゃないか。それにだ。若しもこれが堅気の家に奉公してるとでも言うなら、その場合はいくぶん恕《ゆる》してやらなきゃならない。だけれど、僕の場合は、相手が花柳界にいるんだから、その間、なんら情状酌量などしてやる必要がないんだ。」

「いや、もう沢山だ。もう分った。君のいおうとするところは、こうなんだろう。

――『女も、女中奉公をしてる程の者は、そこに儀礼もなければ、反省も持っていない、あの獣のような者だ。』と言うんだろう。」

「そうだ。」

「それから、君は、『すでに相手が獣どうような者だけに、これと関係するということは、千仭《せんじん》の谷へ身を投ずるもおなしこッた。』とこう言うんだろう。」

「そうだ。それから、僕、こう言いたいんだ。――だから、樋口のやつも、その原因、その経過においては、幾分僕のそれとは違っていても、ことの結果においては、きっと僕のと同一だろうから、きゃつも亦《また》無罪であると、こう言いたいんだ。」

「だが、それは飽迄《あくまで》、官選弁護人たる、君一個の弁論なんだろうなあ。」

林は、やおら寺田の弁論が終結するのを待ってこう言った。と寺田はまた寺田でもって、

「そうさ。」と言ってきたから、林はそれに冠せて、

「僕、飽迄それにには反対だなあ。大反対だなあ。で、もし今度の判決が、君の弁論通り無罪にでもなるようなら、僕、善良なる風俗を維持するために、控訴するなあ。僕、あえて検事に代って、即時控訴するなあ。」と言ったものだった。

「どうしてさ。どうしたら君は、そんな冷酷なことをするんだい。」

ところへ林の予想通り、寺田は牛のようになって、かれの方へ突ッかかってきた。だから、林はここでもって、

「その理由は、次回まで延期しておこう。次回には、僕、ゆっくり腰をすえて説くことにするから。」と言って、うまくずらかろうとした。

「そんな分らないやつがあるもんか。あるなら君は、今ここでもって、その控訴理由なるものを聞かせろい。」

林がうまくずらかろうとすると、寺田は尚とやっきになって、こう言って突ッつかかってきた。

「いや、折角だが、今日は勘忍してくれたまえ。何しろ今日は、かなり長時間君の弁論があったから、すっかり僕、くたびれちゃった。」

林は林で、どうでも此処でもって閉廷しようとした。と其処へ、

「君がそういう遁辞《とんじ》のもとにずらかろうとするなら、僕、もうこのうえ追窮しないよ。だけれど、僕、君を疑うなあ。——果して君が、そういうことを成しうる資格を持ってるかどうかを疑うなあ。」と寺田がいってきた。

とその刹那林は、ちょうど舌の根を抜きとられでもしたようになってきた。いや、この時林は、出しぬけに後の方からして、かれの咽喉を締めあげられでもされたよう

になってきた。何故といえば、この時林の耳にした詞が、ゆくりなくもかれをして、其処にまざまざと、かれの過去を振りかえらしめて来たからだった。

だが林は、何時までも、酒と女とでうちかためられている、かれの過去にのみ、こころを留めている訳にはいかなかった。一面そうなって来ればくるほど、他の一面には、寸時もはやくそこから抜けだして、寺田の方へ詞をかえしてやろうという念でもって一杯だった。だから林は、間もなくいった。――

「そりゃ君の勝手さ。――疑ぐる疑ぐらないは、そりゃ君の勝手さ。だが、それを今ここで論じあっていたって始まらない。それにこんな事は、どっちが勝ったところで、なんらの利益にもなることじゃないから、今日はもうここいらで、止しておこうよ。」

と言って、林はやっとの事で、寺田の方へ眼を持っていった。が直ぐとまたその眼をそらした。

と今度はそれが、其処にちらかっている東京朝日新聞の、第十一面のうえにきて留まった。――第十一面の、「陸軍大学講師オーシポフ中佐情婦を射撃して自殺す。」という記事のうえにきて留まった。がこの時には、――もう寺田の詞によって、自分の過去を思わしめられたこの時には、なんら感慨らしい感慨さえも覚えられなかった。それどころか林には、最初これを読んだ時、幾分疑われもした加害者のこころ持ちも、この時ばかりは、もうあの熱湯をあびた霜のようになってしまった。

と其処へ、寺田が、

「そういって君があやまるなら、もう此処いらで勘忍してやろう。」と言ってきた。

これが耳についてくると、林はまた改めて、真正面から寺田の顔をみなおしてみた。

だが林は、この時黙っていた。本当は、

「おい、おい、常談いっちゃいけない。誰が君なんぞにあやまるもんか。」と言いたかったのだ。がしかし、この場合また、そう言うことを言ったのが引ッかかりになって、それからそれと、話題が長くなってはと思ったところから、態《わざ》と林は唖になっていた。

と其処へまた、寺田が、

「どうだい。今日飯をつきあわないか。」と言ってきた。――寺田は、横眼でもって、そこの机のうえにある置時計をにらみながら、こういってきた。

「折角だが、そいつや《ママ》あやまろうか。」

それを受けて、林はこう酬いた。――これが芝居なら、吹きかえとでも言いたい詞でもって、この時林はこうむくいた。

「好いじゃないか。そう言わずと、附合いたまえな。君と一緒に飯を食べるのも久しいものだ。」

「ところで、生憎くなことには、今もいった通り、僕、今日は、留守居なんだからなあ。それに僕、今日はまたこれから、ちと調べ物があるんだ。事件はくだらない事件だけれど、それを明日までに、調べていかなきゃならないんだ。」

ここの前者はともかく、後者のごときは、真赤な嘘だった。林はこんな嘘をついても、この場から逃げてしまいたかった。それほど林には、こと此処へくると、寺田と差向いになっているのが、苦痛でならなかった。

「じゃ、君は、せいぜい不善をなすんだなあ、君は閑居してさ。——君のような小人にも困ったもんだ。」

この時寺田は、こういって持ちあがった。

「まあ、好いやな。もう少しはなして行きたまえなあ。話位なら、僕、つきあうよ。」

寺田が持ちあがると、例によって例のごとく、林はこういったものだった。こう言って林は、その後からかれもまた持ちあがった。

この時林は、ようやく放たれた気持ちになってきた。それが限りなくうれしかった。が聽て寺田をみおくって了うと、これが更に反対になって、林のこころ深く迫ってきた。

其処の段梯子を、一段二段とあがってくると、その一段は一段よりも烈しく、林のこころをして、以前の位置に追いかえしてきた。追いかえしてきて、林の胸のうちを、後悔の念でもって、一杯にしてしまった。

で、林がやっとの思いで、その段梯子をあがりつめて、かれの書斎へはいって行くと、いきなり其処の障子をおしひらいた。だが、そうはしても、林の胸はみじん開いてはこなかった。ここでも反対に、どんよりとした空合いをのせて、眼前につッたっている隣家の下見*が、なおも林のこころを暗くしてきた。

だから林は今度、張子の虎をまねて、かれの頭を二三度左右へふってみた。だが、そうはしても、矢張りかれの頭はどうにもならなかった。もう石のようになっている林の頭は、そうすればする程、なおと重くなってきた。重くなってくると今度はやけになって、叩きこわしでもするようにして其処の障子をたてきると、林は机のまえへ来てぶったおれてしまった。

母を殺す

昨日のことだった。君の悔み状をもらった。僕はうれしかった。恐らくはこの世でもって、僕の気持ちを知ってくれる者は、君の外にはあるまい。その君からの悔み状なのだ。僕はそれを、繰返し繰返し、幾度読んだか知れない。そして、読むたびに、僕は自分の眼を涙だらけにして終《しま》った。

全く、君の悔み状はうれしかった。

僕は、幾日頃にこっちを立てるか、それは今のところまだはっきりしない。だが僕は、一日も早く、ここを立ちたい。

僕は、ここにいると、もう僕の魂までも、日に日に腐っていくように思われてならない。だから僕は、自分を守り、自分を生かす上からも、一日も早くここを立ちたい。

どうでこの世は戦いである。戦いの連続である。とするなら、もう僕だって、そう何時迄も、一つところに立って、ぼんやりとしては居れない。

もう僕は破れかぶれだ。勝つか敗けるかは知れないが、一日も早くそっちへ出て、この勝負を決したい。

唯《ただ》それにしても、欲しい物は金である。それも僕は、どっさりとは要らない。ここから、そっちへ行くまでの旅費がほしい。

僕は、もう明日、母の遺骨を墓へ*いれて終うつもりである。で、これさえして終えば、後はもうこれと言って、ここで以てしなければならない用はなくなる訳だから、そうしたら僕は、小林か佐伯のところへ出掛けて行って、旅費の無心をするつもりである。多分、十中の八九迄、二人の中一人は、屹度《きっと》僕の無心を叶えてくれるだろうと思う。万が一、これを蹴りでもしたら、僕はもう二度とふたたび、彼等には無心などしないつもりである。そう言うことをしている隙があったら、僕はその隙に、もう彼等の手から旅費だけかっぱらって、汽車へ飛びのって終うことだろう。

これは、今迄にも幾度だか言ったことだが、僕は今度という今度ほど、染々《しみじみ》と金を

ほしいと思った事はなかった。その密度は、金を得るか、それとも僕自身の命を失うかという程度においてまで、この事を考えさせられた。

全くこれは、僕が命懸けでもって考えてみなければならない問題だった。がこれは、僕には今尚、未解決のままに残されている。だから言うのではないが、昨日今日の僕には、ただあの飛び道具がなつかしい。例えばいまの僕には、あのピストルや、あの爆烈弾や、またはあの速射砲などと言う物が恋人のようになっている。

断っておくが、これは内に向って放たんが為にではない。反対にこれは、専《もっぱ》ら外に向って打たんが為にである。

僕はいま、この世において、苦しみ喘いでいる僕のこころ持ちを知ってくれる者は、恐らくは君一人だろうと言ったが、しかし、その君でもまだ知らない気持ちを一つこの僕が持っているのである。だから僕は、それをここへ書きつけて、君にも読んでもらいたいと思う。

いわばこれは、僕の秘密なのである。だから僕は今日が日迄は、一生これを誰にもあかさず、秘密は秘密なりに僕のこころの奥深くへしまいこんで、土の中へまで持って行こうかとも思っていたのだが、しかし今日になると、僕はせめて君の耳にだけはこれを入れて置きたくなった。と言ったら、君は分ってくれるだろう。僕がいま君にこの秘密なる物を書きおくろうとする僕の気持ちは。

では、愈々《いよいよ》それを此処《ここ》でもってあかす事にしよう。

僕の持っている秘密のなんであるかは一切知らない君でも、尚君はその後僕達母子が、吉田町からして、松川町へ越していった事は知っているだろう。吉田町の山崎という家から、松川町の小倉という家へ越していった事は知っているだろう。また僕の母は、とうとうこの小倉という家の一室でもって死んでいった事も君は知っているだろう。

ところで、この間である。――僕の母の死んでいったこの間である。これが「死人の間」だったのである。――この間へはいる程の者は、みな死の手につかなければならない者のように約束されている、「死人の間」だったのである。そしてこの間へ僕の母をおくりこんだ者はと言えば、それは誰でもない、一にこの僕だったのである。この僕は、それと知らずに連れてでも来たことか、みすみすそれと知りぬいでいて、而《しか》も死に瀕していた母をこの間へとは連れこんで来た者なのである。だから、今になると、流石《さすが》の僕も溜らない気持ちがする。

無論僕の母は、重りくる病い故にうちまかされて、死んで行った者に相違ない。だから、表面からいえば、其処には微塵、この僕が以上にこころを苦しめなければならないような、問題のありようがないのである。が今も書いた通り、それはそれとしても、母が死につく少し前に越していった家の間なるものが、いうところの「死人の間」だったから、僕には唯単に、これを病死した者としては待てない物がそこにあるのである。

つまり、今になると、僕はこの間が「死人の間」でさえなければ、僕の母は、薬石の効によって、もう一度本当になれない事もなかったのではあるまいかと想う。それだけに、死んで終った今になると、僕は人知れず僕の胸を苦しめているのである。

僕が、母の生よりも、寧《むし》ろ死を願っていた事は、君も知っているだろう。僕が今度、

母危篤だという電報を受取って、この田舎へ帰ってきてから後の僕が、母の生よりも、寧ろ死をのみ願っていた事は、君も知っているだろう。そして、この願いは、今度首尾よく遂げられたのである。遂げられると僕はさらに、僕のこころを苦しめなければならないのだから、時とすると僕は、この人間という者さえも嫌になる。

事は、元へかえる。僕が、母の生よりも、寧ろ死を願っていた所以《ゆえん》のものは、これ外でもない。余りといえば余りにも僕達母子が貧しかったからである。住むに家なく、食うに食なしというのを、その儘《まま》身に背負いこんでいたのが僕達母子だったから、終いには僕も、母の生よりも寧ろ母の死をさえ願うに立ちいたったのである。

それにはまた、僕という者が、人一倍、野心だと言えば野心、希望だといえば希望を抱いていたからでもある。僕は、自分の希望、自分の野心を満たすには、どうでも自分独りにならなければならない。だから僕は、当然の帰結として、今はもう僕の為になどなるよりも、反対にただ僕の荷物である母の死をのみ願うようになって来たのである。と丁度この時だった。その後引続いて僕の母が厄介になっていた山崎家の者が、僕達に向って立退き方を迫って来たのは。そして、僕達が小倉家の一室へ越していったのは。

山崎家の者が、僕達母子を追いたてたのも、畢竟《ひっきょう》するところ、これ一に金から来ているのである。僕には、どうやらそう想われてならない。つまり、僕達が山崎家の者から、無理やりに立退き方を命ぜられたのは、一に僕の母が支払ってやらなければならない、其処の間代を滞らしていた点から来ているのである。もっとこれをはっきり言おうなら、彼等が間を貸しあたえている者の為には、たった一人の悴《せがれ》であると言うこの僕が帰って行っても、尚滞りに滞っている間代を支払ってやろうともせず、便々と朝夕の起居をつづけていたから、彼等もとうとう溜らなくなって、僕達母子を追いたてて来たのである。

で、此処にも金から生れた悲劇がある。

ところで僕は、母の許へと帰るが早いか、この滞りがちの間代なる物を、即座に山崎家の者の前へ叩きつけてやる事はいやという程知ってはいた。だが、何しろ帰る時には、旅費まで君に借りて行った身分では、そう言うことは幾らこころでは思っても、所詮は出来ない相談だった。

それから、帰る時には、もう死に目にさえも遭えない物だとのみ思っていた僕の母はまた、どうした風の吹きまわしか知らないが、その後日を追うて、幾分ずつか良くなって来た。となると、僕は乗りかかった船でもって、いやでも応でも、当分は母の許にふみとどまって、母の看護に当らなければならない破目に立ちいたってきた。が此処でも弱ったのは僕達の貧しいことだった。


僕の母は、何分ともに煩っているのだから、食物などは名ばかりだった。だからこの方の心配は、あって無いも同様だった。が弱ったのは僕のことだった。僕の食べ物のことだった。

しかし、幸せとこの方は、佐伯や小林の手で持って助けてもらう事にした。が根がそう言った風な惨めな身の上だとすると、矢張滞りがちの間代は、依然として僕にはどうにもならなかった。幾ら催促されても、僕にはどうする事も出来なかった。

と其処へ降って湧いたのは、僕達がそこから立退かねばならないと言う問題だった。同時に、ここで以て僕は、僕の母に対して、恐ろしい企てを抱くことにもなったのである。

いや、事実ありの儘にいえば、僕は山崎家の者から、立退き方を命ぜられた時には、金輪奈落《こんりんならく》動くものかとも思った。此方は、動かすことも出来ない重体の病人を背負っているのである。だから、相手が愚図愚図いったら、これを楯にして誰が立退きなどしてやるものかとも思った。

が気の弱いのは女である。僕の母は、山崎家の者が、この僕をつかまえて命じている立退き方を小耳にはさむと、もう即座にそこを出ようと言うのである。

「おれは、どんなとこでも構わん。どんな物置小屋でも好い。おれは其処へいく。おれは、ここの家にいるのが、針の蓆《むしろ》にいるよりも切ない。」と、こうも僕の母はいうのである。

これは屹度、僕の母が、僕達の仕打ちを考えてみた結果、山崎家の者へ対して気の毒になって来たところから、こうした弱音も吐いたのだろう。どうやら、僕にはそう想われてならなかった。

で、僕は、母からそう言われて見ると、またその気になって、早速これを、小林や佐伯に計ってみたのである。と彼等も僕の意を容れてくれて、それからそれと、彼等の心当りを当ってみてくれた。がなかなか僕の求めている間が見つからないのである。なるほど、聞いてみると、選りどり見どり、間はいくらもあるのだ。だが、何分にもその間へ越して行こうと言う人間が、一時は危篤にさえ陥っていたと言う病人を連れているのだから、先方ではそれと知ると、いくら間はあけていても、首を縦に振ろうともしないと言うのである。——先方では、持っている間を貸すと言うことは、やがて葬いを引受けるも同様だと思うところから、中々以て、首を縦に振ろうともしないと言うのである。これには、僕もほとほと弱ってしまった。がその中に見つかったのは、小倉なのである。この小倉を佐伯が見つけて、僕のところへ持ってきてくれたのである。

僕は佐伯からこの話を聞いた時には、一も二もなく、直ぐとそこに定めてしまった。何分にも僕は、旦《あした》に山崎家の者からして立退き方を命ぜられ、夕には僕の母からして、引越し方を慫慂《しょうよう》されていた矢先だっただけに、その間の位置や、その間を持っている家の人数などを穿鑿《せんさく》している暇《いとま》を持っていなかった。だから、僕は、佐伯の口からそ

れを耳にすると、もう即座にこの話を定めてしまったのである。と佐伯はいうのである。——こう何か佐伯は、盗んできた品物の分配でもする時のような調子でもって言うのである。——

「ところでこの間だが、この間は今迄にはいった者は皆死んで出るのだ。だから、この頃ではもう近所隣りの者が、この間のことを、『死人の間だ。』『死人の間だ。』というのでもってつい借り手がないと言ったような訳なんだ。だから、僕も君の為にどうかと思うんだ。もし君も、いやならいやで、止めるんだなあ。」と言うのである。

ここでも僕は、総《す》べてをありのままで言うことにする。僕ははなこれを耳にした時には、どうしたものかと思った。どうした関係でもって、その間を借りた者が、火の中へ飛びこんで行く、あの虫ででもあるようになるのかそれは分らないが、今佐伯のはなしたようだとすれば、僕はこの世でたった一人の母を携えて、その間へはいって行くことは事危険である。事危険だとすれば、これは一議におよばず、止すべきだと、こう思った。がその刹那である。僕のこころの中へ、恐ろしいたくらみが起ってきた。この恐ろしいたくらみが、夕立雲のようになって、僕のこころの中へ起ってきた。

僕がこの時に思いおこしたのは、その後日を追うて幾分良くなってきた母の容態だった。と同時に思いかえされたのは、僕達母子の貧しさだった。この二つの者が、見るみる中に、合してもって一つになった時に、僕は落してきた一大事を、ふと其処でもって発見したも同様にして、もう直ぐと、その間へ引移っていくことに思いきめてしまった。

無論僕はこの時、佐伯の口にした事を、その儘信じようなどと言う念は持っていなかった。反対に僕は、その事実を全部残らず、否認しようとさえも思った。

何故といえば、佐伯のいうことには、微塵これと言って、はっきり依拠するが物を持っていなかったからである。持っていたのは、僅《わずか》にこれこれの事があると言う、いわば唯単なる事実の報告に過ぎなかったからである。がしかしその時の僕のこころの奥底には、これは動かすことの出来ない事実であれかしと願うの念が、火のようになって起ってきた。佐伯の言い分には、これと言って、はっきりとした依りどころを持っていなかっただけに、僕は唯々、それはあの石のように、動かしがたい事実であれかしと思うの念でもって、もう胸が一杯だった。そして、僕達母子が、そこへ引移っていくが最後、もう引移った日からして、その事実が僕の母の上にも、はっきりと働きかけて来るようにと願うの念でもって、僕の胸は、今にも張りさけんばかりになってきた。

が、一面においてそう思えば思うほど、他の一面には、出来るだけこれを、相手の者へは、秘しかくして終わなければならなかった。だから僕は、佐伯に向って言ってやったのである。――

「なあに、大丈夫だよ。そんな古風なことが、当世にあって溜るものか。若《も》しあったら、僕はお目にかからないよ。」と。

で、僕はこう言って、即座にその話をきめると、もうその晩のうちに、小倉家へとは越していったのである。

ところで、小倉家の一室へ越してきた結果はどうだっただろう。これはもう君の知っている通りである。

僕は佐伯から聞いて、ここへ越してきた時には、今もいった通り心の中では、謂《い》うところの「死人の間」の働きなる物を、なかば疑いながら来たものだった。――なかばそれを疑う一面には、如何にも的確にその働きが、僕の母の上にだけは現われるようにと念じながらやって来たものだった。が来てみて、半月経つか経たない中に、丁度枯木の枝の折れるようにして、死んでいった母のことを思うと、僕がそれまでに抱いていた疑いが、一時に晴れてきた。一時に晴れるとともに、そこには僕の願望が、差登ってくるあの朝日子のようになって来たから、僕の心はここで以てまた、夜の方へ引返していこうとするのである。

君はなんと観る。——君は、僕の取ってきた態度についてどう思う。

僕は、事の結果から観て、かなり苦しい思いをし続けている。——偶々《たまたま》その原因が、なんであるかはっきりしないだけに、僕はなおと余計に、切ない思いをし続けている。だが、それにしても、ほしい物は金である。

僕は、一切その原因は分らないながらも、事の結果から観て、かなり苦しい思いはし続けているが、しかしそうかと言って僕は、この償いをどうしようの、こうしよう

のなどとは、微塵考えていない。と言うのは今百歩を譲って、僕のしてきた事が滔天《とうてん》の罪悪にあたるとしてからが、この責は、僕自身負うべき性質のものではないと思う。それどころか僕は、もし僕の取ってきた態度について、責任を持つべき者があるとすれば、これ紛う方なく、「貧しさ」その者が持つべきだと思う。何故といえば、その来たる所以は、一に僕の貧乏くたさから発しているからである。

僕は贅沢はいわない。若し僕が、僕と僕の母とが生活していけるだけの保証さえ贏《か》ちえていたなら、僕は金輪奈落、今度のようなけちな事はしなかっただろう。ところで、事実はこれと正反対だった。僕は母の許へ帰りは帰っても、居どころさえもないような態《ざま》だった。同様に僕の母は、死ぬか生きるかの大病になやみながらも、尚能《なおよ》くこの大病を養う術さえも持ってはいなかった。で、始終の結果は、僕達母子が借りてもって、僅に雨露をしのいでいた一室からも、追いたてを食わなければならない、悲しい破目にも立ちいたったのである。——と観てくると、僕はどうでも、今度の事の起りは、一にこの「貧しさ」故にあるのだと思わざるを得ない。だから言うのではないが、僕は今度の事件については、切っても切れない関係のあ

る僕達の立退き。これも来たるところは、皆金からだと思うと、微塵僕は、僕達母子に立退き方を命じた、山崎家を恨もうなどとは思わない。唯恨みなのは貧しかった僕達自身のことのみである。

それから、僕はまたこうも思う。――取りように依っては、僕の手にかかって殺されて行ったも同様の僕の母も、ここの道理さえ知ってくれたなら、もう笑って僕の罪をゆるしてくれるだろう。――僕の所業が、一大罪悪にあたるとしてからが、僕の母はもう笑って、これを許してくれるだろう。何故といえば、この僕の貧しさも、畢竟するところは、僕の母、もしくは、僕の父からして来ている事だからである。

それにつけても、ほしい物は金である。金のないばかりに僕は、こうまで心にもない事を余儀なくして、今度はまたその為に、さんざん同しこころを苦しめ抜かなければならないのだから、考えるといやになる。

では、これで以て、僕の秘密物語も終りである。無論君は如才《じよさい》もあるまいが、この

事は誰にもしゃべらずにいてくれ。またこの次僕と逢っても、この事は口にしないでくれ。僕はもう二度とふたたび、この問題について、口を利きたくはないから。

君は、僕が今この手紙を書こうと思いついたまでの僕の気持ちは知ってくれるだろう。なら君は、僕のこの頼みも聞いてくれるだろう。しみったれた事を言うようだが、こればかりは固く頼んでおく。

僕は、一日も早くここを立ちたい。僕は、自分のした事を忘れる点からも、一日も早くここを離れたい。

犬の出産

山口がその夜家にかえったのは、もうかなり夜も更けてからだった。何しろ彼が、郊外の停車場でもって、電車からおりた時には、そこの柱時計が、零時三十五分のところをさしていた。

で、停車場から、山口の家までは、たしかに八九町の道のりがあった。それに生憎と、その夜はおそろしく空気がひえきっていた。これがもう後二三日もすると、四月になろうという時の陽気かと思われるほど、それは薄さむく、物哀れな夜だった。それにまた、停車場から、山口の家へいくまでの通りは、灯火もとぼしく、それだけにまた甚《はなは》だしく寂しかった。さすがに、停車場近くは、家数も多く、ちょっとした通りにはなっているけれど、そこを一町ほども行くと、後はもう家並も、ちょうど年寄りの歯もどうよう、所疎《ところまばら》になっている。そして、裏という裏は、みな畑続きばかりである。

この間を山口は、ひとり淋しく帰ってきたのである。彼は、薄さむく吹きながれてくる風を、くたびれきった外套でもって凌ぎながら、とぼとぼと帰ってきたのである。

がその途中でもって思ったのは、家にひとり留守居をしている妻のことだった。「きゃつはきっと、今夜もまた、慄《ふる》えあがってるだろう。」と思うと、山口の足も、ひとりでに早まってきた。が相次いで、彼のこころに上ってきたのは、「いや、昔は知らず、この頃では、もうそうじゃあるまい。」ということだった。というのは、この時からして、半月ほど前になる。山口の借りている隣長屋へ、――彼の借りている家というのもまた畑中にあって、それは二軒長屋だった。そして、彼はその中の一軒、南側になるそれに住んでいたのである。がその隣長屋へ、ところは麻《あざ》布《ぶ》で、「イーグル」とかいう万年筆を製造している家の細君だというのが、来り住んでいたからである。

その癖山口は、この万年筆屋の細君とは、そんなに親くはしていなかった。それ処か、ありようは、碌々《ろくろく》朝の挨拶もしあわないという間柄だった。そして、その責は一に相手の方にあったのである。

第一は、この万年筆屋の細君が、山口のいる隣長屋へ移ってくると、その翌日のことだった。停車場近くにある一軒のそば屋の出前持ちをして、大抵は三つときまっているそばをも、二つだけの切手*を配らせたきり、彼女は、顔出しさえもしなかったからである。

そればかりではない。このそばを贈られた日のことである。山口の妻が日暮に、隣りの先にある共同井戸へ、水汲に行こうとすると、丁度隣りの勝手口に、そこの細君がつッ立っていたそうである。だから、それと見ると彼の妻は、

「只今は、どうもありがとうございました。」といって、丁寧に挨拶したのだそうである。と隣りの細君は、詞《ことば》もかえさず、そっぽを向いてしまったそうである。で、水を汲んで帰ってくると、山口の妻は、始終の様子を語って、ひどく口惜しがった。

「そりゃあれだよ。お前の詞が、向うの耳へはいらなかったんだよ。」

山口は、その時こういったものである。彼は、こいつひょっとすると、耳が遠いのかも知れないと思ったところから、こうもいったものである。と彼の妻は、

「そんな分らない人があるもんですか。」というのであった。「そうじゃありませんか。またあたしのいうことが聞えないとしても、挨拶はあたしより、向うの方から先にするのが法じゃありませんか。だのに、向うでは、あたしの顔をみると、もう御自分の顔まで、そ向けてしまうんですもの、随分失礼な方ですわ。」というのであった。

なるほど、いわれて見ると、それはそれに違いなかった。だから、その時山口はこういったのである。――

「これからは、もうそういう屁ッぴり虫には挨拶するな。何しろ相手は、蕎麦二つだからな。」

「ええ、あたし、もう首がとんでも、お隣りのおかみさんとは、口など利きませんわ。だってあなたは、耳の遠い人のようにおっしゃるけれど、あの人さっきから、女中さんなどを相手に、よくお話してますわ。――普通の調子でもって、お話をしてますわ。」

「だから、そういってるじゃないか。そんな獣とは、もう口を利くなといって。」

「ですが、あれですわ。今もあたしに挨拶させたのは、みんなあなたですわ。」

「そうさ。とにかく向うの仕打ちは至らないながらも、人間は人間だから、会ったらこちらから先に、『宜しくお願いします。』と言って、挨拶しろと僕はいったのだ。だが、それをして見ると向うはこれを受取ろうともしない獣だとすれば、もうこの上は、こちらから口など利かなくたって好いよ。」

「ええ、あたし、……」

山口の妻は、よっぽど口惜かったと見えて、とうどうその時は涙になってしまった。で、これらが事のはじまりで以て、その後はもうそれまで通り、彼等にとっては、隣はあき家同然だった。が然《しか》し、この時ばかりは、それはそれ、これはこれといった風に考えられて、彼にだけは、なんとなく気強いものに思われてならなかった。

なるほど、山口のいる家のすぐ前に一軒の家があった。が何分にも、それは夜も夜中のことにしてみると、ちっとやそっと声をたてたところで、前の家へは通らないかも知れない。そこへ行くと、不断は見も知らない他人のような間柄でも、根が壁一重の隣同志だとすれば、まさかの時には、手位は貸てくれない事もなかろう。いや、隣の細君はそうした場合にも、矢張りたぬきをきめこんでいるかも知れないが、一切外からやって来る物取りなどは、ただの一軒ではなく、隣の長屋にも、誰か人の住んでいるのを知ると、もうそれに恐れをなして、容易には忍びこみはしないだろう。と思うと、山口のこころも自然に放たれてきた。そして、彼は、やがて案じわずらっていたわが家へとは帰ってきたのである。が彼が家へはいってからである。はいって、茶の間の長火鉢のまえに坐ってからである。

「あなた。さっきから泥棒がきてるらしいのよ。」と、山口の妻が、声をひそませながらいうのであった。

「泥棒がきている？」

「ええ、さっきから、なんだか知らないけれど、ごそごそと、音がするのよ。」

「そりゃ風だよ。風が硝子戸《ガラスど》へあたる音だろう。きっとそうだよ。」

「いいえ。そうじゃありませんわ。」

「おい、静にしろ。」

この時、どこからかして、ある物音がはっきり聞えてきた。だから山口は、全身にめぐらされている神経という神経、感覚という感覚を、双の耳へあつめて、じっところをすましてみた。とその物音は、一段とはげしく、彼の耳についてきた。それが耳について来ると、彼ももう我をわすれて起ちあがった。そして、勝手口へと飛んで来て、そこの硝子戸をあけて、今度は外へ眼をはなってみた。が外には、春ではなく、冬の方へと向って吹いているような風がある外は、怪しい物の影もなかった。だから彼は、硝子戸をしめながら、

「なんだろうな。今の音は。」といった。この時、そこの床下から起ってくるある物音が、不安さと焦燥さとに駆られて、丁度水に漬られた笹ッ葉のようになっている山口の聴覚を、とぎすました針になって刺してきた。と同時に、彼はいった。——

「分った。分った。震源地は、二つ蕎麦の踏みつぶされだよ。」

「なんです。二つ蕎麦の踏みつぶされッてのは。」

「分ってるじゃないか。あれだよ。隣りの犬のことだよ。」

「そうでしょうか。」

「そうだよ。隣りの泥棒犬が、牛の骨でもかっぱらって来て、それをこの床下でもって、頻《しきり》と嚙みくだいてるのよ。」

その中山口が上へあがって、こういっているとこへ、下の方からして、ステッキで以て、そこの土を掘りかえしているのだといえば、そうもいえるし、またナイフで以て、何か獣類の骨片でも割きくだいているのだといえば、そうもいえる物音が聞えてきた。とにかくそれは、犬の仕業らしかった。「いやな犬ね。」

「お前は、犬ではなくて、牛のようだから、それで隣の犬がきらいなのだろう。」

「そうですわ。――大きさも大きいし、動きだって、まるで牛ですもの。それにあたし、顔立だってきらいですわ。」

「ブルに似てブルに非ずといった風なところか。なんだかこう、一度は石の下にでもなったように見えるあの面《つら》つきがきらいなのか。」

事実、隣の犬は大きかった。毛色は、ところどころ紋のある白だったが、可笑しいのは、これも大きくていて、しかもそれは、一度搾木《しめぎ》にかけられでもしたように見える顔立をしている事だった。それに、眼の色も、どこか来たるべき驟雨《しゅうう》を思わしめるように、どんよりしていた。

で、この時、この犬の事からして、山口の妻は、隣の細君の噂をした。例えば、隣の細君は、随分とおしゃれだというのである。不断身につけている者はといえば、それは少しくたびれてはいるが、物はお召《めし》*で、茶の棒立*だというのである。その上へ、これも物はお召で、茶の弁慶*である袢天《はんてん》をひっかけているというのである。

それでいて可笑しいのは、いつも頭は、ひッつめにしている事で、また顔形といったらないというのである。顔の色は浅黒くて、一体が面長だが、なんとしても、口と眼とが溜らないというのである。

眼は大きく、白眼勝ちでいて、一方の眼尻が九天の高きにあがっているとすれば、一方の眼尻は、九泉の低きについているといった風だというのである。それに、どうしたものか、体中には、大きな鑿《のみ》でもって刻みこんだような、幾筋かの竪皺《たてじわ》があって、全体の感じは、そぞろにも般若《はんにゃ》の面を想わしめる物があるというのである。

「僕は、一度もお眼にぶらさがらないから、そんな事は知らない。だがなんだな。小うるさく吸鳴る婆だな。」

山口がこういった時には、唐辛子にいぶされながら、溝のなかに声をたてきっている、あの家鴨《あひる》ではない。鵞鳥《がちょう》のそれを耳にしているような感じが、はっきりと心についてきた。とそこへまた、彼の妻がいうのであった。――

「それに、お隣りさんは、そりゃ贅沢なのよ。毎日、八百屋さん、魚屋さんが御用聞きにくるんですの。そうそう、それに、肉屋さんも毎日御用聞きにくるんですの。」といってから、忘れていた一大事をつけくわえるようにしていってきた。──「それにね。毎日、お菓子屋さんまで来るんですわ。──あたし、そう思うの。お菓子など、女中さんを買いにやればいいんですけれど、お隣のおかみさん、女中さんに誤魔化されやしないかと思って、気をまわしているらしいんですの。可笑しいわね。」

「そんな事は、どうでもいいが、なんだろう。お前、隣の寛闊振《かんかつぶり》というのか、その豪勢さが羨ましいのだろう。」

「御常談ばっかり。──あたし、そういう奢り沙汰など、羨ましかありませんわ。」

「どうだか、分るもんか。」

山口夫婦は、かくした無駄をいい合って、その夜は寝てしまったのである。だが彼には、床についてからもそうなら、床につくまでにも、そこにまた、人の知らないいろいろな思惑があった。

第一には、今後における身の振かた如何《いかん》という問題があった。──これは去年の暮のことだった。山口の勤めていた貿易商会も、世の不景気風に煽《あお》られた結果、社員の一大淘汰をおこなった物だった。で、彼もその時、この淘汰中の一人に加えられて、会社を追われたのは仕方ないとしても、その時会社から支給された退職手当ても、愚図愚図している中に使ってしまって、もう残りすくなになってきたのである。だから彼は、その日も一日、妻には隠して市内へ出かけていって、就職口をさがして来たのであるが、この成行如何も、彼のこころの内でもって一杯になっていた。

それから、この不安な波に打たれると、山口には、今のさっき彼の妻から聞いた隣りの生活振が、何か知ら羨まれてならなかった。それがたまたま、「お前は、その豪勢さが羨ましいのだろう。」などと、妻に向っていった後だけに、山口には余計と、顔に火をかけられたような思いがあった。がそれやこれやで以て、その夜も彼は、なかなか眠りにつけなかった。がやっとの事で、夢路をたどり出したのは、三時の時計を耳にしてからだった。ところで、その夢もまた間もなく破られてきた。

山口は、何かこう台所の方でもって、人声がしたと思っていると、それがやがて、「生んでます。生んでます。」というのに変ってきた。これがはっきりと山口の耳についてきた。と同時に、彼には、その声の主は、隣の細君だという事が、手にとるように感じられてきた。とそこへまた、

「エスや、お前、あかちゃんをお生みかえ。エスや、少しお退《の》き。退いてよくあかちゃんを見せとくれ。お前、幾つお生みなんだ。」というのが、山口の耳についてきた。

その時彼には、彼の床下に、隣の犬が、幾疋《いくひき》かの小犬を、彼女の胸にだきしめている状《さま》が、こころの中に思いえがかれてきた。と今度は、そこへ彼の妻のいう詞が聞えてきた。——

「あかちゃんが、お幾ついます？」

「さあ、五六疋はいるようでござんすよ。みなエスそっくりで、白斑揃《しろぶちぞろ》いですよ。」

これは、無論隣の細君だった。それがまた、床下に向っていっている詞にかわってきた。——

「エスや、お前、いい子だね。エスや、お前、出といでよ。お前、御飯をいただかなきゃいけないよ。御飯をいただかなければ、おっぱいが出ないじゃないか。」

「おなかがすくと、その中《うち》頂きに行くでしょうよ。」

「そうでしょうか。——家にはちゃんと、御飯の支度がしてあるんですよ。それに、もうちゃんと、この間中から、産褥《さんじょく》もこしらえてやってあるんですよ。だのに、犬なんて、本当に仕様のない者ですわ。何もお宅様の床下へきて、生まなくともいいんですがね。本当に、お宅様へは、御迷惑ばかりお掛して、相済みません。」

「いいえ、手前共は、一向に構いませんけれど、……」

隣の細君が、犬にいっている詞がすむと、後は、こうした二人の問答にかわってき

た。かと思っていると、

「そいじゃ相済みませんが、暫くのところ、宜しくお願いもうします。」という詞があって、間もなく、そこの硝子戸をしめきる音がしてきた。それによって、その場の事は打どめになってしまった。それからまた、山口は睡りについて、次ぎに眼をさましたのは、かれこれもう十一時にちかい頃だった。

その日もなんだか、はっきりしない日だった。山口には、起きてから水でもって顔を洗わなければならない事を考えると、一寸は床をはなれ難くもなってきた。がしかし、いつまでもそうはしておれないものだから、やがて彼も床をはなれた。そして、彼は茶の間へ出てくると、そこでもって、

「あなた、大変よ。」という、彼の妻の詞でもって迎えられた時にいったものである。

――

「分ってるよ。隣の犬が子をうんだんだろう。」と。そして、山口はまた詞をかさねた。――「それよりも僕の驚いたのは、越してきてからこっち、ただの一度も挨拶にだって顔出ししなかったやつが、犬が子をうむと、もうそれまでの事は物置きへほりこんでさ、いけしゃあしゃあと、犬を見にきた事だ。だから、これが僕なら、僕はこういってやりたかった。――『どの面さげたら、こちとらの敷居がまたげるんだい。』

と、いや、こういったら、向うは、『般若面《づら》だからやってきたんだ。』と、いうかも知れない。とにかく、いい気なものさ。」と。

「本当よ。あたしもそう思いましたわ。あたし、起きると直《すぐ》よ。勝手口で、『御免くださいまし。』というから、誰だろうと思って出てみると、お隣のおかみさんなんでしょう。ですからあたし、それと知った時には、亡くなったお友達に、めぐり会ってるような気持ちがしましたわ。」

「で、犬は、どこにいるんだ。」

「直そこですわ。お隣のおかみさん、あたし、そこのあげ板をあげると、そこから首をつッこんで、見ていらしたから。」

「そうさ、そうして犬はみにきても、一向に人のこころを見ようともしないんだから、憐れな者さ。」

それから、山口は台所へ出て、顔を洗ってから、そこの戸をあけて外をみた。と外の景色は、春にむかって動いているといわんよりは、寧《むし》ろ反対に、秋口の方へとは移りつつある物のように思われた。で、それやこれやで以て、その日もまた彼にとっては、溜らなく寂しい日だった。が同じことは、またその翌日も繰返された。

その朝も山口はまだ床についていると、台所からして、隣りの細君と、彼の妻とがし合っている問答が聞えてきた。――

「相済みませんが、もう一度犬を出させてくださいましな。」

「どうぞ。――ですが、あれですか。子犬をとりだしては、親犬があなたの手に、噛みつきはしませんか。あたしのとこの人、そういっていましたわ。今の中、無闇と子犬をいじると、親犬が怒っちゃって、いじってる者の手に噛みつくッて。」

「ええ、そうですって。ところで、エスのやつ、今家へやって来たんですよ。やって来て、今夢中で御飯を食べてるんですよ。ですからあたし、今の中に、あかちゃんをみんな、出しちまおうと思うのですよ。」

これが済むと、そこへ、あげ板をあけているらしい音がして来た。相次いで、

「まあ、可愛いこと。」というのが聞えてきた。これはどうやら、山口の妻らしかった。

「違ってるのは、これ一つです。あとは五つとも、まるで母親に生きうつしですわ。」

「そうですわね。本当に、可愛いこと。」

これらの詞の間から、子犬の鳴き声がもれてきた。

「いろいろとありがとうございました。どうも御迷惑さまでした。」

「いいえ。」

それから、硝子戸のしめられる音があって、もう後は、元の静けさに返ってきた。間もなく山口は、床をはなれた。そして、彼はその日も、朝飯を口にすると、また外へ出掛ていった。彼はこの日もまた、就職口について、市内にいる友人を尋ねたものである。

で、山口が家へ帰ってきたのは、もうそここの軒灯に火がはいってからだった。彼は、日が落ちると、一段身にしみてくる風の中を、とぼとぼと帰ってくると、そこにはまた、彼をおどろかす出来事が待っていた。

「あなた、お隣さん引越しよ。」

「嘘つけ。僕がきょう出掛ていく時はいたじゃないか。」

「ええ、あなたがお出掛になってからですわ。」

「本当か。」

「だって、嘘いったって初まりませんわ。」

「どこへ越したんだ。」

「知りませんわ。あたし。」

「だって、隣から、挨拶にきたんだろう。」

「いいえ、だんまりで、越《こし》ちゃったんですわ。」

「ひどいやつらだな。まるで泥棒じゃないか。」

「泥棒ってことはありませんけれど、随分失礼な方よ。」

「犬の子はけさ持ってったんだろう。」

「そうですわ。けさ持ってく時には、本当に済まない事でもしたようにいっといて、お昼過ぎには、もう物でも盗んだように、だんまりで以て、越して行くんですからね。あたし、随分いろんな人を知ってるけれど、ああいう恐ろしい人ははじめてですわ。――お隣のおかみさん、きっと犬が子をうまなければ、一生あたしに口など利かなかったに違いありませんわ。」


話はまた、自然に、その日の朝の出来事にまで溯《さかのぼ》っていった。だが、幾らそれを繰返しても、遂に隣の細君がとった態度のほどが分らなかった。

なんでもその日は、その月の末日だった。とすると、隣の者は、越してきてから、越して行くまでには、多くも十五日間とはたっていなかった。とすれば、越してきた原因はともかく、越して行ったのは、どうした点から初まっているのだろうか。それは、日当たりの悪かったせいだろうか。または、直裏には共同井戸がある関係から、そこの水を汲みあげるポンプの音がするので、それを恐れた所為《せい》だろうか。よもや、土地の不便さから、逃げて行った訳ではあるまい。なぜといえば、それは越してこない前からして、もういやというほど分っていることだから。などと思ってみたけれど、山口には、矢張り分らない事は、幾ら考えても分らなかった。

ただこの闇雲の中にあって、ただ一事分ったことがあった。それは、今も山口の妻がいったように、若《も》し隣の犬が、彼の床下にきて子を生まない限り、叩き殺されたところで、隣の細君は、彼の家へは顔出しはしなかっただろうという事だった。顔出しもしなければ、従って彼の妻には、詞一つも掛はしなかっただろうという事だった。

それを思うと、山口には、こう何かそれは、試しというのか。または惑《まどわ》しというのか。とにかくこれが普通の人間にあっては、あわなくともいい人間に、彼等のみが引あわされたような気持がしてならなかった。それだけにまた、彼には限りなく寂しかった。

それと山口には、この夜もやはり、彼の身の振方が気になってならなかった。いつになったら、彼は探しもとめている職につけるのか、一向にその見当さえもつかなかった。丁度それは、その日の午後から行われたという隣の細君が、いかなる理由から、いかなるところへ越していったのか分らないのと同じように、一向にその見当さえもつかなかった。

殖える癌腫

恐い物程、なおと見たくなるというが、高田もやはりそれだった。彼は、その日も、引け時間を待っていて、会社を出るが早いかもう風のようになって、彼の細君が行っている、掛りつけの産婆へ寄ってみたのである。ところで、寄ってみると、彼の細君は、まだ生みもやらず、大きな腹を抱えて、産婆の一室に坐っていた。

それを見ると、高田は、安心ともつかず、不安ともつかない気持ちを一時に覚えた。で、彼は、細君の容態を、それと見届けると、

「おい、気をつけなきゃいけないよ。」といったが、然《しか》しこころの中では、その反対のものを願いもし、望んでもいた。高田は、出来るものなら、来る分娩期を劃《かく》して、母子諸共果敢《はか》なくなって行ってくれれば好いとさえも、思ったのである。というのは、なんとしても彼には、健康をも通りこして、文字通り、頑健無比な彼の細君が恐ろし

かったからである。

高田は、彼女と結婚してから、丁度今年で足掛け十三年目になる。その間に、彼女は、二回目に一度二子を生んだので、今では完全に五人の母になっているのである。その上彼女は、またも腹へ六人目の子供をやどしているのだから、それが彼をして、ペスト菌にでも対するように、溜らない恐れを抱かせて居るのである。

二

これは、高田の細君が、出産回数からいえば、三回目の時だった。つまり子供の頭数からいえば、四人目になる子供を生んだ時だった。ある日、それを知った会社の同僚が、彼を捉えていうのであった。

「おい、高田君、宜ろしく君は、フランスあたりへ帰化するんだな。」と。

これを耳にした時には、高田は、癩菌《らいきん》を彼の静脈に注射されたような気持がした。

「だが君は、大地主の兄さんがあるから好いけれど、これが僕達のように、プーアなサラリーマンだって見給え、もう明日の日から、僕達は、親子六人の乾干《ひぼ》しを拵えなきゃならないから、僕は君の身分のほどが羨ましいよ。」

相次《あいつい》で、こういって来た同僚の詞《ことば》を耳にした時には、高田は、其処《そこ》にもう注射された癩菌が、的確に彼の全身へその症状をあらわして来たのを、眼にしたも同様の気持ちに襲われたものだった。何故といえば、当っているのは多量生産の一事があるのみで、それがどんなに倍加されようと、なお余裕綽々たるもののように、相手から踏まれている身分のほどが、まるで見当外れだったからである。成程、高田の兄は、少しばかりの田畑と、山林とを所有しているのは事実だった。がこの中、山林は不精者の頭でも見るように、雑木の生えるままに打捨《うっちゃ》ってあるのだからなんら兄の収入にはかかわりを持ってはいなかった。がそれとは反対に、兄に取って、唯一無二の収入先である田畑の中、その過半は、挙げて小作人の手に委《まか》してあるのである。

ところで、この方の収入なる物はどうかといえば、これはまた、その後田畑所有者と、これが小作人との間に醸《かも》されつつある小作人争議のために祟られて、それからの収入は、殆《ほとん》ど皆無だといってもよい状態になっているのである。それればかりではない。爾《しか》く係争問題中の一人であるだけに、高田の兄はまた、精神よりも物質をのみ愛する側の人間だった。それが因をなして、父の歿後は、弟たる彼に仕送りなどはおろか、その後は打絶えて、音信《いんしん》さえも寄せてはくれない有様なのである。だから彼は、私立大学を卒《お》えるまでの学費の如きも、それは一に、母の手によって講じられたのである。

がその母も、彼が私立大学を卒えたその翌年、もう父の後を追って終《しま》ったのである。

母の歿後、高田は独力でもって、生きて来たのである。従って彼の結婚も彼の自由でもって行ったのである。が偶《たまたま》これがまた、一段と兄の反感を強めた所以《ゆえん》でもあった。それは外でもない。彼の細君は、彼が大学を卒えてからも、なお下宿していた下宿屋の女中だったからである。

その女中と、高田が結婚同棲することになってからである。これが郷里へ伝わって行くと、それまでは他人同士のようになっていた兄が、不意に一書を飛ばして来たものである。

「俺は、今後お前を弟とは思わないから、お前も決して、この俺を兄だなどと思ってくれるな。」という意味のことが書いてあった。その理由として「お前は、下宿屋の女中風情と一緒になって、愧《は》ずかしいとは思わないか。お前は、家名に泥を塗るために、高等教育をうけたのか。」という意味の事が書いてあった。

高田は、これを読むと、唯《ただ》兄が憫《あわ》れになった。彼には、憤《いきどお》りを感ずるよりも、唯相手が憫れになった。成程兄にも、幾分彼の所業が、——彼が独断でもって女を選んだ事や、偶その女が、下宿屋の女中だった点については不愉快に思ったのも事実だろうけれどそれをきっかけに、義絶方を申込んできたのは、一に、自分の相続している父の遺産を愛惜する点にかかわっている事は、彼には掌《たなごころ》を指差すよりも、もっともっと明かに、それと観て取ることが出来たのである。だから彼には、憤りよりも、むしろ憐れの方が先立ったのである。

で、こういう事があってから、高田は兄とも絶縁して終って、唯独り生きているのである。のみならず、これを余所《よそ》にしても、兄はしかく物持ちではないから、所詮彼は、自分を加えて、六人になるそれらの糊口を凌いで行く力などは持っていなかったのである。その訳を、彼はこの時、同僚に語ってやろうかとも思ったのである。――「常談いっちゃいけない。兄はあっても、お菰《こも》*でないだけが見っけ者さ。」とばかり、手短かに、そうなりといってやりたかったのである。その後、兄と義絶していることはいわなくとも。

高田は、そう思った時だった。彼れにはまたこういう事が考えられて来た。――彼がそういってやったら、相手はきっと、

「それにしても、君の夫人の方が良けりゃ文句がないじゃないか。」などと、いって来はしないかと。相手は、全然自分のいい分なる物を否認されると、なんらこれというよりどころがなくとも、よくあるやつで、以て、暗夜に鉄砲をはなちたがる者である。つまり、一応は、卑しい臆測を押しならべて来はしないかとも思った。そうした

らもう最後である。高田は、彼の妻や、妻の実家などから、微塵補助など受けていないことを、はっきりといってやろうと思った。

もし、そういってやっても、なお相手がこれに信を置かない場合には、砂粒でも数えたてる時のようにして、高田は彼の妻が実家の様子、延《ひ》いては、彼の妻が実家における位置如何《いかん》なども説いてやろうと思った。つまり、薄倖なことは、彼の妻も彼と同じく、彼女が生れると間もなく、生みの母は亡くなってしまった。だから現在母はあっても、それと彼女とは、生さぬ仲だけに、石を氷の中へ入れたも同様なのである。この関係が、何かの妨げをなして、腹は違っても、彼女のためには三人の弟妹との間も、石と石との交りも同様なのである。

何分にも、父なき後は、そうした悲しさばかりあって、彼女もまた孤児同様なのである。その後彼女が、東京の下宿屋に、女中などしていたのも、来たる所以は、同じ氷の中に坐しているなら、それは一層、知らぬ他郷の、あかの他人の中でこの思いをするに如《し》くはないといった風な、いわば焼け心地からして始められていたのだそうである。だから、それも剰《あま》すなく語ってやろうと思ったが、その時はもう高田も四人の父になったという事実のために胸を圧せられていたので、もうそのまま唖のようになっていた者だった。――彼は、泣くよりも、形ばかりの笑いを見せて、そのまま黙っで、この中の二の如きは、同じ常談でも、多分の誤解から成っている物だけに、どっち路、深く問題にする必要はなかったけれど、それとは反対に、一の方は、その後年月を経るに従って、いよいよその実をたしかめて来たから、さすがに高田も、胆《きも》を奪われて終ったのである。その証拠の一つは、その日も高田が、産婆のところへ引取られている、彼の細君を尋ねての帰り路というのか、いやそれは、行く路すがらだってそうだった。いや、これを厳しくいえば、彼は、回数からいえば四回目、子供の頭数からいえば、五人目のそれを眼にした時から、不治の癌腫の発生を自覚したも同様の悩みを、こころの奥深く覚えたのである。

それ以来高田は、古いやつだが「子は三界の首枷。*」というそれを沁々《しみじみ》と考えさせられたのである。そこへ持ってきて、今度はまた、六人の父になろうとしているのだから、彼はさらに心を新にして、つくづくとその来たる所以を思ってみたのである。

「どうしたら俺は、犬猫のように、こうまで多くの餓鬼を持たなきゃならないのだろう。」と、高田は歩きながら自問してみたのである。――「それでなくてさえ、その日その日の食うことにさえも追われ勝《がち》なこの俺に。」と思って、彼は歩きながら自問してみたのである。

「それや分ってるじゃないか。お前は貧乏人だからよ。」

その時、こうした自答が、木霊返《こだまがえ》しになって、高田の頭にうかび上って来た。だが、それはあまりにも痛ましくあまりにも悲しい事だったただけに、彼はしばらくの間、自失した者のようになって、芋虫の散歩も同様、ただ無意識に歩みを続けていた。がその中、元の自分に返って、今度はその自答を振ってみた。——人間誰でもが、その中へ入れて置いた物のなくなっているのに気づくと、遑《あわ》てふためいて、これが風呂敷ならその風呂敷を、これが袱紗《ふくさ》ならその袱紗を取って、大風にあたっているポプラの枝も同様、これを振って見る物だがその時の彼もまた、この例にもれなかった。とその自答の蔭からは、

「血迷っちゃいけないぜ。なんぼ苦しいからといって。そうじゃないか。よく胸に手をおいて考えてみろ。お前の貧乏さ加減は、はなから分っていたものだ。少くとも、お前は、お前の細君と一緒になった当時からして、もう洗うように貧しかったのだ。ところで、お前が細君と一緒になると、後は雨後の竹の子でも見るようにして、うようよと出来てきたのが、大飯食いの餓鬼達なのだから、その後のお前は、それに圧されて、二重三重に苦しめられているのだ。」というのが、はっきりと高田の心についで来た。が更にそれを手繰ってみると、

「そうじゃないか。これがお前でなくもっともっと物持ちの家だった日には、幾ら餓鬼が出来ようとも、出来れば出来るだけ、彼等は、それをこの世における何物にも替えがたい宝として、珍重置くところを知らないんだ。が貧しいお前には、これが総《すべ》て反対なのだ。」というのが、その後についていた。それを高田は、よせばよいのに、もう一度手繰ってみたのである。と、

「これは、何時《いつ》の世でもそうなのだ。少くとも、わが国の過去や現在はそうなのだ。貧乏人がやけに餓鬼を拵えるのもよいが、それが何時も、拵えた者のお荷物となって、どどのつまり、生みの親は、その餓鬼故に身を亡ぼして終うのだ。俺は今、『これが何時の代でもそうなのだ。少くとも、わが国の過去や現在はそうなのだ。』といったが、恐らくはこれから先、幾百年経ってもわが国の組織が、新に建直らない限りは、坂落しにこの悲しい現象が続けられる事だろう。つまり、貧しくて、その上に多数の餓鬼を抱えている者はその為に貧しさは同じでも、少数の餓鬼しか抱えていない者に比して、二重三重に、余計な苦労をしなきゃならないのだ。ましてこれが、餓鬼の多《た》寡《か》を問わず、富みたる者に比べる場合には四重五重に、いや、六重七重に、余計な世話場を出さなきゃならないのだ。これがわが国における貧乏人の慣らわしなのだ。つまり、これがわが国における、多数の餓鬼を抱えている貧乏人の慣らわしなのだ。」

というのが、摺り板のような響きでもって、高田の胸をうってきた。

そうなると高田は、もう一度自失した者のようになって、芋虫の散歩を続けてきた。がその中、今のさっきした自答中の一節、「貧乏人がやけに餓鬼を拵えるのもよいが、それが何時も、拵えた者のお荷物となって、どどのつまり、生みの親は、その餓鬼故に身を亡ぼしてしまうのだ。」というのが、何時か彼が、物の本でみた事のある、ある恐ろしい物語と一緒になって、彼の心を掠めてきた。それは、ある種の動物は、老衰したその親を自分の餌食にして、なお彼は、その生を続けて行くものであるという事だった。これを思いうかべると、高田は、「老衰したその親」なるものを、ある種の動物でなく彼自身から、今は自分の身の上について、はっきりと見せつけられているように思われてならなかった。

また高田は、同じ自答中の一節、「少くともお前は、お前の細君と一緒になった当時からして、もう洗うように貧しかったのだ。」とあるそれが、その時大身の槍となって、彼の心を差貫いてきた。——

「それをお前が知っていながら、——自分の貧乏さ加減を、いやというほどお前が知っていながら、何処をどうしたらお前は、無智貧乏な上に、することといったら、やがてはお前の身までも打亡ぼしてしまうよすがとなる、子供のみを生む今の細君などと、結婚同棲したのだ。」というのなども、その中の一つだった。ところで、それは炎々火のようになって燃えさかって来る、あの性慾の衝動から、一向に身の貧しさも忘れはてて、そうした関係に陥って終ったというのが、世間の手前、余りにあけすけ過ぎるなら、これはわが国の習慣通り、自分が年ごろになったところから、一個の配偶者をさがし探めている中に、縁あってというのか、偶然見つかったのが、今の細君なのである。と遁辞《とんじ》のもとにも、なお逃れる法がないでもなかったから、それはそれでよかった。少し事が曖昧ではあるけれど、それはそれでよいとする。

ところで、今度は、「ではどうしたらその後心して、同棲起臥していなかったのだ。もう少し、お前が心して、彼女に相対していたなら、恐らくは、現在のような憂目はみなくともよかったのだ。」というのが、直ぐ後を追駆けて来たから、これには流石《さすが》の高田も弱って終った。

成程これも、「他にこれという、適当な方法がなかったからだ。」といえば、それで以て、一応の弁解は立たない事もなかったけれど、抑《そもそも》の問題は、そうした口実や遁辞のそれではなく、眼前高田の拵えた多数の子供故に、いまや彼自身、生死の巷《ちまた》に彷徨しているも同様の点から来ているだけに、さすがの彼も弱ったのである。その時ふと彼に思い出されたのは、何時か来朝した事のある、あのサンガー夫人*のことだった。

彼女の持っている、「産児制限論」と、これを実行するに必要な、その具体的方法だった。彼はこれを、切にせつに知りたいと思った。が然し、どうしてそれを知ることが出来るか、その手段方法さえも彼はみじん知らなかったから、一度サンガー夫人を思った後は、なんとしても手の届かない脊中《せなか》の一部を、蚤《のみ》か虱《しらみ》にでもせせられている時のような、ある苛々しさと共に、あるもどかしさを覚えた。

それと、もう一つあった。高田は、遥々《はるばる》わが国へやって来たサンガー夫人を思った時だった。彼は、来朝当時わが官憲が、彼女が試みようとした一切の講演を禁じたばかりか、丁度それは渡来してきた天然痘を駆逐するも同様の手段態度でもって、彼女をわが国から追放したことを考えたものである。と彼の全身はまた、一時に火を掛けられでもしたようになって来た。それがまた彼をして、今日あらしめるのも、畢竟するところ、これ一に、わが官憲のいたす所為ででもあるかのような気持ちがして来てならなかった。そうなって来ると彼は、

「勝手にしやがれ。」と思った。「成るようになれ。」とも思った。こう思って高田は、途上の小石を靴先でもって蹴散らかしたりした。

三

「お帰りなさいまし。」

やがて高田が家にかえり着くと、まず婆やが出迎えてくれた。それから、彼の子供も四人駆け出してきて口々に「お帰りなさい。」とか、「お帰りなちゃい。」といって、これらも皆出迎えてくれた。それを見ると高田は、それまでは只管《ひたすら》に彼等の存在を咀《のろ》いながらも、さすがにこの時ばかりは、この上なく可愛い者にも思った。だが、そうは思っても、しかし内に堅くむすぼれている気持ちは、重く彼の口へ蓋をして来て、たった一言の愛想さえもいわせはしなかった。

で、高田が、そこの沓《くつぬ》抜ぎの上でもって、無言のまま靴の紐を解いていると、婆やが、

「今日はまだ、なんともお知らせがありませんでしたか、奥さんからは。」といってきた。

高田は、その時もやっぱり聞えないような振りをしていた。

「一昨日、お産婆さんのお宅へ行らした時には、もう直ぐにも、あかちゃんお生れに

なるようなお話でしたけれどまだだとお見えになりますね。」

婆やは、重ねてこういってきた。

「然様《さよう》でございましたか。お寄りになってらしたんですか。」

「まだだよ。僕、今ちょっと寄って来たんだが。」

婆やは、可笑しいくらい、少してれて来た。それを横眼にみながら、高田は茶の間へきて、そこで以て、洋服を袷《あわせ》に着更えた。袷は四年越し手を通して随分草臥《くたびれ》切っている紡績絣《ぼうせきがすり》*だった。だから、それに着更えた時には、彼の心はまた一寸かげった。で、この袷から連想した訳ではないが、彼の家近くにある一軒のメリンス店。そこの前を今のさっき通ってくる時にも彼は思ったのである。——店頭にぶらさがっている、色取り美しく模様づけられている、あのメリンス切れを眼にした時に「買えたらこれを買って、今度生れる子や、もう生れている子供達にも着せてやりたい。」と思ったものである。だが、少しも懐中に余裕を持っていない事に気づいた高田は、その刹那、そこのメリンス切に唾をして、やりたくなった。と同時にこういうさもしい思いをするのも、これ皆、願いもしない子供が生きていたり、生れて来ようとするからだと思うと、唯々自分の子供が咀われてならなかった。その時のその感じが、ここへまた一寸顔を出して来たので、かたがたもって彼は、一段と心が暗くなってきた。

「さあさあ、御飯を召しあがってくださいまし。皆さん、先刻おすみになりましたから。」

高田は、黙っていた。

「なんなら、これをお座敷へ持って行きましょうか。」

「いいよ。いいよ。ここで食べよう。」

どうしたというのか、その日は近ごろになく、茶の間が散らかっていた。だから婆やは、それに気をかねて、食卓を座敷へ持って行こうというのだろう。そう思いながら高田は、そこに置かれた食卓の傍へきて腰をおろした。それから、婆やの給仕でもって、片手に箸をとり、片手には、そこに散らかっていた夕刊をとりあげた。と彼の傍でもって、五人の中二人の子供が、何かからして喧嘩をおっ始めてきた。

「良。甚《ひど》いよ。唯夫を苛《いじ》めちゃ。」

で、高田は、それと気づくと、先ず長男の良一をたしなめた。

「唯夫も兄さんに逆らっちゃいけないじゃないか。みんな、今日おさらいしたのか。」

この詞に対しては、誰一人あって応ずる者はなかった。

「さあさあ、みんなお浚いするんだ。それが済んだら、みんな寝んねするんだ。」

高田はこういって、少し詞をとがらかした。

と学校へ通っている三人の子供は、次の三畳へ引下っていった。

「婆や、お前、鷹吉とよし子とを寝かしてくんないか。僕、次の間へ行くから。」

三人の子供は、しぶしぶながら、三畳間へ消えてしまったからよいような物の、後に残った二人は、さも恐ろしい物の前にでも突きだされた時のような眼附をしていた。だから高田は、婆やにこういって頼んだのである。それから、彼は婆やが手を貸そうとするのを断って、食卓を書斎兼応接間に使っている、婆やのいう座敷へと運んできた。で、そこでもって、彼はお鉢を引寄せながら、また眼を新聞の方へ持っていった。

と第二面に大きく、「米屋の四人殺し。」と題する記事があった。読んでみると、ところは本所松倉町《ほんじよまつくらちよう》の米屋の主人が、迫りくる生活難からして、彼の愛児三人と、彼の妻とを、出刃庖丁でもって斬殺した上、彼もまた台所でもって、縊死して退けたということが書かれてあった。それから、米屋夫婦が兄弟姉妹にあてた遺書《かきおき》三通の内容や、同じ家の階上に寝ていても、夜の明けるまでは、微塵それと気づかなかったという意味合いのことをしゃべっている、雇人二人の談話も、あっけなくそこに書かれてあった。

これを眼にしてしまうと、高田は、彼の頭中がながれ迸る《ほとばし》血でもって、一面唐紅《からくれない》にそめなされてゆくような気持ちがした。同時に、剰すなく、米屋夫婦の心情が彼にだけは、はっきりと手に取りでもしたような気持ちもした。だから、彼がそう思ったのではなかろうが、米屋の主人が死につく前に、もっともっと驚天動地のことを試みられなかった物かなどとも思ってみた。総ては、二つとない命に懸けてやることである。としたなら、もう少しは積極的に、この世のためになるようなことが出来なかった物かとも思った。だが、ことがそこまでくると、飽まで第三者たる彼には、米屋の主人の心理などは闇雲を追うも同様、微塵それらしい見当さえもつかなかった。

——迫りくる生活難からして、米屋の主人が、自分以外四人の者の死を思いたったまでの心理は、剰すなく分った彼にも、さすがにこれだけは、一切合切読みとることができなかった。

　それと、これはどの間へ挟まって考えられて来たのか分らなかったけれど高田には、彼自身もあまり遠くない中に、この米屋が踏んで行った轍《てつ》を、彼もまた踏まなければならないようなことが、しきりと考えられてならなかった。それが、どうしても逃れられない、彼自身の運命であるような気持ちがしてならなかった。

「お休み。」

「お休み。」

そこへまた、復習や予習をして終った、高田の子供達が、夜の挨拶をしにきた。

「ああ、お休み。」

それらに対して高田は、こう酬《むく》いてやると、今度は婆やを呼んだものだった。

「今夜は、ちと冷えるからね。婆や子供に風を引かさないように、気をつけてやってくれ。」

高田はその時、婆やを捉えて、こういうことを忘れなかった。彼は、今のさっき、われとわが心でもって思った、あの恐ろしい最後のことなどは、何《ど》こかへもう打捨らかしてでも来た物のようにして、こういうことを忘れなかった。

「婆や、堅や彌生は、もう寝ましたか。」というのを忘れなかったのと同じように、彼はそれだけの注意をする事を忘れなかった。

「全くでございますね。今になって、ちと冷えてきました。なんなら、旦那様のところへも、お火を差上げましょうか。」

婆やは婆やでもって、その時、かくしたお愛想をいってくれた。

「なあに、それ程でもないよ。僕は。」

やがて高田は、箸を置くと、また彼自身で食卓を持って、台所へ行った。それから彼はまた元のところへ引返してきて、煙草に火をつけた。それを二三本灰にして終ったころだった。そこへめずらしく西村がやってきた。

四

「驚いただろう。」

西村が高田の部屋に通ると、まずこういったものである。

「いや、何。」

「まさかに、僕だとは思わなかっただろう。」

「それや、そうさ。」

「すっかり御無沙汰しちゃった。何時か、岡部のところで逢ってから此方、もう五六年にはなるだろうからな。」

「そうなるかな。」

考えて見ると、どうやらそれは、事実らしく思われた。それから、高田は言ったのである。――

「何処へ来たんだ。今夜君は。」と。

「僕、実は今日、僕の家内の弟のところへやって来たんだ。まだ日のある中に。――

僕の家内の弟のやつ、此処《ここ》から一町ばかり先へ行った、田川という家にいるんだ。そいつのところへ、拠《よんどこ》ろない用が出来て、今日僕、やって来たんだ。君は、その足序《ついで》だというと、屹度《きっと》気を悪くするだろうけれど、打割ったところ、まさにそうなんだ。」

「そんなやつがあるもんか。」

高田は、詞通り、「そんなやつがあるもんか。」と思った。これが近所まで来ていても、なお顔さえも出さずに、素通りして行ったということが分った日には、その相手の軽薄さ加減を憎んだかも知れない。がそれとこれとは反対だっただけに、彼は、煙草の煙が、眼の前を流れさるのを見ているよりも、もっともっと平気だった。とそこへ、婆やが菓子器と一緒に、茶を入れて持ってきた。菓子というのは、それこそ子供騙しで、毎日お八つ時に子供にくれてやる、名ばかりの駄物だった。

「夫人は留守なのか。」

「ああ、僕のとこのやつ、またこれで以て、昨日からじゃない、今日になると一昨日から、産婆のところへ、生みに行ってるんだ。」

此処の「またこれで以て」といった時に、高田は組んだ両手を前に出して、満腹の状《さま》をして見せたものである。

「そいつは、おめでただな。」

「ところで、僕には、葬いを出すよりも、もっともっと、こたえるからな。」

「常談いうなよ。――で、君のところは、幾人だい。子供は。」

「今度出来ると、半ダースさ、たまには、僕の身にもなってくれ給え。年三十九にして、もう六人の親父なんだからな。」

「それもいいとするんだ。これが物持ちの身なればだ。ところで僕と来ちゃ人三人の口さえも、養えるか、養えないか、それさえも疑問なんだからな。」

「それやそうかも知れない。が然し、世間にはまた、君とは反対に、子のない為に、流さなくともいい涙を流してる人間もあるからな。」

「そうかも知れない。広い世間には。」

「いや、広い世間じゃないよ。この間も僕、こういう話を聞いたんだ。」――というのに始まって、西村はその筋なる物を語りだした。――

西村の知り合いに、さる物持ちがあって、そこの倅《せがれ》は、二三年前に、これもさる物持ちから嫁を貰ったのである。この嫁は、その倅の好みからといわんよりは、むしろ倅の母なる人の好みからして、貰ったのである。――これはよくある様で、其処にはもう父がなく、生きているのは、母一人、子一人といった関係もあって、総ては、母の意見通りにとり行われたのである。

ところで、その嫁は、これという欠点は持っていないのだけれど、唯不思議なのは、結婚同棲後、両三年たつもなおそこに当然現われなければならない、生理的変化なる物が、さらに現われないのである。となると、気を揉みだしたのは、そこの母である。母は、家系なる物を、一大事にして生きている人間だけに、この生理的変化が見られないとなると、もう自分の命を失ったも同様に騒ぎだしたのである。——一つは、自分の子と名のつく者は、この広い地球の上に、たった一人しかいないという点からも来ているのだろうが母は狂気した者のようになって、大騒ぎに騒ぎ出したのである。

つまり、そこには、あらゆる虐待冷遇がつくされて、どどのつまりは、型のごとくその嫁を、その倅の下から追っぱらってしまったのである。と今度は、追っぱらわれた嫁の家である。ここでは、相手方の処置を、一大不当なりとして、貞操蹂躙の名の下に、起しも起したものである、五千幾百円という慰藉料請求の訴えを起してきたのである。

で、これはまだ係争中で、どう片がつくか分らないが、ここに、もう火を見るよりも、もっともっとはっきり分っている事があるから、大笑いなのである。というのは、その嫁を離縁した方の倅の身の上である。

この倅が、まだ大学へ通っているころ、彼は金のあるにまかせて、いうところの花柳の巷へ出入しつくしたものなのである。その中彼は、幾度か花柳病*なる物を脊負こまされたものだが、就中《なかんずく》いけないのは、第二回目の時だった。この時は、トリッペル*に罹《かか》ったのであるが、何しろその種の病気については一切無智であり、その上、人一倍そういう病気持ちになったのを羞《は》ずる性格だったから、ろくすっぽ医家へも行かず、打捨って置くともなく、打捨って置いたのである。が、いけないのはそればかりではない。元々活火山のように、性慾旺盛な時代のことにして見ると、夜な夜な、そうした病気のあるのも忘れたようにして、彼は、相変らず花柳の巷へ出入している中に、段々病気が嵩じてきて、とうとう副睾丸炎になって終ったのである。

だが、それも好いとする。これが正に対する副でもっておわったのなら、それはそれでなお忍ぶ余地もあろうというものであるが、悲しいのは、この倅は、百人に一人あるかなしだといわれている、正副睾丸炎になってしまったのである。だから、その後この倅は、人間本来の約束である、生殖をこれ行うことが出来なくなってしまったのである。

「僕、その男とは、クラスメートなのだ。だから、その後も引続き、その男とは親しくしてるんだが、何時だったっけ、その男が僕にそういっていた。——それは、今いった、貞操蹂躙事件なる物が起ってから間もなくだった。彼いわく、『僕、今度という今度ほどまいった事はないよ。何しろ僕は、どう今度の事件が形取ってこようとも、それに対して、衷心唯の一言も、異議を申立てる資格を持っちゃいないんだから。といって、僕、事実そのまま、これをマーザーへ告白するの自由をも持っちゃいないんだから、今度という今度こそ、全くまいっちゃった。――もし、僕がマーザーに対して、事実の告白が出来るくらいなら、それははな結婚談が持ちあがった時に、もう僕は、そうとマーザーに告白しちまうんだった。そうすれや、今度のような悲しい思いを、僕ばかりか、僕のマーザーや、去られた彼の女にまでさせなくともよかったんだ。ところで、これがその当時も出来なかったばかりか、いや、その当時もう出来なかった事だけに、今なお僕、君以外の人間に対しては、一言半句、これを発表するの自由をさえも持っちゃいないんだから、考えると、淋しくなるよ。』といっていた。僕、今もいった通り、何もこれを、広い世間について求めなくたっていいや、僕は、僕の身辺に、もうちゃんとこういう人間を持っているんだから。」

西村は、話の筋を結ぶと、こういって来た。それは、まるで彼自身の恋人でも失った時のような調子でもっていうのであった。

「それやそうだろう。これが君の友人の身にしてみれば。」

高田も、それを耳にした時にはこうも思った。だが、その男が物持ちの子弟だとあった点からして、この感じも次第次第に、彼の心から薄れていった。しまいには、それが物持ちという物持ちに、当然加えられなければならない、恰好な責罰のようにさえも彼には考えられて来た。何分にも、貧しさゆえに、世を果敢なんでいる彼には、そうも思われてならなかった。というのも、大根はそれが飽までひとごとであって、自分のことではないという点から来ていたのかも知れない。

「だから僕はいうんだよ。子供の頭数が多くなったからといって、何も君は、そうまで気を腐らすには当らないじゃないか。」

その時また、西村がこういってきた。

「いや、僕だって何も、自分から好きこのんで、自分の気を腐らしはしないよ。だが打まけたところ、こいつ名ばかりは、村越信託会社などといって、如何《いか》にもえらそうだけれど、その実は、吹けば今にも飛びそうな会社へ毎日通いつめてさ、月百両前後の収入しか持っていない僕の身にすると、幾ら腐らすまいとしても、独りでに気のやつ、虫のついたありの実も同様腐って来やがるから、それで以て僕、閉口してるのよ。」

「などといった物でもないよ。其処にはまた、それぞれに人の知らない方便という物があって、なんとか成って行くものだよ。」

「そうだ。それがあればだよ。それさえあれば、なんとでもなって行こうがこいつ皆目ないとなると、僕のようになるのさ。人間阪落しに下等になって卑しい事ばかり考えるようになるのさ。──それやそうと、君は幾人だ。子供の数は。」

「僕のとこは、今年の春出来たのを入れて、二人さ。」

「そうか。羨ましいな。君は。」

事実高田は、この時染々とそう思った。──西村は、彼などとは違って、一生食うに事欠かないだけの資産を持っている身分なのである。その上西村は、彼などと違って、その勤め先も、わが国にあっては、最も手堅い日本銀行なのだから、年々歳々、その資金は殖えたところで、微塵減るおそれはない。そう思うと、彼はまた、貧しい自分の身のほどが、甚く悲しまれてならなかった。

「まあ君、そうぼやかずと、お互いにみっちり稼ごうよ。どうか夫人によろしくいってくれ給え。僕、またやって来るが、夫人におめでたがあったら、一寸僕にも教えてくれたまえ。」

それから、西村は帰って行った。──風のように来た彼は、また風のようにして帰って行った。

五

西村を送り出した後の高田は、一段と自分の身の上が、憐れなものに思われてならなかった。彼は、もう以上に金を望もうなどとは思わなかった。何故といえば、どう心を砕いてみても、所詮金は、空拳では到底摑める物でないということを、彼はいやな程知っていたからである。だから彼は、この上はせめて、出来るものなら、彼の手から、あり余る子供だけなりと、無き物にしたいと思った。もしそうする事が出来れば、彼がどんなに無能であろうとも、またどんなに貧しかろうとも、自分と、自分の妻との生活位は、どうにか維持して行くことが出来たからである。

ところで、至難なのは、もう生れている子供を、なき物にするということだった。これは、人間生きていては、所詮出来ない相談だった。がしかし高田には、なんらかの方法によって、それを断行するのでなければ、延いては彼自身の命をも、自然と危くしなければならなかったから、さすがの彼も弱ったのである。で、最後に彼は、こう思いついた。――

「そうだ。後腐りなく、それを行う方法は、子供達が皆病みわずらって、といっても、長煩いでは困る。例えば、急性肺炎のような病気になって、直ぐと死んでさえくれれば、それでもう文句はない。」と思いついた。思いつくと手近なところ、もう今夜の中にも生れて来るあかん坊からして、死んで生れてくれればよいと思った。そればかりではない。物はついでだ。彼の細君もその時あかん坊と一緒に、死んで行ってくれればよいと思った。――子を生む器械のように生れついている彼の女のことを考えると、高田にはそういう事も思われてきた。とそこへ誰かはいって来た。彼は耳をすましていると、入ってきた誰かが、取次ぎに出た婆やに、物をいっているのが聞えてきた。――

「手前は、橋本の使いです。只今お宅の奥さんにお産がありました。お子さんは男のお子さんです。お二人とも、至極お達者ですから、どうぞ御安心なすってください。ということでした。」

これを耳にすると、いよいよ高田には、自分達一家の死が、彼の眼前に迫ってきたのを、はっきり眼にしたように思われてならなかった。少くとも彼には、またも彼の体に命取りの癌腫が一個殖えてきたのを知った時のように思われてならなかった。

ペンキの塗立《ぬりたて》

もう時間は、夜の十時頃だった。田口は電気を消して、これから睡りにはいろうとしていた。と其処《そこ》へ井上がやってきた。

「なんだ。もう寝たのかい」

井上は、田口の部屋へはいって来ると、いきなりこう言った者だった。

「だって、この寒いのに、起きていたって始まらないや」

田口は田口で、こう言うと、心持ち夜着をうえの方へひっぱった。

「意気地のないことを言うなよ。お互にまだ三十代じゃないか」

「実は僕、すこし風らしいんだ。こう変に頭がいたむんだ」

これは全然嘘だった。だが田口は、床についていたさの余り、こうした嘘もいわなければならなかった。

「嘘つけ」

「嘘なもんか」と言ってから、一寸そまりそうになって来た顔色をかくす手段として、田口は重ねてこういった。——

な」

「どうで下宿料は滞りがちなんだ。構わないから、どんどん炭をついでくれたまえな」

「それよか、起きたまえ。起きて、今夜はこれから、何処《どこ》かへ行って、一杯飲んで来ようじゃないか。少し早手廻しだけれど、そこを一つ繰上げてさ、年忘れに一杯飲んで来ようじゃないか」

「今夜は勘忍してくれたまえ。それに僕、明日はまた少し早目に、会社へ行かなきゃならないんだ」

「それやそうだろうさ。——お互にボオナスの事などを考えると、それや本当に風っけのある時だって、この際は押して忠勤をはげまなきゃならないさ。だが久しぶりだ、今夜はひとつ附合たまえ。僕に。——君はいけないよ。僕がいまのやつと一緒になってからと言うもの、君はちっとも僕のとこへやって来ないんだからな。あれか。何かこう、僕達のしうちが、君の気にでも入らないのかい」

「そうじゃないよ。僕、行こう行こうと思ってるんだけれど、何しろ貧乏隙なしのもんだから。君と違ってさ」

「嫌味はよせよ。何も君だって、休みはない訳じゃなし、たまには日曜の日なんぞに、やって来たまえな」

「ああ、その中《うち》行くよ」

田口はこうは言ったものの、本当はこの裏だった。何故といえば、その年の夏だった。夏のはじめだった。井上が結婚したおんなと言うのは、彼にとってもまた、曾《かつ》ては意中の人だったからである。つまり、井上のニュウワイフになった女というのは、彼等がもといた下宿屋ちかくにあった、カフェエスワンのウエトレスだったからである。

そこへ貧しい田口は、物持ちの悴《せがれ》にうまれついている井上にさそわれて、毎日毎夜のように出掛けた者だった。が元々そういった身分だけに、彼はどう火のようになろうとも、彼の口ずから、相手のおんなに、それと打明ける訳には行かなかった。だから彼は、その当時彼どうように、相手のおんなに想いをかけて居るように見えた井上の手に、もう湯でもって洗ったようにして、相手のおんなを譲ってやる積りだった。譲ってやる積りでもって、井上にさえも彼はそのおんなに対する心持ちを洩そうともしなかった。

がさて、諦められないのは恋である。田口はそうは思っていた者の、これが正式にというのか、井上とその女とが結婚同棲したのを眼にすると、今更に彼の胸にも、瞋《しん》恚《い》のほむらが燃えあがってきた。

それからだった。田口は、毎日彼のつとめている、茨城物産株式会社なるものへ通う途中にある東土木組、これはその後の井上がつとめ先だったが、これを電車のなかから眼にする毎に、こころから井上を詛《のろ》う気にさえもなった。それから、夜である。夜は夜で彼は下宿屋へかえって、床についてからだった。独身者という独身者がみなそうするように、彼もまた、それまでに関係のある女のことを考えてみた。それからまた、彼はその日眼にしてきた女の中のわかい女を、燃えたっている彼が性慾の上へもってきて、剰《あま》すなくこれを弄んだ者だった。それは丁度、あの蜘蛛が網にひっかかった羽虫を、あますなく口にして終《しま》うそれによく似ていた。

これが毎夜のしきたりなら、田口の性慾はまた、何時《いつ》でもその途中でもって、井上のニュウワイフの上にきて、一休みせずには居られなかった。そして、彼はこの場合も、他のおんな同様、やはり井上のニュウワイフを、あの竹の子扱いにした。つまり彼は、一枚一枚、着ている物をはぎとって終った。そして、その下にある真綿のような体を、一心に抱きしめて、彼の精根をつからさなければ措《お》かなかった。

で、丁度その夜もそれだった。田口は、幾らおんなを持ちたくとも、まだそれを持つことの出来ない貧しい身のうえを歎いた揚句、また彼の眼にあるおんなを想いみてみた。その揚句のはて、今度は胡蝶のようになって、彼は彼のこころを、暫くの間、井上のニュウワイフの上にとまらしていた。だから彼は、場合が場合であり、矢先が矢先だっただけ、尚余計と、井上のすすめに背かねばならなかった。上辺はともかく、心の中にだけは、それに反かねばならなかった。

「おい、起きたまえな。起きて一つ、浩然の気とやらを、養って来ようじゃないか」

其処へまた、井上がこう言ってきた。——井上は、日本物ではないらしい、洒落たたばこを銜《くわ》えてこう言ってきた。だが、田口はだまっていた。黙ったまま、彼は手をのばして、枕頭にちらかっていた急須や茶碗をとって、それに茶をいれたりした。

「どうだい。これから一つ、タキシイを呼んで、烏森《からすもり》*へ行こうじゃないか。僕、烏森にいっけん、この頃知っている待合があるんだ」

「だが、今夜は勘忍してくれたまえ。僕、いま言ったような訳なんだから」

「好いじゃないか。今夜はそこへ行って、思いきり飲んで泊って来ようじゃないか」

「だってあれか。君は、そう言うことをして歩いて好いのかい。僕はこの通り、下宿屋住いだから好いけれど」

「その心配には及ばないよ。——君は、その後ちっともやって来ないから知らないんだが、僕のとこのマダム、九月からこっち、すっかり体をぶちこわしてさ、先月のなかば頃まで、入院していたんだ。駿河台《するがだい》の浜田病院へさ。だがやっこさん、まだまだ、本当のおんなに返らないんだ。本当の夜のおんなに。だからやっこさん、僕がどんな事をしようと、今のところ、愚図つく訳にいかないんだ」

「本当かそれは」

「本当さ。そう言ったような訳でもって、僕のとこのやつこの頃では、ペンキの塗立さ」

「と云うのは」

「分ってるじゃないか。心は、傍へは寄れないと言うのさ」

「つまらない事をいってるな」

田口はこの時、一時に眼があいたように思った。彼はこの時、井上のニュウワイフの疾患が、一生不治であれかしとも思った。が間もなく、仮染《かりそめ》にも、そう言うことを願った自分自身のこころ持ちを、彼はあさましい物にも思った。だから、今度は本気になっていった。――

「僕、ちっとも知らなかった。それやいけないな。大事にしたまえ。――あれじゃないか。それもこれも、皆君が悪いんじゃないか。屹度《きっと》震源地は君だろう」

「そうかも知れない」

「そうかも知れないってやつもないもんだ」

「まあ好いや、そんな事は。それよか、出掛けようじゃないか。今夜だけ、君も附合たまえ」

「済まないが、今度だけは勘忍してくれたまえ。そう言うわけで、僕、今夜は出れないんだから」

「君も変ったな。へんに君も、かたぞうになったもんだな」

こう言ったかと思うと、井上はもう帰ってしまった。後で田口はまた、彼のこころを曇らしたり、晴らしたりした。丁度秋空のそれのように。

豚の悲鳴

やっとの事で、差配*がかえって行くと、入りちがいに新聞屋がやって来た。それが帰ると、またもや後は喧嘩になった。

「二三日あとにと言って、何かあてがあるんですの。」

「ないさ。」

「なけれやないで、日をきらなきゃ好いじゃないの。随分嘘つきね。あなたも。」

「そうさ。方便なら僕、嘘どころか、泥棒でもする気さ。」

「だって、そいじゃ、」

「うるさいから、彼方《あっち》へいけ。」

井上は声をとがらかした。だが妻の菊子は容易に、そこを離れようともしなかった。それどころか、彼女は、なおも詞《ことば》をかさねてきた。――

「今日はあなた、外山さんへ行らっしゃらないの。」

「彼方へいけったら行けよ。」

「だってあなた、一日もはやく、外山さんのところへ行って、聞いてきたらどう。あなたのように、頼めば頼みっぱなしにしていちゃ、何時《いつ》になったら、口がみつかるか、分らないことよ。」

「外山のはらは、当ってみて、あれば知らしてくるし、無ければ無いで、知らしてくれる事になってるんだ。人を外へおん出そうと言うなら、天気工合いをみてからいえ。」

「それや、今日も雨が降っててよ。ですけど、そうあなたのように言っていちゃ、当分外へでる日がないかも知れないことよ。」

井上は黙っていた。黙って彼は、庭先へふりしきっている雨脚をみていた。と其処《そこ》へ、空巣狙いのようにして、妻の菊子がいってきた。――

「それや、嫌なら、行かなくたって好いわよ。だけどあれだわよ。そう家にばかりへばりついて居ちゃ、煙草ものめなくなってよ。新聞代はとどこおる。お家賃はたまる。其の中にはきっと、あたし達、おまんまも食べられなくなってよ。」

「彼方へ行けと言ったら行けよ。行かなきゃひっぱたくぜ。」

「好いことよ。ひっぱたくなら、ひっぱたいたっても好いことよ。」

「あれだぜ、僕、差配でもなきゃ、新聞屋でもないんだぜ。」

「それやそうよ。それがどうしたの。」

「いやさ。僕、新聞屋でもなきゃ、差配でもないんだ。が仮りに、僕がそれだとしたところで、何も外山が、僕の店子《たなこ》でもなければ、また僕の得意でもないんだ。」

「それやそうよ。それや分っててよ。」と言う菊子の詞がきれると、丁度そこへ、玄関の戸のあく音がしてきた。かと思うと相ついで、

「ごめん。」という声がしてきた。

本当は、井上はこの時、

「分ったら黙ってろ。」と、こう相手へいってやろうと思っていたのだった。分ってると言いながらも、其の実は、すこしも分っていない相手のようすを見てとると、爆裂弾のようにして、こう言ってやろうと思っていたのだった。が其処へ、

「ごめん。」と言うのが聞えてくると、菊子はようすを片附けて、玄関へ出ていった。かと思うと、

「まあ。」と言うのが聞えてきた。相ついで、

「どうぞ。」と言ったかと思うと、今度は井上のほうへ向って、

「柳瀬さんよ。」と言ってきた。と其処へ、麻の背広に身をかためた柳瀬があらわれた。

「今年は、まだ雨があがらないな。これじゃ。」

「どうしてさ。」

「どうしてッって、今日あたり、君が僕のところへやって来るようじゃ。」

「相変らず皮肉だな。君は。」

「と言うわけじゃないが、然《しか》し僕、君が今日やって来ようとは思わなかったからな。」

「いや、君に、何んと言われたって仕方ないや。」と言っているところへ、菊子が柳瀬に、夏冬兼用している、新銘仙*の座布団をすすめた。それをきっかけにして、柳瀬と菊子とは、久濶《きゅうかつ》を叙しあったものだ。

「実に、よく降るな。」

それが終ると、井上のほうへ、柳瀬がこう言ってきた。そして、彼は、一種こわい物見たさと言うのだろう。そう言うと、空を一面に覆うている灰色の雲が、陣痛でも起して、呻吟してでも居る時のようにして、小休みもなく降っている庭先の雨脚へ眼を持っていった。其処には、置忘れられたようにして、二三本、檜の苗がうえられてあった。同じように、また其処にうえられてあった麒麟草、鉄砲百合、鳳仙花等が、うちつづく雨風にひしがれて、皆息もたえだえに、土をなめさせられていた。

「実に、よく降る。」

「これじゃ、全くやりきれないな。今年は、夏もなにも、雨風に吹きながされたも同様だからな。」

「まあそうだ。だが僕、一層降るなら思いきり降って、此の世の姿を、ねこそぎ腐らしてしまって呉れれば好いと思うな。日の経ったバナナのようにしてさ。本当は、火が降ってきて、残らず此の世を、灰にしてくれれば申分ないんだがな。」

「常談じゃない。」

「そうさ。常談でなく、本気にさ。」

「何か、君、やっぱり遊んでるのか。」

柳瀬は、敷島へ火をつけてから、こう言ってきた。

「そうさ。仕方なくなく。」

「君が、前のところを止してから、もう幾月になる。」

「そうだな。前のところを止させられてから、もう半年にはなるな。早いものさ。」

「何処《どこ》か勤口がありそうな物だがな。」

「ところでこいつ、此の頃の天気とちがって、そう降るようにはないからな。」

「君は贅沢言ってるからだよ。ああでもない。こうでもないと言って。」

「などと、人を誣《し》うるなかれだ。それどころか僕、雇い手さえあれや、どんな人足になっても好いと思ってるけれど、それが無いんだからな。其の後幾らさがしても。」

「贅沢いわずと、探せば何かあるよ。」

「どうだ。君の心当りにないか。」

「さあ、今が今といっちゃ無いけれどな。」

「君は、上景気だろうな。此の頃。」

「常談言うない。」

「だって、幾ら世間が不景気風に吹きまくられたって、食わず飲まずには居れないからな。そうじゃないか。君のように、食料品屋をやってれや、利益の計算に眼がまわるだろう。」

「と言うのは、ずぶの素人考えだよ。こう世間が不景気になってさ。其の上、今年の夏は、梅雨時から掛けて、雨の降りつづけじゃ、食料品屋だって、呉服屋だって、みんなあがったりさ。何しろ、こう金が固定しちゃっちゃ、たんまり持ってる者は別だが、外は皆あがったりさ。まごつくと、食料品屋自身、餓死しそうなんだからな。」

「などと言ったものさ。大丈夫だよ。僕、幾らか借せなどとは言わないから、と言うのは真赤な嘘で、借りられるなら、千でも万でも借りたいな。」

「相変らず、君はのんきだな。君のようだと、受合って長生するよ。」

詞の調子はそうでもなかったけれど、こう言ってから、井上のほうへ持ってきた柳瀬の眼差には、それまでとは違った、ある一種の表れがあった。それは丁度、眼の前へピストルを差向けられた時でもあるような、不安ともつかず、苦悩ともつかないような、一種特別の色があった。だが井上は、それに気づいても、それは一体、どうした点から発しているのか、確なことは分らなかったから、彼は、間もなく口を利きだした。――二人の間へは、この時ちょっとの間だが、冷たい空気がながれ込んできた。だから、其の間井上も、柳瀬なみに黙っていた。然しものの二十秒もすると、彼は口を利きだした。

「君どうして今日、僕のとこへなぞ、やって来たんだ。此の雨の中をさ。それとも、君、今日、何処かこの近くへでもやって来たのか。」

「実は僕、打越まで来たのさ。」

「打越へ。」

「そうだ。打越にいる或る実業家へ、地所のことで以て、いま行って来たんだ。」

「或る実業家へ、地所のことでもって。」

「つまり、売り出ている地所を、その実業家へ買わせようと思って、行ってきたのさ。で、来たついでと言っちゃ悪いけれど君のところへも、すっかり御無沙汰しちゃってるから、一寸寄ってみたのさ。」

「それで分った。だが好いな。君やその実業家は。」

「なあに。僕は、ほんの少しばかりの、コンミッション欲しささ。」

「そうさ。実業家だって同じことさ。彼は、幾らかの利益欲しささ。だが、そう言った風に、景気の好いはなしがあるかと思うと、広い世間には、泣くにも泣けないような事実が、掃くほど転っているようだな。」

「それやそうさ。殊《こと》にこの頃ときた日には。」

「あれだそうだな。困ってるのは、僕ばかりかと思うと、決してそうじゃないらしいな。僕、新聞でみたんだけれど、本所や深川、それに日暮里《にっぽり》や三河島《みかわしま》辺にいる労働者達は、まるで生地獄の苦しみをしているそうだな。」

「そうだとさ。――彼処《あそこ》いらにいる労働者の大部分は、一日一回の粥さえも食べられず、唯《ただ》金魚もどうよう。あっぷあっぷしてるそうだ、其のうえ彼等は、寝るところも持っていないんだそうだ。何んでも女などは、貞操を、一度の飯にかえて、やっとの事で息をついてるそうだ。」

其処へ菊子が、茶と菓子とを持ってきた。菓子は、近所の駄菓子屋から買ってきたのだろう。名ばかりの菓子鉢の底に、麦打ちが十ばかり入っていた。

「どうだ。子供騙しだ。」

井上は、まず其の一つをつまんで口へほうり込んだ。それから、彼は言うのだった。

――「女は、そうした奥の手があるから好かろうが、男は困ってるだろうな。男は、女のように、『貞操』などと言うものを持っていないからな。そうだ『貞操』などを持っていない男は、食べるのには米がなしさ。米を得たさに稼ごうとすれば一向に仕事がなし、するところから、此の間も新宿とかで、通りのショウウインドを破いてさ。其処にかざってあった幾皿かの羊羹《ようかん》を、むしゃむしゃやっていて、ポリスに掴った者があるそうだ。こいつ、人通りの多い、真ッ昼間の出来事なんだそうだ。これも僕、新聞で読んだんだが、事はいくら莫迦《ばか》げていようとも、此処迄くると、もう笑っちゃ居れなかったな。僕は。」

「いや、僕は、笑うな。だって、可笑しいじゃないか。」

「どうしたら、可笑しい。」

「だって君、その泥棒のやり口は、『飛んで火に入る夏の虫』だからな。」

「夏の虫が可笑しいのか。君には。」

「それや可笑しいさ。だって、滑稽じゃないか。」

此処へまた、再度の冷い空気がまいこんで来た。だから、二人は暫くの間黙っていた。がやがて、今度もその沈黙は、井上に依って破られた。

「僕は、悲壮だと思うな。——可笑しいと言わんよりは、僕には寧《むし》ろ哀れに思われてならないな。」

「それや、君の観方だよ。」

「そうさ。僕の観方だが、僕は、僕のほうが君よりは、確《たしか》だと思うな。」

「そいつは疑問だよ。」

「だって、そうじゃないか。大の男が、仕事にあぶれた結果、幾日も幾日も、飲まず食わずに居てみたまえ。幾ら同居人の良心が反対しても、食慾なるものは承知しないよ。食慾なるものは、口にするに足りる物さえ眼にするが最後、もうわれを忘れ風のようになって、其のほうへ飛んで行くよ。」

「それやそうかも知れない。餓えているものは。だが、此の場合考えてみなけれやならないのは、折角の羊羹をしてやられた、羊羹屋の方だよ。元々羊羹屋は、盗まれんが為に、店頭へかざって居たんじゃなかろうからな。」

「無論さ。先方は、売らんが為にかざって居たんだが、此方《こちら》はそれを買う金がないんだ。其処で仕方なく、窓を破いて、中の羊羹をぬすみ食いしたんだ。」

「それが僕、いけないと言うんだ。そうじゃないか。君のように、そうした窃盗を肯定するとなると、同時にこれは、此の世の安寧秩序を否定する事になるからな。」

「そうさ。僕達貧乏人には、それ自体もう安寧などは与えられちゃ居ないんだからな。安寧なきわれらに、何んの秩序かこれ要せんやだ。」

「どうかしてるぜ。今日の君は。」

「そうかも知れない。だが、あれじゃないか君、僕達人間は、よりよく生きんが為に、安寧が必要なのだろう。其のまた安寧を維持する関係上、はじめて僕達人間が、秩序を守らなければならなくなって来るんだろう。ところでだ。僕達貧乏人は、はなからして、謂《い》うところの安寧さなど、微塵授っちゃ居ないんだからな。反対に、たんまり授っているのは、窮迫と飢餓位のものなんだからな。此処だ問題は。人間生きる為に、何よりも必要な食物さえも与えられていない者が、どこを何うしたら此の暴君の集合団体である、社会の秩序をたもったり、安寧を重んじたりする必要があるんだ。」

「弁士、中止。」

「僕が今、此の頃の君はきっと、利益の計算をするのに、毎日眼をまわしてるんだろうと言ったら、君は首を左右にふったけれど、どうも、それから先、君の態度、君のいいぐさを見聞きしてると、すっかり僕の観たとおりだよ。君はうれしい男さ。善い意味にも、悪い意味にも。」

こう言って井上は、此の時声に出して笑った。それは、泣くよりも悲しく、痛ましかった。例えば、縛り首にあわされる豚の悲鳴それにそっくりだった。

槍とピストル

其《そ》の夜、あまり酒につよくない小森が、寺田のとこを出た時、かなり酔っていた。だから彼の気持ちは、長くつながれていた檻のなかから、ひょっこり外へ逃げだした、狼のようになっていた。其の彼だから、彼は寺田のところを出ると思った。――

「何処《どこ》かこの辺に、遊ばせるところがないかなあ。」と。然《しか》しこれは、風にむかって擦りつけた、燐寸《マッチ》の火もどうよう、直ぐと消えてしまった。何しろ彼のふところには、寺田から借りたばかりの、五円紙幣一枚しかなかったから。五円紙幣一枚だと、すぐ目のさきに、そうした淫売屋があるとしてから、其の目的を達するには、どう安く話をつけたところで、後生大事、彼が一心に抱きしめている五円紙幣を一枚、そっくり其の儘出してしまわなければならないだろうと思ったからである。何れ其の辺にある、そうしたところでは。

いや、そればかりではなかった。もう一つあった。小森がその時思いたった淫心を、たちどころに突きくずして来た理由は、それは、彼がそうした事等思いみて、夜の街をあるいて居るとは知らず、郊外の畑中でもって、彼の妻子は猪のような首を、麒麟そののようにして、彼の帰りを、待っているだろうと、彼がその時思ったからだった。

其の後彼等は腹のくちくなると言うことも、忘れてしまったような日ばかり送りむかえしている人間である。それればかりではない。身の皮も、ひん剝いてしまいたいと思う夏場なら文句はない。だがこれが、彼等の借りている家のまわりに、毎夜啼いていた虫の音も、一雨毎にほそれてきて、軈《やが》てそれも、栗やくぬぎの落葉のために埋もれてしまうと、外には寒風が吹きたってくる。

と貧乏なうえに、一年前から、職という職をうしなっているこの一家は、ろくすっぽ身につける物も持っていない彼である。同じように、彼等は夜の物らしい物もないところから、現在彼の妻子は、風に犯されて寝ているのだった。

「早く帰ってらっしゃいな。日が落ちると、冷えますから。」

一つは其のせいからだろう。小森が、その日家を出てくる時、彼の妻は、かく言うことを忘れなかった。それやこれやが、此の時一緒くたになって、はっきりと彼に思いかえされた。思いかえされると、唯《ただ》単なる出来心からにしろそう言う望みを起したのが、彼の妻子へ対して、申訳のないことのようにも考えられた。

そうだ。申訳がないと言えば、小森が顔をそめ、口からアルコール臭いいきを出しながら、家へ帰っていくのも憚《はばか》られた。寺田のところで酒を飲んだのは、時と場合、仕方がないとしても。などと思うと、こんどは、「泥棒になってやれ。明日行ってみて、吉岡のやつが、蹴りでもしたら、其の時こそ、泥棒になってやれ。」と言う、小森自身にも、ちょっと意外な方面へ、彼の想いがそれていった。

いや、これは、意外だと言わんよりは、寧《むし》ろ当然な思いつきだった。何故といえば、彼が、家を出る時、今日はどこを伺うしてなり、百円という金をつかんで帰えろうと、こう思いこんだ物だったから。

ところで、事実はといえば、百円はさておき、唯の十円だって手にする事ができなかった。そう思うと、電灯会社からして、電気も消されてしまった闇の家へ、寒さと飢えとが、詛《のろ》いの歌曲につれて、ダンスしながら入ってくるの状《さま》が、ありありと眼についてきた。だから、其の時小森はおもった。——

「泥棒になってやれ。明日ぶつかってみて、吉岡のやつ、蹴りでもしたら、其の時こそ、泥棒になってやれ。」と、思うが早いか、そこへまた、刑事の姿や、刑務所の建物が、彼のこころに映ってきた。

言うまでもなく、これは、昼のうち彼が金を借りに行く。それは事情をつくした上でのことだったけれど、相手は、直接その苦痛が自分のものでないところから、鰾膠《にべ》もなくこれを蹴ってくる。と其の夜、その男が盗難にあったのだから、一寸犯人が分らなければ分らないだけ、自然にその嫌疑は、昼のうち借金しに出掛けていって、相手からみごと蹴られた彼自身のうえに、降りかかって来るおそれがある。いや、それは、謂《い》うところの嫌疑ではなく、正真正銘の犯人であるだけに、そうした手続き方法に依って、すぐと捕縛されるに違いない。

と思うと、一旦企てた復讐も、貧苦に対する対抗法も、もう大きな指先でもって突ッつかれた、あの蝸牛の角ででもあるように、内のほうへと引ッこんでしまった。が然し、内の内なる貧乏は、もともと底なしだけに、其処《そこ》にひそんで居る力は、また他に策をこうじて、それに立向おうとしてきた。それは、稲垣のところへ、泥棒にはいると言うことだった。

稲垣。それは小森がその夜尋ねていった、寺田の友人だった。稲垣は、現在では堀田という時計貴金属商の、支配人格にくらいを占めている人間なのだそうである。そして、其の稲垣は、目下十万にちかい資産を擁しているそうである。

で、此の稲垣のところへ、小森が泥棒にはいろうと言うのは、稲垣が、十万にちかい資産家であると言うてんに繋ってあるのも事実だったけれど、其の理由の一つは、他にもあった。と言うのは、其の夜のことだった。彼が寺田とさしになって、零したくもない貧乏愚痴をこぼした。

「僕、今日、三軒というもの廻ってきた。三軒が三軒とも、みな無心にだ。無心と、就職口をとみつけにだ。」

「どうだった。好いはなしがあったか。」

「あるもんか。皆がみな、金は一銭だって貸しちゃくれないんだ。就職口は、なおのこと駄目だった。中に一人、三浦というのが、先月から、それまで勤めていた、東洋物産のほうを首になって、『困った。困った。』と言っていた。」

「そうだろうな。本当に苦労をしてない人間には、愛もなけりゃ、人情も持っちゃいないからな。」

「全くだ。」

「きゃつらは、何うしたら僕達が、毎日毎日、食うことや飲むことにさえも、追われ通してるのか、其の訳さえも知らないんだからな。きゃつらは、僕達が、今の世の組織に依って、つまり、今の世の資本家の手に依って、しばり首にされかかって居るのに、一向気づかないらしいんだからな。」

「全くだ。――奴《やっこ》さん達は、今、君がいったふうだから、奴さん達とおなじように、資本家の手に依って、しばり首にされてる者をみても、微塵助けようとはしないんだ。多少奴さん達に手があまって居ても。それどころか、奴さん達は、そう言う切ない目にあわされてる恨みを、資本家のほうへ持って行こうとはせず、反って奴さん達と同じように資本家の手に依って、締めあげられてる者の首へ、それを持ってこうとしてるんだからな。」

「白昼の同志討さ。」

「それもこれも、皆無知からきた……」

「そうだ。そして、無気力とからきた……」

寺田と小森とは、この時かたみに、熱い番茶をすすり込んだ口でもって、淋しい笑い声をたてた。そして、また小森が口をきいた。——

「僕、今日、吉岡という男のところへ、金借りに行ったんだ。ところで僕が、吉岡のところへ入るのを一足違いに、吉岡のやつ、何処だか外へでかけたんだそうだ。で僕、そう言うことがあろうかと思って、家を出るとき書いていった、手紙を置いてきたんだ。——明日の午後、もう一度くるから、金のことは、君が留守でも、留守居のものに、分るようにしといてくれと書いた手紙を、取次に出てきた女中の手へおいて来たんだ。金は百円なんだが……」

「其の男、何してるんだい。」

「以前、内外通運へつとめて居たけれど、其の後勤めをよして、ずっと家に遊んでるんだ。何しろ奴さん、今年の春、四五万余りだと言うんだが、おやじの遺産を手にしたから、何も僕達のように、ブル*にこき使われて日をたてなくとも、まだまだ当分のうち、結構遊んで居られる身分なんだ。」

「分った。分った、あれだ。其の男なら、いつだったッけ。一度僕ンとこで、会ったことがあるし、焼けにこう、はげ上ってるのと反対に、顎のみじかい男だろう。かなり度のつよい眼鏡をかけた……」

「そうだ。そうだ。」

「なら矢張りそうだ。僕、一度、君ンとこで会って知ってる。」

「そうだッたッけな。」とばかり小森は、火鉢の灰のなかへ落した南京玉《ナンキンだま》*をさがすような物の言いかたをして、暫く口をつぐんだ。が間もなく、彼はまた続けた。――

「で、済まないけれど君、持ってたら僕に、今夜電車賃をすこし貸してくんないか。明日僕、吉岡のところへ行った帰り、君のところへ寄るから。」と、彼はつづけた。

「好いとも。持ってきたまえ。丁度僕も、今日金策に出てきたんだ。で、やっとの事で、金を十円だけ拵えてきた。」

こう言ってから寺田は、台所にいた細君を呼んで、金を五円出させた。そして、それを寺田は、小森へわたした。

「僕、こんなに入《い》らないよ。」

見ると、それは五円紙幣だったから、小森はこう言って、寺田のほうへ返そうとした。

「好いやな。まあ、取ッときたまえ。丁度半分ずつだ。」

「僕、明日市内へ出てくる電車賃と、バットを一個買える位のものさえあれや、もう結構なんだ。」と言いながら、小森はそれを、腐ったような蝦蟇口《がまぐち》のなかへ入れた。

——矢先が矢先だっただけ、小森が得意時代に、千円の小切手を手にした時のような感激にうたれながら、それを腐ったような蝦蟇口のなかへいれた。

其の時だった。寺田が、彼と稲垣との間におこなわれたところの、いきさつを悟ったのは。——丁度そこへ酒が出た。それを差しつさされつ、寺田がその経緯をかたり、小森がこれに耳をかたむけたのは。

寺田のいうところに依ると、それはもう今から、三月ばかり前で、彼の子供が赤痢にかかった時のことだった。彼は、一人しかない其の子供を、どうでも病院へ入れたかった。それには、少くとも金を三百円用意しなければならなかった。其処で彼も、いろいろ考えた挙句、一等借りるのに可能性のある、稲垣のところへ、借りにでかけた。

稲垣さえ、その気になってくれれば、金の三百円はおろか千や二千なら、どうにでもなる身分だけに、彼は、すっかり稲垣を当込んでいた。と言うのは、彼等がまだ明治大学にかよっている頃、何時でも彼は、稲垣のために、一切学科については、家庭教師同様になってやったからだ。また彼は、稲垣から泣きつかれると、当時の金でもって二三十円位、融通してやった事も、決して珍らしくなかったからだ。それに稲垣が一度チブスに罹《かか》った時など、いや、これを余所《よそ》にしても、兎《と》に角《かく》、明治大学以来、ここ二三年前迄というもの、彼等は、本当の兄弟もただならぬような附合いをしていた間柄だった。

だから寺田は、其の時、それと事情さえ稲垣にいえば、稲垣はすこしあまくなっている指輪を、指からぬくも同様にして寺田の頼みを叶えてくれる物だとのみ思いこんでいた。が彼はでがけに、丁度その日の小森のように、若《も》し相手が留守だったらと想ったところから、其の時の用意に委曲をつくした手紙を一通書いて行った。そして、毎日家にいる筈になっている時間をみはからって行ってみると、生憎其の日にかぎりもう稲垣は外出していなかった。

其処で、その日は、あらかじめ用意して行った手紙をおいて帰ってきた。そして、其の翌日、寺田は前日とおなじ時間に行ってみた。——手紙には、「明日、もう一度、午前八時前後に出るから、若し君が留守になるなら、其の時は、金のことと留守居のものに托して置いてくれ。」という意味を書いておいてきた関係上、今日こそ、三百円の金が手にはいるだろうと思った。ところで行ってみる。と、此の当は、みごと外れてしまった。

其の日寺田が、稲垣の玄関にたつと、取次に出てきた少女がいうのだった。——「旦那さんはいらっしゃいますが、只今ちょうどお客様とお話中でございますですから、失礼ですけれどこれをお持ちかえりになってくださいまし。」

こう言うと少女は白の角封筒を一葉さしだした。それを受取った時、なんの事はない寺田は、平生の親しさに馴れて、相手のそば近くへ寄ってゆくと、相手がいきなり、履いていた下駄をぬぐよと見るまに、その裏でもって、厭というほど此方の鼻を、逆にこき上げてくる。それを今寺田が、稲垣の手に依って、されて居るような気持がした。

「事実、来客があって、其のために僕とおちついて話をしている時間がないと言うなら、強いて話などしなくとも好い。ただ其の場合、彼自身玄関まで出てきて、其の訳をいう位の厚意は持てないものだろうか。憚《はばか》りながら僕は、むやみと慈善事業に名を仮りて、物の無心をしよう為に、今日此処へやって来たのじゃない。今でこそ彼はこうした門構え、こうした玄関附の家に住んでるけれど、若し人間なら、少しは過去のことも考えてみるがいい。」

こう思うと寺田は、土足のまま踏込んでいって、稲垣に会った上、傲慢の不徳さと、人は、いたずらに人を辱《はずか》しめる権利を持っていない所以《ゆえん》をとき聞かしてやろうかと思った。が然し、一歩退いて考えてみると、寺田の用件というのは、稲垣から金を借りることだった。

それに本来なら、稲垣が謝絶したところで、寺田は強要してなり稲垣に面会しなければならない位置にたっていた。其のうえで以て彼は、相手に事情を訴えて、金の融通をたのまなければならない筈だった。それを、前の日にきてみて、相手が留守だと知ると、次の日は、前日どうように留守でも、金のことは、留守居のものでもって、尚弁ずるようにして置いてくれという意味を書いた手紙をおいてきたのは、誰あろう、それは寺田自身だった。と思うと、一旦は石のようになった寺田の憤《いきどお》りも、ダイナマイトを食った後のようにそれが変ってきた。

それから、もう一歩退いて考えると、用件というのは、一に金を借りる事にかかって居たのだから結局寺田にはその場合、稲垣のとってくれた手段方法のほうが、嬉しくさえ感じられた。何故といえば、これは会ったが最後、以上にことばは費さないにしろ、いや、詞をついやさなければ尚のこと、其処に一味、非優越感とともに、感謝の念を強いられねばならなかったから。

で、此の思いが寺田の頭をとおり抜けると今度は、今更のようになって、心は白の角封筒のなかへ集ってきた。ところで、飽迄日本人である寺田には無論そこの玄関前ではそれを披《あ》ける気にはなれなかった。だから、其処をはなれて外へ出ると、上野桜木町も、稲垣の住んでいるあたりの通りは、とても自動車等ははいれない程狭かった。其の通りにある板塀の蔭へきて、寺田は、一旦懐中へしまいこんだそれを、窃《そっ》と取出したのである。

見ると、中へ三百円はいって居るにしては、少し量《かさ》がかるかった。だから、それと知ると、一個貴重品をすりとられた後のような気持ちでもって、封をやぶいて見ると、中には、十円紙幣が五枚はいっていた。そして、同封の手紙には、

「今度は、これだけで勘忍してくれたまえ僕も都合がつかないから。」と言う意味合いのことが書きつけてあった。これが寺田をして、失望の谷底深くつき落してきた。がそればかりではなかった。次の文句が寺田のこころを火のようにしてきた。

「それから、金のことは、今度限りにしてくれたまえ。僕は、もう此のうえ、君の依頼に応じられないから。」

これを目にした時、寺田のこころは、稲垣のほうに向って、槍になり、ピストルに変った。同時に彼は即座に稲垣の玄関へとって返して、五十円の金をそこへ叩きつけて来てやろうと思った。が然し、彼のこころは、煩っている子供から離れなかった。離れないこころは、金を望みて、野分《のわき》のなかに立っている、あの尾花のようになっていた。

其処で寺田は、子供をおもう心、言いかえると、身自からの困窮さに敗けて、稲垣が貸してくれた金は、その儘借りて置くことにした。彼は、「愛のないところに、何うして金の価値があろう。」と思った。「金のみを求めて、愛を考えない人間は、しまいには、金故に殺されてしまうだろう。」とも思った。

と寺田が悟ってからだった。これを耳にすると、金故に、生地獄の責苦になやまされ通している小森の胸も、火を掛けられたようになってきた。と言うのには又、こうした事もあった。――

「それから、間もなくだった。君も知ってるように、僕のとこの子供が死んじゃった。だから僕、いまさら愚痴をいれんじゃないが、あの時稲垣が僕のたのんだだけの金さえ貸してくれれば、子供は助かったかも知れない。三百円あれば、ゆうに子供を、病院へいれてやれたからな。」

　これは寺田の詞だったが、それを耳にすると、小森のこころも、「金のこと、今度限りにしてくれたまえ。僕は、もう此のうえ、君の依頼に応じられないから。」とあった其の文句、――稲垣が寺田にあてて書いた手紙の文句、それを目にした時の寺田の気持ちどうようになってきた。それらが此処へ、立現われたのだった。

「そうだ。寺田の子供は、赤痢のために死んだんじゃない。あの子供は、稲垣が出すべき金を出さなかったから、とうどうああいうめに遭ったんだ。」

　小森は、寺田のした仮定を、はっきりと断定に変えてもみた。小森には、そうしなければ措《お》けなかった。

「そうだ。奴さん達は、本当の意味において、経済ッてのは、何うした事か、それを知っちゃ居ないんだ。経済もそうなら今の社会組織ッてものを。だから、奴さん達は金ばかりためて、それを散じようとはしないんだ。元々金ッてものは、自分の生活を計るのに必要なのは言うまでもないが、同時に、少しでも余裕のある場合には、隣人にもこれを割いてやるところに本当の価があるんだ。それを奴さん達は……」と思うと、小森はひとり稲垣ばかりではなかった。此の世における有産階級という有産階級に対して、爆烈弾を投げつけてやりたくなった。

小森は明治大学の出身だった。大正八年度における。それは丁度寺田が、大正十年度の、高工の卒業者であるようにである。

それから小森が明治大学を出ると、彼は間もなく東京朝夕新聞へはいった。其処に、あれで二年ばかりいたろうか。すると今度は内外通運会社へ変った。其処に、あれで四五年はいただろう。がその中腎臓《うち》をわずらって、其処を出た。この病中彼は病苦以外、どんなに金のために悩まされたか知れなかった。病苦を追いしりぞける為には、どうでも金を費わなければならなかったから。

それに、不幸だったと言えば、茨城にいて、製糸をやっている小森の兄がとんだ事業の手違いから一敗地にまみれて了ったからだった、其の為に彼は孤軍でもって力闘しなければならなかった。当時の彼は一人の妻と、一人の子供とを持ちながら、一人でもって奮闘しなければならなかった。

世間には、往々プロ*の子弟でいて、ブルのガールと結婚している者がある。例えば、容貌姿態など、豚でなければ、狐同様なのだが、えてそうしたガールは、其の補いとして、謂うところの、「持参金」を持っている。だから、一方プロの子弟は、それを目当に、ブルのガールと結婚同棲している。

ところで小森のワイフはそうしたワイフとは、まるで違っていた。彼女は彼と一緒になるまで、さる商事会社の、事務員をしていた。それを彼はふとした機会から知ると、もう恋情のために駆られて、間もなく結婚した。だから、結婚後彼等のうえに、幾ら、金のいるような事が降りかかって来ようとも、其の対抗策は一に彼が講じなければならなかった。そして、此の点ばかりは、——ワイフの身分、つまり、ワイフの実家が持っている資産程度だけは寺田のそれと幾分の相違があった。他は彼も寺田も、紅梅と白梅との、枝葉をみるように似てはいたけれど。それは彼が腎臓がよくなると、今度は北海炭鉱の東京出張所へつとめ出したが、此処へ、入ったかと思う間もなく、解散してしまったので、彼はまた、浪々の身にかえらねばならなかった。

丁度これは、寺田が、山部電気商会へはいったかと思うと、すぐに、冗員の仲間入りをさせられて、其処から追われたのに似ていた。そればかりではない。寺田が放送局へ雇われたり、東京電灯会社等へ勤めたりしたのまで、小森そっくりだった。

で、其の夜は、それまでに二人が歩いてきた道についての話があっただけに、——其の道では、手を割き足を破いたばかりか、終いには腹を痛め、胸を打った事があっただけに、期せずして話はしぜん、愚痴になりがちだった。其の後だっただけに、尚と小森は思ったのだった。

「泥棒になってやれ。」と。

何しろ、翌くる日、小森は吉岡を尋ねるだろう。尋ねて、彼が借りようと思っているだけの金が、首尾好く彼の手にはいれば好い。だけれど、これが其のかみ、稲垣のところへ行った寺田のようだったら、後にあるのは、彼等の餓死のみだった。其処で彼は、こうした浅ましい事も思いたったのだった。「泥棒になってやれ。」などという。

そうだ。其の夜のはなしと言えば、まだ此の外、失職問題就職難についての事もあった。幾千かの自由労働者が、毎日毎日職にあぶれて、其の日其の日のパンをはじめ、安宿に枕することも出来ないで、此の世ながらの生地獄におちこんでいる。それに就いて、小森と寺田は、吐息しながら語りあった。

それから、自由労働者もそうなら、一方相当教養ある失職者、もしくは求職者も、意外に多数だという事について、小森と寺田は、かなりの詞数をついやしあった。

「これも新聞に出てた事だけれど、あれだと言うじゃないか。僕達同様、専門学校を卒えていてさ、二三年前までは、さる会社の重役をしていた男なんだそうだ。これがもう遊んでいては、食って行けなくなったところから、毎日毎日、市の職業紹介所へかよってるんだそうだけれど、未だに職らしい職がみつからないそうだ。」

「それは僕も読んだ。何んでも、自由労働者に職をさずけるのも大変だけれど、さらに有識失職者をして、就職せしめるのは、今のところ、殆ど絶望だそうだ。」

それに、此の夜小森が、寺田のところに居てみたものに、脂肪をぬられて悄気《しょげ》ている、新銘仙の座布団があった。それと、これも物だけは、何うやら秩父《ちちぶ》*らしかったけれど、石鹸と湯水とを浴びた所為《せい》でもって、つやも張りも失っている温袍《どてら》があった。これらが、何んの事はない。まるで黄疸《おうだん》をわずらってでも居るような色をした、畳や障子といっしょになって、彼の眼についた。だから、それやこれやに駆られて、彼はひとりでに、泥棒を思いたった。——此の場合、寺田のところの障子や畳等は、ちょうど一個の色情狂が、一片の赤布をみて、火のような性的発作をおこすのと、同じような力をもっていた。

で小森はこうした事を、彼の頭のなかで思いえがきながら、長延寺谷町《ちょうえんじだにまち》通りを、普通の足取りでもって歩いてきた。——寺田の家というのは、市ヶ谷鷹匠町《たかじょうまち》*にあった。だから、其処から、外濠《そとぼり》の濠端へ出るまでの間、つまり長延寺谷町の通りは、軒灯も少く、それだけに又、恐ろしく寂しかった。其の寂しい通りを、彼は、浅ましい事ばかり考えて、とぼとぼと歩いてきた。

時々小森は十一月末の夜風が外套もなく、くたびれた伊勢崎《いせざき》*の、袷《あわせ》と袷羽織をきている彼の肌に、かるく歯をたててくるのを覚えた。と彼は、また今更のように、入質してある古外套を、はやく出してきたいと思った。が然し、その夜にかぎって、そうした時には一種他の喜びをもあわせ感じた。何故といえば、肌が冷えれば冷えるだけ、それだけ早く、酒の酔いがさめて行くからだった。——貧苦故に、一段とセンチメンタルになって居る彼は、せめて、家で留守居をしている妻や子に、自分の酔いしれて帰る姿だけは、決して見せまいと思った。

やがて彼は濠端に出た。——電車と自動車とが、ちょうど時計の長短針のようなスピードでもって、互に奔走している濠端へ出た。だが、一つは歩いた距離の短かったせいからだろうか。彼の酔いは、まだ彼の体にのこっていた。

其処で小森は、今度は酔いのさめ切るまで、歩いてやろうと思った。

「そうだ。四谷見附《よつやみつけ》附近で、子供に菓子でも買ってやろう。」

彼はこうも思った。眼をあげると、鯰《なまず》の背中色した濠の水のかなたへ、折から、吉祥寺《きちじょうじ》行きだか、それとも、立川行きだか知らないけれど、一列の省線電車*のかけて行くのが見えた。がしかし彼は初からそれを見なかった物のようにして、濠のこなた、市電の線路沿いに、どんどん歩きだした。

敵《かたき》の取れるまで

×

君は何《ど》うだ。何うしている？

此の間僕が出した手紙は、もう見てくれただろう。君は何うする気だ。それは、一方浦上の方は、見て見ぬ振りで以て、今暫く日の経《た》つのを待とう。とこう思って居るらしい君の気持ちは、僕にも分る。僕にも厭なほど分る。が打捨《うっちゃ》って置きたくも置けないのは、森田の方のことである。

それや成程、君の身にして見ると、嘸《さぞ》厭だろう。それこそ、今になると、身を切られるように厭だろう。が然し其処《そこ》だ。問題は。

そうじゃないか。これが善いこと、好きなことなら、何う変態に生れついて居ても、まさか君だって、僕の口をすッぱくさせる必要はないことだ。それどころか、其の場合、何処か僕の虫が好かないところから、幾ら僕が止せと言っても、君は屹度《きっと》、身をこころを粉にしてなり、僕達の眼から脱れて、其の好きなこと、其の善いことの方へ走るだろう。此処《ここ》のことだ。僕が一つ君に、頭へ氷嚢《ひょうのう》をあてて貰って頭が冷めたくはっきりなったところで、みっちり考えて貰いたいのは。

それや昔と違って今では親だろうが、兄弟だろうが、君のことに就いて、とやかく余計な世話を焼くいわれがない。ましてこれが、少しでも、干渉らしい事をするいわれがない。それに僕は、――秋子。それに僕は、君に対して、泣いて礼を言ったところで、今の君に対して、僕の眼が潰れたからと言って、もう此の上、こうした事は言えた義理ではない。それは僕もよく知っている。其の僕が、知らないような顔附をして、白々しく君に、又してもこうした事を頼むと言うのは、君だって知ってくれるだろう。――もう君は大阪、僕は東京にいたのでは、何う僕の咽喉がつまり、何う僕の涙が僕の眼を埋めようとも、これは一切、見せることも、見て貰うことも出来ないが。だから、考えると、此の世のことと言うものは、残らず僕には悲しい。

×

で、秋子。兄さんの頼みだ。これを一つ聞いてくんないか。それこそ君が、生きて居ちゃ、所詮耳を仮すわけにも行かない。とこう君は言うだろう。其の君をつかまえて、阿漕《あこぎ》なことを言うようだけれど、今度は君に死んで貰いたい。死んだ気になって、僕は君に聞いて貰いたい。

と言う頼みの筋は、此の間の手紙にも書いた通り、もう一度君に、森田へ帰って貰いたい。いや、それや分る。それや僕にも、自分のことのように分るよ。だけれど、今度の条件は、君が先方へ帰る日から、おッかさんと別居するのだ。だから、此の際君に帰って貰わなければ、僕達夫婦は固より、其の後は、君のために、敵のようになって居る由《よ》ッちゃんの命にも係わろうと言うことなのだ。君も一つ、此度《ママ》のところを考えてくれなくちゃ困る。

×

それに今度もう一つ事件が起った。と言うのは、昨夜由ッちゃんの叔父さん、野上さんがお見えになった。野上さんの話に依ると、あれだと言うじゃないか。

君が去年の秋口《あきぐち》、僕のところへ融通してくれた三千円の金と言ったら、後は書かなくとも好かろう。唯僕が、昨夜野上さんから、実はこれこれの訳でと言われた時、今に始まった事ではないけれど、ふつふつ貧乏なことが厭になった。貧乏しながら、辛い思いをして生きて居るなら、僕は、何んなに其の断末魔が切なくとも好い。一層死んじゃった方がとも思った。

で秋子。僕は昨夜の七時過ぎまで、去年の秋口、君から融通して貰った三千円の金は、君から頼んで、由ッちゃんが面倒見てくれたのだとのみ思っていた。ところでこいつ、昨夜来てくだすった野上さんの話に依ると、あれだと言うじゃないか、今迄は、生みのそれではなくとも、君の為にはおッかさんになる、由ッちゃんのおッかさん、其のおッかさんが、不動銀行へ預けていた金を、君がおッかさんへは一切無断でもって、銀行から引出して来たのだと言うじゃないか。と言ったところで、誤解してくれちゃ困る。それが、何うした悪辣な手段方法から出来た金にしろ、其の金でもって、僕のかみさんの弟が煩っていた、長の病気がなおる。それに僕は僕でもって、今になると、それも駄目にはなっちゃったけれど、去年の秋口は、秩父から品物を仕込んで、とにかく此の二月頃までは、息がつげたと言うものだ。が昨夜の話に依ると、昨夜来てくだすった野上さんの話に依ると、今度君の出よう一つに依っては、君や僕は、それこそ咽喉を締めあげられなくちゃならない。だから、僕が頼む。もう一度今度だけ、心を取直して、由ッちゃんところへ帰ってくれ。これ僕が一生の頼みだ。これ此の通りだ。と言っても、矢張り大阪と東京では、一向君の眼にはつくまいけれど、僕はこれ此の通り、合掌礼拝している。

×

僕は、決して君を見殺しにしやしない。世間を吹き廻る不景気風に煽られて、今年になると、僕のやって居る商売なども、から駄目になっちゃったけれど、一つ君に喜んで貰いたいのは、僕、再来月から、信州特産の呉服物を、一手でもって扱うことになった。これは、世間の織物という織物が皆そうであるように、決して器械を使うのではなく、糸から染まで、一一人間の手でもってやるのだ。だから出来あがったそれは、まるで器械織などとは趣が違う。これは平均、反売り十二三円位の代物だが、これを扱う日になると、そうがつがつあせらなくとも、地道に、落着いてやれるように出来て居るから、僕はこれから先、此の方へ身を入れる積りだ。だから、僕の算盤《そろばん》に依ると、来年の今頃になれば、去年の秋口、君から融通して貰った金も、ちゃんと綺麗に出来ようと思う。だからもう一度君もこころを取直して、由ッちゃんのところへ帰ってくんないか。君も、今度向うが条件にして来たように、君と由ッちゃんとが、おッかさんと別居さえすれば、君ももう言い分がなかろうじゃないか。何も今更らしく言うのじゃないが、人間辛抱が大事だ。だから君も其の気になって、もう一度、由ッちゃんのところへ帰ってくんないか。これは、何も人事故《ゆえ》に頼むのじゃない。僕は、僕自身のためにも、心から君に頼むのだ。君から言えば、余りにも身勝手に取れようけれど、考えて見てくれ。元々嫌いで一緒になった訳じゃなし、君も、今度由ッちゃんのところへ帰るとなると、君とそりの合わないおッかさんと別居するのが条件なら、もう此の上の言い分はないじゃないか。

×

それにまた、此処のところ、こう言う問題がある。外でもない。君が現在居る宿の方のことだ。これも長く日数が経つと、お互いにまた、宿料の支払いに困らなければならない。だから、それにつけても僕は、一日も早く、君に、由ッちゃんのところへ帰って貰いたい。

秋子。君も知って居るだろう。僕達の幸せなる物が、何うしてこう奪われ勝なのかと言うと、それは残らずと言いたい。皆僕達の貧乏な所為《せい》からだ。早い話、去年の秋口に、君が僕に融通してくれた三千円といい、今度の宿料といい、ともに金さえあれば、もう問題ではない。

それに金のことと言えば、僕は、僕達のおとうさんの事を思い出す。君はたしか、あの時はまだ三つだったから、少しもおとうさんの事は知るまいけれど、おとうさんは、橘町でも、相当聞えた呉服問屋だった。がこれがふとした手違いから始まって、終いが世にも悲しい首くくりをして死んじゃった。だから、おとうさんは、盲で、莫迦《ばか》だったとも言える。また、おとうさんは義理堅く、律気者だったとも言える。と言うのは、借金の言い訳に窮して、自から首をくくったのが後者なら、そうなるように、手違いをしたのが前者だから。人が何と言おうとも、僕は、堅くそう思う。

×

秋子。そうじゃないか。全く金が敵の世の中である。其の証拠は、其の証拠は幾つもある。中でも僕に取って忘れられないのは、おとうさんの事だ。おとうさんも、つまるところは金、貧乏な点から始まったり終ったりして居るのだ。だから現在では、貧乏人が物持ちを恨み、憎むのも無理がない。貧乏人が、彼等自身が物持ちにと言わなくとも好い。其の日其の日の生活を、もっと安んじて出来るようになるまでは無理がない。

秋子。だから、僕達ももっと隠忍《いんにん》辛抱しよう。此の世での敵である金。またおとうさんの敵である金。それを取る取らないはさて置いても、せめて、敵に恨みの一太刀、もしくは、恨みのピストルを一発加えるまでは、歯を喰いしばりながらも辛抱しよう。で君は、もう考える必要などはあるまい。君の為、僕の為、そして、君の由ッちゃんの為、直ぐと僕のところまで帰ってくるが好い。実は僕、こう言う手紙など書いている隙《ひま》があったら、君のところへ行きたいのだけれど、今言ったやつだ。今言った、例の信州手織物のことで、一寸手放しかねるので、また手紙にしたのだが、今度はもう以上に気を揉ませずと、君は帰ることにするのだ。で、帰るとなれば、宿料の支払い、汽車賃のことなどがあるから、直ぐと手紙を出すのだ。僕は待っているから。

恥

〈戯曲〉

人　物

おくに（佐吉の妻。）
おはる（金物商川崎屋こと、原田三次郎の妻。）
民次（佐吉の弟。大工。――これは舞台へは出てこない。）
佐吉（人夫頭。）
栄作（同弟。時計職人。）
庄次郎（大工。）

年　代

大正十二年十一月初旬の、午後八時前後の出来事である。つまり、古今未曾有だといわれている、大震大火のあった年の、秋の出来事である。

場　所

東京の下町である。

舞台は、小さなバラックである。内には、これといって、目につくほどの物は一つもない。ただあるのは大形の瀬戸火鉢一個と、安ちゃぶだいの新しいのとが一個あるきりだ。そして下手寄りに、佐吉の子供が三人寝ている。また、上手寄りに、おくにとおはるとが、差《さし》になって話をしている。

おくに　で、お宅の旦那は、もう起きてらっしゃるんですか。

おはる　いいえ。それがまだ、そうはいかないんですよ。――そりゃね、昼間のうちは、どうかすると、『おはる、ちょいと手を貸してくれ。』といっちゃ、ちょっと体を起して、後へつんだ蒲団へよっかかったりすることもあるんです。でも切ないかして、すぐに、『おはる、ちょいと手を貸してくれないか。』といっちゃ、また横になるんですよ。――本当に困っちまいますの。

おくに　そりゃいけませんわね。早くよくおなりにならなくっちゃあ。――そりゃまあ、お宅さまなんか、ちゃんと出来るだけのお手当はしておいでなんでしょうけれどね。

おはる　そりゃね、出来ないながらも、まあ届くだけのことはしようと思ってね。古くから御懇意に願ってる先生に、毎日きて頂いちゃいるんですがね。――何しろ、あたしのとこの人も、年が年ですから。

おくに　あら、そんなことはありませんわ。その中にゃ、これで陽気でもきまれば、自然とよくおなりになりますよ。

おはる　あなたの前ですけれど、地震に遭ったり、火事に遭ったりしたのは、何もあたし達ばかりじゃないんですから、そりゃ仕方ないと思っちゃいます。ただ諦められないのは、うちの人がああなったこと。――愚痴のようですけれど、おくにさん、これさえなければ、あたしはこんなにくさくさしやしません。考えるとあたしは何をするのも厭になっちゃいます。

おくに　そうでしょうとも。

おはる　お宅でも、そりゃいろいろ御不自由でしょうけれども、でも皆さんがお達者でお暮らしなんだから、こんな結構なことはありませんわ。

おくに　それだけが取り柄。――あたし達も、着のみ着のまま、何一つ持って出ませんけれど、でも好い塩梅《あんばい》には、誰一人掠傷《かすりきず》一つも負わないで、逃げることが出来ました。でもねえ、人情で、やっぱりあたし時々は、愚痴をこぼします。するとあたしとこの人が、『被服廠《ひふくしょう》*で死んだ者の身になってみろ。あれをあかの他人だというなら、栄作の身になってみろ。』というんですよ。

おはる　そりゃそうですわね。――死んだ人のことを思えば、あたし達は愚痴なんぞいえた義理じゃありません。でも、そこが凡夫のあさましさッていうんでしょうか。

——けど、栄さん、——栄さんはなんですか、お怪我でもなすったんですか。

おくに　いいえ。栄さんは、あたし達と同じに、怪我一つしなかったんですけれど、かわいそうに、栄さんのおかみさんと、あかんぼうと、いまだに行衛《ゆくえ》が知れないんですの。——死んだろうというんですけれど、いまだに死骸が出ませんの。

おはる　まあ、ちっとも知りませんでしたわ。また、どうしたというんですの。皆さん、栄さんと御一緒じゃなかったんですか。

おくに　それがなんですよ。ちょうどあの朝、栄さんは商売用で、横浜へいったんだそうです。すると、お昼ちかくになって、あの騒ぎなんでござんしょう。なんでも栄さんは、あの時伊勢佐木町とかにいたんだそうです。そこは、此方《こっち》でいうと、銀座のようなところだそうですけれど、そこの、その家で話をしていると、ぐらぐらとあの地震です。栄さんはもう夢中で、そこの人達と一緒に外へとびだすが早いか、その足でもって、此方へ帰ってきたんだそうです。——日の暮までに、帰ってきたんだそうです。

おはる　大変でしたわね。それは。

おくに　なんでも、駈けてくる途《みち》という途は、家が潰れている。四辺《あたり》は一面の火の海。その中を潜るようにして、やっとのことで、東京へきてみるとあのさまでしょう。

おはる　（黙ってうなずく。）

おくに　それから、自分の家のほうへこようとすると、やっぱりその途中がほうぼう焼けていて、今度はなんとしても、そこは抜けられないんです。仕方なくその晩は、九段の招魂社《しょうこんしゃ》*で夜をあかし、すこし下火になってきたのを見て、宙をとんで石原まで、——あなた御存じないかも知れませんがあの人は、本所の石原にずっと住んでいましてね。——やっと辿りついたと思うと、もう自分の家は灰になっていました。——で、おかみさんや、あかんぼうと、それに一人使っていた小僧と、何処《どこ》へ逃げたか、まるで分りません……。

おはる　まあ。

おくに　それから、あなた、あの人は、ありッたけの心当りを探してまわったんだそうですけれど、いまだに、その在りかが分らないんです。栄さんは、きっと、みんな死んじゃったんだろうといっていますが、あたし何時《いつ》でも、あの人の顔を見ると、なんといって好いか分らなくなってしまうんです。

おはる　なんということでしょうね。——で、小僧さんも分らないですか。

おくに　そうなんです。もう一人、外に女中もいたんですけれど、その居処も分らないんです。

おはる　厭だ。厭だ。そういう話を聞くと、あたしもう……。
おくに　だが、栄さんもいうんです。『莫迦《ばか》な話だ。わたしはもう生きてる空がありやしない。こうなっちゃもう、稼ぐ張合いもなにもありやしない。まるで、ぜんまいの切れた時計だ。』――そりゃ、はたの見る目も痛々しいんですの。
おはる　無理もありませんわ。それは。――災難だといえば災難ですが、留守の間に、そういうことがあったというのは、なんといって好《い》いか分りませんわ（ここで、そこにある目醒し時計を見て。）まあ、驚いた。もう八時まわったんですわね――あたし、お暇《いとま》しますわ。
おくに　あら、まだ好いじゃありませんか。その中、あたしのとこの人も帰ってきますよ。
おはる　いいえ。ちょいと出まして、大変お邪魔しました。――親方がお帰りでしたら、どうぞよろしくおっしゃってくださいましな。
おくに　申聞《もうしき》かせます。――ですが、まだ好いじゃありませんか。
おはる　ありがとうございます。――あたしのとこでも、待ってるでしょうから（といって立ちあがって。）――あたし、明日にも、――明日民さんのところへ伺ってみます。

おくに　そのことなら、手前どものほうから、そういってあげてもようござんすよ。
——民さんのところへ、手前どもから……。

おはる　なあにね、いいんですよ。——あれですか、民さんの立退いておいでになるさきは、久堅町《ひさかたまち》*の三十一番地でしたっけね？

おくに　三十一番地の、竹内庄次郎ッて人のとこです。

おはる　そうでしたね。——ありがとうございました。

おくに　お帰りですか。——折角きていただいて、なんのお構いもいたしませんで。
——お帰りになったら、旦那によろしくおっしゃってくださいまし。お宅の旦那だって、そうして、御普請ができれば、そうなりゃ自然に張合いが出てきますから、段々良くなりますよ。

おはる　それなら、いうところがありませんがね……。

（おはる、おくにに見送られて帰っていく。間もなく、そこへ佐吉が帰ってくる。——佐吉は蒲団を背負って帰ってくる。）

おくに　お帰りなさい。——今日は、随分遅かったんですね。

佐吉　（黙って、そこへ蒲団をおろす。）

おくに　この蒲団は？

佐吉　この間から話のあった、多田さんのとこから、分けてもらってきたのよ。
（佐吉は、こういってから、勝手口へまわってそこで足を洗ってくる。――おくにはこの間に、蒲団をそこの片隅へ持っていってつむ。）
おくに　幾らです。これで。
佐吉　幾らだって好《い》いじゃねえか。それよか早く、俺に飯にしてくれ。
おくに　そうそう。おなかが空いたでしょう。あたしいま、お露《つゆ》をあっためますわ。――それから、蒸し鰈《がれい》を買ってあるんですが、焼きましょうか。
佐吉　そうして貰おうか。――それから酒をすこし買ってきてくんないか。そっちは俺がするから。
おくに　またお酒？
佐吉　すこしで好いんだ。愚図愚図いわねえで、早くしてくれ。――誰かこなかったか。今日は。
おくに　さっき、栄さんが見えてね。――ねえお前さん、栄さんが、これをお前さんにといって、お酒を持ってきてくれたのよ。
佐吉　あるなら早くつけねえなあ。気の利かねえやつだなあ。――栄公は何か。用があってきたのか。

おくに　さあ、別に、そんなようでもなかったけれど……。
佐吉　民のことを、なんとかいってやしなかったか。
おくに　いいえ。——ああ、そうそう、民さんといえば、お前さんいまそこで、川崎屋のおかみさんと会わなかった？
佐吉　川崎屋のかみさん——ああ、会わねえよ。——どうかしたのか。民のやつが？
おくに　いいえ。あれなの。川崎屋さんでも、この頃に家をたてるんですって。
佐吉　この頃に家をたてる？
おくに　ええ、そうなの。——そのことで、今夜川崎屋のおかみさんが、民さんに一つ、大図の見積りで結構だから、その見積りをしてもらいたい。こういって見えたの。
佐吉　駄目だ。そりゃ。
おくに　何が駄目？　——川崎屋のおかみさんが、民さんの立退きさきはどこ？　とこうおっしゃるから、あたしこれこれだといって、庄さんの家を教えてあげたの。——川崎屋のおかみさんは、明日……。
佐吉　だからよ。俺は駄目だといってるじゃねえか。——お前が幾ら教えたってよ。
おくに　駄目。どうしてさ。——忙しいんですか。民さんは。

佐吉　まあ、好いや。——そんなことはどうだって好いやな。それよか早く酒をつけてくんねえなあ。
おくに　いま、直ぐですよ。
（おくには立って、台所から七厘《しちりん》*を持ってくる。それへ火鉢の火を取る。そして、跡へは火をついで、台所へ持っていった七厘といれちがいに、酒をついだ銚子を持ってきて、それを火鉢のなかの銅壺《どうこ》*へいれておいてまた台所へさる。）
佐吉　幾時頃きたんだ。栄公は？
おくに　さあ、幾時頃だったでしょう。——もうかれこれ、四時近くじゃなかったかと思いますけれど——。
佐吉　あいつはまた、どこをどうしたら、酒なんぞ買ってきやがったんだろうなあ。
おくに　さあ、どうしてだろうね。——なんでもそういってました。栄さんは。——わたしゃこれから、ちょっと日本橋までいってきますって。——帰りにまた寄りますって。
佐吉　そうか。——今夜またくるといっていたか。
おくに　ええ。帰りに寄るといっていたわ。
佐吉　それから、外には誰もこなかった？

おくに　ええ。それから、あの川崎屋のおかみさん。

佐吉　何はこなかったか。民のやつは？

おくに　いいえ。見えなかったわ。——また、民、民ッて、お前さんは民さんのことばかり聞いてるんだね。どうかしたんですか。民さんは？

（この時、おくには、蒸し鰈をのせた鉄灸《てつきゅう》*ぐるみ、七厘を持って出てくる。同時にお露の鍋も持って出てくる。）

佐吉　いや、俺はちょっと、聞きこんだことがあるんだ。あいつの事でよ。

おくに　なんです。聞きこんだことッて？

佐吉　俺はここ半月ばかりというもの、あいつに会わないから分らねえが、今日仕事場の帰りに、この間からの約束だから、多田さんのところへ寄ってきたんだ。

おくに　それがどうしたの？

佐吉　俺が、三丁目*で電車をおろしてよ。菊坂*の通りを歩いてくるてえと、向うのほうから、これもちょうど、仕事から帰ってくる彦のやつに会ったと思いねえ。——あすこの交番の手前で会ったと思いねえ。と彦のやつ、『おい、佐の字、お前からでも一つ、思いきりいってやらなきゃ駄目だぜ。』とこういやがるんだ。俺はなんのことだか、ちっとも分らねえから、何を思いきりいわなきゃ駄目なんだ。誰に俺が、そういってやらなきゃ駄目なんでえといって、聞きかえしてやったんだ。

（佐吉はここで、盃を取ってつきだす。おくには、銅壺の中の銚子を取りだして、それに酌をする。）

おくに　すると、なんというんです。彦さんは？

佐吉　するてえと彦のやつは、『分ってるじゃねえか。民公によ――。お前から一つ、うんといってやらなきゃ、終《しま》いにゃやっこさんは、何をしでかすか知れやしねえぜ。』とこういやがるんだ。

おくに　全体そりゃ、なんのことなんです。――どうしたというんです。

佐吉　まあ、黙って聞け。――俺もよ、そういわれただけじゃ、まだ何が何やら、一向に分らねえから、どうかしたのか。民のやつが。というと、彦のやつ、『なんでえ。お前まだ知らねえのか。』といやがるんだ。だが、正直俺は、なんにも知らねえ。だからいった。――俺はなんにも知らねえけれど、民のやつは、どうかしたのか。というと、彦のやつは、人を莫迦にするように、ちょっとこう俺の顔を見て笑いやがったが、すぐと、『じゃお前は、なんにも知らねえのか。』といって、駄目をついてから、民さんが、俺にくどくどいうんじゃねえか。

おくに　民さんが、どうかしたんですか。

佐吉　彦の話はこうなんだ。——いまから、五六日あとのこッたあそうだ。もう彦達の寝ているところへ、民のやつが、指ケ谷《さすがや》＊とかの、飲み屋から馬＊をひいてやってきたんだ。で、彦は、その飲み屋の亭主に金を払ってやってよ。そこの上り框《かまち》のとこに、打《ぶ》ッ倒《たお》れていた民のやつを叩きおこして、自分達の厄介になっている二階へつれてあがってよ。そういってやったそうだ。
おくに　なんといってさ？
佐吉　まずのっけに、『お前は気がたしかなのか。』と……。
おくに　すると。
佐吉　民のやつは、黙っているんだとよ。
おくに　で、どうして？
佐吉　それから、彦は、『ちったあお前も、時と場合ッてことを考えなきゃいけねえぜ。』といってやったのだ。——『これが不断なら、そりゃ夜ッぴて酒浸りになってよ。飲んだくれて歩くのも好いだろうが、おいらはお互に、いってみると前の晩に、火水の苦しみに遭ったばかりなんだ。だから、これがまともの人間なら、一杯飲みてい酒も、それはまたのことにしてよ。百が二百でも、飲み代はどけておいてよ。これからさき、またぴゅうぴゅうと吹いてくる、からッ風の凌ぎをつけることに、襤褸《ぼろ》の一枚も買う算段をしなきゃならねえんだ。だのによ。お前はなんだ。自分の足元も分らねえまでに食い酔ってよ。揚句のはてが、この夜更けに、人さまのところへ、馬をしょッぴいてこようッてのは、あんまりこう、虫が良過ぎやしねえか。』――。

おくに まったく、彦さんのいう通りだわ。――そりゃ、男の人は、たまに酒を飲むのもいいけれど、自分でおあしも持たずにさ。そうまでだらしなく飲みあるいちゃねえ。

佐吉 だからよ。彦がそういってやったそうだ。

おくに そしたら、民さんはなんというんです？

佐吉 民のやつは、やっぱり黙っていやがるんだ。追駈《おっか》けて彦が、『それもいい。これが十九や二十の人間なら、うれしいにつけ、かなしいにつけ、酒でも呷《あお》って、気をはらそうという法もあろうが、それにしちゃ、一体お前は、今年幾つだと思うのだ。』と、こういってやったのだ。

おくに すると、なんといいました。民さんは？

佐吉 だが民は、やっぱり黙っていやがるんだとよ。これは俺だけの考えだが、彦のやつは、昼間のくたびれでもって、ちっとやそっとの地震ぐらいじゃ、頭の毛の一本も、ひっこ抜かれたも同じになってよ。ぐっすり寝ついたばかりのところを、焼けに叩きおこされた上に、幾らとかいったっけなあ。そうだ。なんでも、八両なにがしとかいったっけ。その物を払わされた上によ。一つ二つ物をいいかけてみると、相手がこういった風だから、それまでにも好い加減こみあげてきていた疳癪《かんしゃく》が、ここでもって、粉微塵になっちゃったらしいんだ。

おくに　そりゃ、彦さんの身にすると、無理もないやね。——また、どうしたら民さんは、何時までもそんなに黙っているんでしょう。

佐吉　そりゃ俺には分らねえんだ。彦にだって分らねえんだ。分らなければこそ彦のやつ、ここでもってがちんときたんだ。——俺はいま、それをいってるんだ。何故といえってみねえ。その証拠には彦が、民のやつによ。『お前も根からの莫迦でなけれや、ちったあ積ってもみねえ。お前には子供こそねえ。だが、三十の声はとうに聞いてよ。ちゃんとおっかあを持ってるじゃねえか。それを思ったら、少しや前後を弁《わきま》えてよ。余りこう人騒がせは止すんだなあ。』と、いってやったそうだ。

おくに　それからどうして。民さんはやっぱり、死んだ者のようになってるんですか。

佐吉　いや、こういって、彦は民の襟髪を取って、あいつの鼻ッ柱をよ。厭というほど、そこの地べたへこすりつけでもするようにしてやると、ここでもって民のやつも、やっと口を利いたそうだ。
おくに　なんといってです？
佐吉『いや、俺にはもう、その嬶《かかあ》がなくなったんだ。
おくに　まあ。何をいうんだろう。──まったくそれは民さん、どうかしてるわね。
お酒をあがってるせいだわね。きっと。
佐吉　彦もはなはやっぱり、お前と同じにそう思ったそうだ。──こいつ、酔っているから、こういった風に、取りとめのねえことをいってやがるんだろうと──。
おくに　そりゃそうだろうね。まさかに、民さんだって、気がどうかしてるってことはなかろうけどね。
佐吉　ところがよ。それから彦が、民のやつに聞いてみると、それなんだ。──いまお前のいったそいつなんだ。
おくに　なにが？
佐吉　いやさ。民のやつは、ちっとばかりらしいが、その、気が変になってるらしいんだ。──俺はいまもいった通り、ことは何も知らねえが、彦のいうところでは、どうもそうらしいんだ。
おくに　そりゃないでしょう。

佐吉　まあ、黙って聞きねえ。――で、彦は、一つは行きがかりからも、民のやつがそういったらといって、後は黙ってひっこんでる訳にはいかねえから、今度はかさにかかってよ。『こう、常談も休み休みいいねえ。――お前のおっかあだって、早取り写真じゃあるめえし、昨日まではちゃんとしていてよ。今日消えてなくなるって法があるものか。』といったそうだ。すると、民のやつは、『ところで、あの尼は、その早取写真のように、消えてなくなっちゃったんだ。というよか、その相手の野郎も、俺にはちゃんと分っている。だから、いわばあの尼は、その野郎のためによ。吹ッけされちゃったも同じなんだ。』というのだ。
おくに　随分変ね。一体どうしたというの？――なんだかあたし、じれったくなっちゃったわ。
佐吉　まあ、黙って聞いていねえなあ。
おくに　だって……。
佐吉　うるせいなあ。黙って聞いていねえッたら、黙って聞いていねえなあ。
おくに　で、それから、どうして？
佐吉　それ聞いて彦は、『じゃ、何か。お前は人に、自分の嚊《かかあ》をかっぱらわれてよ。それで焼けになって、飲んだくれて歩くのか。』というてえと、『分ってらあなあ。

そうだろうじゃねえか。おいら酒でも飲まなきゃ、生きてるせきがありやしねえや。』というんだ。

おくに そりゃ、本当？

佐吉 俺知らねえや。だが、彦の話はそうなんだ。――それから、彦は、『相手の野郎というのは誰だ。』といって聞くと、これも何処からか焼けだされてきて、民のやつ達と一緒に、庄公のとこにいた野郎だというんだとよ。――『何処かこう、新派の下廻りでも働いているような、変に色の生《なま》ッ白《ちろ》い野郎だった。』と、民のやつがいっていたそうだ。

おくに 随分厭な話ね。――それは本当？――なんだかあたしには、本当に出来ないわ。

佐吉 現在、民がそういったっていうんだから、まさかに嘘じゃあるめえ。

おくに だって、あのおうめちゃんが……。

佐吉 そりゃ、疑ぐればきりがねえや。ちょうど、いま受取ってきた札をよ、これは本物か贋物かといった風に、疑ぐっていた日にゃ、きりがねえや。

おくに そりゃ、そうですけど。

佐吉 で、彦は、それと聞くと、もともと民のやつと、おうめとが、一緒になるまでのいきさつは、厭というほど知ってるだけに、ちったあかわゆそうになってきたそうだ。だが、そうかといって、その場合彦が、それをいった日にゃ、なんのことはない、燃えさかっている火へ、油をかけるも同じだから、そこは態《わざ》と逆に出てよ。『そうなりゃもう仕方がねえ。おうめもそういった風に、牛を馬にのりかえるような尼なら、お前だってもう未練はあるめえ。この上はお前も、一層その気になってよ。うんと稼いでよ。もっとどうにかした女を目ッけてあの尼を見返してやりゃ好いじゃねえか。何も、女旱《おんなひでり》がしやしめえし、そんな性根の腐ったすべたにかまけていて稼ぎはせず、焼け酒ばかり飲んでいたんじゃ、第一、お前の体にさわろうというもんだ——』

おくに　そりゃ、そうだわ。もしもそれが本当ならね。

佐吉　するてえと、民のやつは民のやつで、『なあに、こんな体はどうだって好いんだ。その中《うち》にゃ俺は、あの尼のいどころを突きとめて、きゃつを叩き殺した上で、この俺も死んじまうんだ。』と、いうじゃねえか。

おくに　民さんは、もう焼けね。

佐吉　そうよ。

おくに　どうして。それから？

佐吉　で、このことがあってから、二三日してからだ。彦のやつが、仕事帰りに庄公のところへ廻ってみたんだ。すると、庄公はまだ帰っていねえ。それから、かみさんに会って、民のことを聞いてみると、留守だという。この頃では、帰ったり帰らなかったり、ちっとも当てにならないという。で、彦が、仕事に出てるかと聞くと、ずっと遊びどおしだという。

おくに　そりゃ、庄ちゃんのおかみさんの話？

佐吉　そうだ——それから、また彦が、おうめのことを聞いたんだ。すると民のいう通りなのだ。違っているのは、おうめの相手というのは、民のいっていた野郎だかどうだかはっきりしねえんだ。なんでも、庄公のかみさんの話では、おうめがいなくなるてえと、その野郎、暫らく田舎へいってくるからといって、出ていったことだけはたしかだ。だが、その野郎というのは、ちゃんと女房もあれば子供もあるんだそうだ。

おくに　それにしても、やっぱり、おうめちゃんのいなくなったのは、本当なのかね。

——呆れかえっちゃうわね。

佐吉　彦がこの話をしてから、『そりゃ、民のやつも、ぞっこん惚れぬいた女に逃げられちゃ、幾らしまいしまいと思っても、そこが惚れた弱身《よわみ》というやつでもって、自然と焼けにもなるだろう。焼けになりゃ、飲みたくもねえ酒を飲むようになるのも無理はねえ。だが、そうかといって、このまま打捨《うっちゃ》っておいた日にゃ、終いにはどんなことをしでかすか知れねえから、明日にも一つ、お前が民公に逢ってよ。うんと意見をしてやらなきゃ。』といっていたが、考えてみるてえと、民公のやつも、つまらねえことを、おッ始めてくれたもんだ。

おくに　本当ね。

佐吉　どうで俺は、明日の朝、仕事へのいきがけに、民のところへ寄ってみる気だが、所詮は無駄かも知れない。よしまたあいつが、首尾よく居合せたとこで、どっちみち、いまの川崎屋の話は駄目だろう。——俺にはどうやら、そう思われてならねえ。

おくに　ですが、それにしても、民さんて人も、随分変な人ね。随分意気地のない人ね。

佐吉　まあ、いってみると、そうだ。

おくに　いってみなくたって、そうだわ。

佐吉　なんでえ。おい。焼けにこう、俺に突ッかかってくるじゃねえか。

おくに　だって、随分人を莫迦にしてるからさ。

佐吉　誰がよ。——誰が人を莫迦にしてるんでえ？

おくに　そうじゃないこと。――そりゃね、民さんだって一緒になれなけや死ぬの生きるのといって騒いだ揚句に、やっとのことで一緒になった人に逃げられたんだから、仕事の手につかないのも好いやね。また、そうしてお酒ばかり飲んで、ぐでんぐでんになってるのも好いやね。――まあ、好いとするんだね。だが、あたしのいうのは、それならそれで、不断あまり人のことをずけずけいわないが好いやね。

佐吉　なんだか、こう、俺にゃまた、ちっとも話が分らねえ。

おくに　そりゃね。お前さんには、どっちも兄弟だろうけれどね。あたし不断から、あの民さんッて人は嫌いさ。――栄さんッて人は好いけどね。

佐吉　ちょうど、おうめが民のやつを嫌ったようにかい。

おくに　まあ、そういったところさね。

佐吉　どっちみち、助からねえのは、民のやつよ。――あいつも、そう女子供に嫌われちゃ、立つ瀬がねえや。

おくに　だって、そうじゃない。――民さんて人、自分がおうめちゃんに逃げられると、もうそういった風になるほどなら、何もいままでにだって、親の敵《かたき》じゃあるまいし、栄さんの顔さえ見れば、いまにも取って食べでもするようなことばかり、いわなくたって好いじゃないか。

佐吉　……。
おくに　何時だったっけね。この前ここで会ったのは。あの時だってそうじゃないか。民さんたら、這入ってくるが早いか、まるでお廻りさんが、泥棒でもつかまえやしまいし、ここにいた栄さんを見ると、『栄公、お前まだ生きていたのか。』と、こうでしょう。
佐吉　そりゃ、あいつのこったあから、そうもいっただろうさ。
おくに　『そうもいっただろうさ。』じゃないわ。――それにあの人は、何時でもだわ。栄さんさえ見ると、『何かお前は、嬶や子供がそんなにかわゆけりゃ仕方がない。お前も一思いに死ぬんだなあ。死んで地獄の釜の底でも、隙《ひま》にあかして、探してまわるんだなあ。』というじゃないか。――そうそう、それにこうだ。――『お前が生きていて、おいらの耻《はじ》を曝《さら》しまわっただけでまだ足りなきゃ、今度はお前独り心中と出掛けて、死に耻を曝すんだなあ。』――。
佐吉　なんだって好いじゃねえか。そんなこたあ。
おくに　ちっとも、好かないわ。
佐吉　どうしてよ。――どうしたらそりゃいけねえんだい？
おくに　だって、お前さん、そうじゃないか――あたしはそう思うわ。いやね。そりゃ、民さんのいうように、かみさんや子供を亡くしたのは、何も栄さんばかりじゃないから、出来れば栄さんも好い加減に諦めをつけてさ、しゃんとしたほうが好いにゃ好いやね。──お前さんだって、何時もそういうじゃないか。だから、その栄さんのことがじれったけりゃ、そりゃなんといったって、好いといえば好いけれど……。

佐吉　好いけど、どうしたんでえ。

おくに　いや、そりゃ好いけどね。人のことをやかましくいうなら、ちったあ自分でも考えて、ことをしたら好いじゃないか。

佐吉　何をよ。何を考えてするんでえ。──くだらねえことは止さねえか。

おくに　よさないわあたし。──だってさ、人のことを、そうえらそうにいうなら。──すべたの一人や餓鬼の一人くらいがなんだ。死んだらまた新規に見つけりゃ好いじゃないか。見つけてまた、拵えりゃ好いじゃないか。これが俺なら、お釈迦さまから頼まれたって、俺はお前のように、餓鬼道からさ迷ってきた亡者のような真似はしない。といって威張るほどなら、人のことはさておいて、自分からそれを始めたら好いじゃないか。

佐吉　……。

おくに　それが、その御当人も、やっぱり栄さんも同じに、自分のかみさんがいなくなると、そういった風に、仕事どころか、焼け酒ばかり飲んで、人さまのところへまで迷惑をかけて歩くんじゃないか。――同じ自分の兄弟のことでも、それが自分のことでさえなければ、そうしたえらそうなことのありッたけをいっておいて、これが自分の番になると、今度は殺すの生かすのといって騒ぎまわるんだから、あたしは可笑《おかし》くなるわ。
佐吉　それが可笑きゃ、笑っていれば好いじゃねえか。
おくに　じれったいね。お前さんも。
佐吉　きっと、民はそういうだろう。お前のいっていることを聞いたら。――『それが俺に出来れば、俺はお前達たあ、口は利かねえ。』と。
おくに　どうして？
佐吉　どうしてってそうじゃねえか。（といいながら、そこへ出した盆へ、おくにが酌をしようとした銚子に、もう酒のなくなっているのを見てとると。）――おい、つけねえなあ。ねえじゃねえか。
おくに　まだ飲むんですか。
佐吉　そうよ。――もう酒はねえのか。

おくに　まだ、あるにはあるけど……。
佐吉　あったらつけねえなあ。
おくに　そんなにあがっていいんですか。
佐吉　善いも悪いもあるものか。けちけちするない。
おくに　あたし、嫌い。お酒を飲む人と、やき持ちやきの人。（といいながら、台所へいって、銚子へ酒をついでくる。）
佐吉　嫌いなのはお前だ。俺は好きだ。
おくに　お前さんと、民さんはね。
佐吉　あんまりこう、憎まれ口をきくねえ。
おくに　だけれど、男って本当に、わが儘《まま》だね。
佐吉　そりゃ、女だってそうよ。
おくに　違います。女は違います。
佐吉　違うものか。
おくに　また、女はわが儘だとしても、民さんのように得手勝手じゃないわ。
佐吉　そりゃ、そうかも知れない。――ああ見えても民のやつも、あれで人間だからなあ。

おくに　なんだって、民さんも人間だって？

佐吉　そうよ。お前は民、民というけれど、何もこれが、民一人と限らねえや。誰だって人間というやつがよ。そう物分りがよきゃ、それこそ酒も入らなきゃ、また交番やお廻りの用もねえやなあ。

おくに　用がなきゃ、止せば好いやね。

佐吉　だが、そこは能《よ》くしたものだ。神や仏は、そうまで重宝に人間というやつを拵えてやしねえ。――人間というやつは、これが向う河岸の火事なら、幾ら火の手があがろうと、見て見ぬふりでもって済ましているやつだが、何かの廻りあわせでよ。これが手前の頭へ火がついてみねえ。それこそ、火のついたような騒ぎをおっ始めるにきまってるから。――早いためしが、この間だ。あの時だって、そうじゃねえか。

おくに　あの時はどうしたの？

佐吉　あの時はどうした？　そうじゃねえか。あの時にはよ。不断は犬と猿のようにしていた仲でもよ。皆一杯の水だろうが、ひとッかけの沢庵だろうが、親子のように分けあって、食べていたじゃねえか。それがどうだ。もう二日が三日になり、三日が四日になるてえと、また元通りになってよ。うぬ達のくれてやった覚えもねえおまんままでも、俺の物は俺に返せといった風だったじゃねえか。

おくに　そりゃそうだわ。それがどうしたの？

佐吉　莫迦だなあ。手前《てめえ》は。――それがどうしたってやつがあるもんけえ。それとこれとは、同じ理屈じゃねえか。

おくに　どうして、同じ理屈なの？

佐吉　……。

おくに　ええ、お前さん。それがどうして、同じ理屈なの？

佐吉　分らねえなあ。手前は。――そうじゃねえか。もう地震が済んでよ。火事が納まってしまえば、何もそれまでのように、猿は犬のことなんざあ構っているには当らねえ。そんな隙がありゃ、猿は猿でよ。犬は犬でよ。手前のことは手前でしていりゃ、それで文句はねえんだ。――それとこれとは、同じ理屈じゃねえか。

おくに　……。

佐吉　なんだ。これでもまだ、お前には分らねえのか――家は焼けてもよ。手前と手前の女房とだけは無事だった民のやつが、手前の女房子供を亡くしたところから、なんとかいったっけなあ。――そうだ。餓鬼道から追ッぱらわれた亡者のようにしている栄公のやつを見るてえと、民のやつだってひとりでに、そういってやりたくなるじゃねえか――『生きて生き恥を曝すよか、一層一思いに首でもくくって、死に耻を曝したほうが身の為だろうぜ。』と、これが兄弟なら兄弟なりに、またこれがあかの他人なら他人なりによ。こういってやりたくなるが人情だろうじゃねえか。そこに人間というやつは、まともにうぬの事なんぞ考えているもんか。民の奴はきっとそうだ。――いや、人の事は知らねえが、これが俺ならそうだなあ。

おくに　私は莫迦なせいだか、ちっともそんなむずかしい理屈は分らない。

佐吉　なら。はなから四の五のいわなきゃ好いじゃねえか。俺は何も、民のやつの肩を持とうというんじゃねえ。栄公のことだってそうだ。その俺に、つまらねえことをしゃべらすのは、皆お前じゃねえか。くそ。面白くもねえ。なんでえ。（といって、盃をおくにの前へつきだす。おくに、盃へ酌をする。ここへ栄作が這入ってくる。）

栄作　（おくにに向って。）先程はどうも……。

おくに　こっちこそ、さっきはまたとんだ御心配をかけて、済みませんでした。――さあ、おあがりなさいなあ。

栄作　（あがって、火鉢の傍に坐って。）兄さん、またお株を初めていますね。

おくに　ええ、いま、あれなんですよ……。

佐吉　黙っていろい。

おくに　好いじゃないの。
佐吉　黙っていろッたら、黙っていろよ。――お前の出る幕じゃねえや。（今度は栄作に向って。）どうだ。一ついかないか。（といって、盃をさして、）俺はもう、さっきから、御馳走になってるぜ。
栄作　わたしはいま、途中で御飯を食べたついでに、ちょっとこう一杯引っかけてきたんで、もう結構です。
佐吉　まあ、好いやな。一ついこうよ。
おくに　好いじゃありませんか。一つあがれよ。
（栄作、仕方なく盃をうける。おくにがそれに酌をする。）
佐吉　どこへ行ってきたんでえ。今日は？
栄作　何ね。ちょっと日本橋まで行ってきたんですがね。
おくに　外はもうお寒いでしょうね。
栄作　なあに、まだそうでもありませんがね。だが、これからまた、寒くなりますね。
――今年の冬が思いやられますね。
おくに　そうね何時もと違って、今年はね。
佐吉　なんだ。儲け口でもあるのか。

栄作　いいえ。そうじゃないんですが。
佐吉　じゃなんでえ。
栄作　いや、実はね。私今度上方の方へ、暫らく行《いっ》てこようかと思いましてね。
佐吉　上方へ？
栄作　そうなんです。――私も、そう何時までも、ぶらつかしている訳にもいきませんし、それに丁度、わたしがまだ銀座の店で奉公していた時分に、私と一緒にいた男が大阪にいてね。その男から、どうだ。くる気があるなら、そっちの景気が直るまででも、こっちへやってこないか。とこういってきてくれたので、一つ向うへ行ってみようかと思うんですがね。
佐吉　そりゃ何よりじゃねえか。お前がその気にさえなってくれりゃ。――だが、それにしちゃ、何も上方でなくたって好いじゃねえか。
おくに　まったくね。
栄作　そうなんです。何も私だって、上方でなくたって好んですけれど、どうも此方《こっち》にいちゃ、幾ら忘れよう忘れようとしても――といっちゃ、兄さんは又、莫迦な奴だと思いでしょうが、その、なんです。此方にいては、つい何かにつけて、思いだすのは、亡なった奴らの事ですから、旁々《かたがた》私は、友達がそういって呉《くれ》るのを幸に、茲《ここ》一二年、向うへ行ってこようと思うんです。——すこしは手間がよくたってね。あたしなら止しますね。

おくに　あたしは厭ですね。上方なんぞは。

栄作　どうでしょう。兄さん？

佐吉　いや、俺もそうは思うが。——おくにのいったように、俺もそう思うが、お前にはまたお前の考えもあろうからなあ。その気になったら、出掛けてみるも好《よ》かろう。

栄作　ええ。わたしは別に、これという考えもありませんが、ただいまもいった通り、此方にいてはね。何かと思いだしちゃうことばかりでいけないものですから、暫らく向うへ行ってこようと思うんです。

佐吉　お前がどうでもその気なら、そうするんだなあ。そりゃ、これがお前の身にすれば、またそこには、いうにいわれねえ苦労もあるだろう。だが、それを何時までも、お前一人で背負っていた日にゃ、俺が何時もいう通り、終いにゃお前までも、共倒れにならなきゃならねえ。だからよ。そのことは、ここいらで見切りをつけてよ。いや、これもお前からいえば、なかなか諦められねえことにゃ違いなかろうが、お前も男だ。そこを一つ諦めてよ。向うへ行ったら、みっちりその気になって、稼ぐんだなあ。
栄作　ええ。ありがとうございます。
おくに　じゃどうでも、栄さんは、向うへいらっしゃるの？
栄作　まあ、当分の間は、そうしようかと思います。
おくに　本当に、今度はお気の毒でしたわね。
栄作　ええ。ありがとうございます。
佐吉　で、何時お前は立つ気だ。
栄作　私は、兄さんにもそう云《いっ》て頂きゃ、もう明日にも立ち度《たい》と思いますが……。
佐吉　そうか。
栄作　どうです。兄さん。この酒は？
佐吉　こりゃまた、豪勢良い酒じゃねえか。自慢にゃならねえが、俺はまだ、これほどの酒は飲んだことはねえ。
（ここへ、庄次郎が駈けこんでくる。）
庄次郎　兄哥《あにい》、大変だ。
佐吉　どうしたんでえ。
庄次郎　どうしたもこうしたもねえや。民公のやつがよ。

佐吉　民のやつがどうかしたか。
庄次郎　お前はまだ知らねえだろうが……。
佐吉　いや、実は俺も今日仕事の帰りに、途中で彦に会ってよ。民のことなら、もうちゃんと聞いてるんだ。ともかく、此方へあがんねえ。立っていちゃ、話も出来ねえから。
庄次郎　（あがってきて、）じゃ何よりだ。
佐吉　民のやつは、どうかしたか。
庄次郎　どうかしたって、あいつはお前、おうめを叩ききったんだ。
佐吉　で、民はどうした？
庄次郎　民は民で、咽喉を掻切ってよ。とうとう死んじゃったらしいんだ。
佐吉　ええ。おうめを叩ききったうえで？
庄次郎　そうなんだ。で、おい、俺は之から、民公の死骸を引取に行《いく》のよ。
佐吉　そりゃ分ってるが、一体場所はどこでえ。
庄次郎　場所は王子だとよ。王子の飲み屋だとよ。
佐吉　どうしてまた、それがお前に分った？
庄次郎　そりゃ、こうなんだ。——いましがた富坂《とみざか》の警察から、お廻りのやつがやってきてよ。これこれの訳だから、すぐと民のやつの死骸を引きとりにこいといってきたんだ。

佐吉　それにしても、変じゃねえか。

庄次郎　何がよ？

佐吉　いやさ。またどこをどうしたら、それを俺のほうへ持ってこねえでよ。のっけにお前のところへそういって行ったんだろう。

庄次郎　そりゃ、俺にも分らねえ。——委《くわ》しいことは俺にも分らねえ。だが、之《これ》は俺の考えだが、俺はこう思うんだ。——何でもお廻りは、おうめの奴は、命だけ取り止《とめ》たといっていたから、俺の名前は、屹度此《この》おうめの口から出たに違いねえ。——私達は、ここへ来迄《くるまで》は、是々の所にいましたと計《ばかり》に、おうめの口から出たに違いねえ。俺はそう思うんだ。

佐吉　なるほどなあ。——それにしても、民のやつは、なんて間抜けな野郎だろう。人が折角飲んだ酒の酔いまで、すっかり駄目にしちまいやがった。

栄作　（佐吉に向って。）民さんが、どうかしたんですか。

佐吉　そうよ。あいつ、とうとう死に耻を曝しやがった。——俺はこれから行って、民のやつを連れてくるから、厭でもあろうが、お前はここに残っていてよ。もう一度あいつの面《つら》を見てやんねえ。何もこの世の名残だ。——そうだ。それに、おいらの行ってくる間に、委しい訳はおくにから聞いてくれ。（今度はまた、庄次郎に向って。）じゃ、おい、庄公、御苦労だが、お前にも一緒にきてもらおうか。——お前は、王子のどこだか、民のいどころを知ってるだろうから。

庄次郎　よしきた。それは俺が心得てらあ。

佐吉　じゃおくに。俺はちょいと行ってくるぜ。（といって、佐吉は立つ。それに続いて、庄次郎も立つ。）幕。

噓

〈戯曲・三幕〉

人　物
谷　治三郎。小説家
木村正太郎。洋画家
同　たか子。同夫人

年　代　現代の早春。

場　所　東京の山の手。

第一幕

舞台は、治三郎の下宿している家の居間である。

時間は、午前十一時ごろである。

幕があくと、治三郎は床についている。その枕元の火鉢のそばに、正太郎が坐っている。

正太郎　おい、起きろよ。
治三郎　……。
正太郎　おい、好加減に起きたらどうだい。幾時だと思ってるんだい。
治三郎　……。
正太郎　よせやい。狸は。
治三郎　うるせいなあ。せっかく人が、これから善い夢でも見ようと思ってるのに。
正太郎　なんだって。善い夢でも見ようと思ってる。
治三郎　そうさ。だから、今日は勘忍してくれ。
正太郎　よし、君がそういって頼むなら、僕はこのまま帰ってやってもいい。だが、君はまたどうしたら、今日にかぎってそう何時《いっ》までも、煎餅布団にかじりついてるんだい。
治三郎　……。
正太郎　何もこれが、かわいいラバーだというじゃなしさ。そう何時までこびりついてたって、始まらないじゃないか。
治三郎　……。
正太郎　おい。どうだい。今日は僕が御馳走するから、一緒に僕の家へこないか。——僕は昼飯は御馳走するよ。
治三郎　……。
正太郎　よう。起きろよ。
治三郎　うるせいなあ。（床返りをうって、こっちへ向く。）僕はもう、飯を食っちゃったんだ。——十時ごろ、外で食ってきたんだ。
正太郎　なんだい、それは。——朝飯をか。
治三郎　朝飯と昼飯とを、一緒に食ってきたのさ。
正太郎　そうか。——じゃ、腹はできたし、用はなし。というところから、どりゃ一寝入りと、こう出掛けたところなんだなあ。今日は。

治三郎　まあ、そうだ。――本当は、書かなきあならない原稿もあるんだけれど、何しろ今日は、睡くて眠くてたまらないんだ。

正太郎　だが、起きろよ。――そうだ。君の襦袢《じゅばん》*が縫えてるかも知れないぜ。昨夜、僕のところのやつが、縫っていたから。それを取りかたがた、今日は僕と一緒にやってこないか。――好《い》い天気だぜ。そとは。

治三郎　せっかくだが、今日は勘忍してくれ。それに、襦袢はそんなに急がないんだよ。物はわるくとも、いま着ているのがもう一枚あるから。

正太郎　じゃ、君のほうはそれで用なしだろうが、どうだい。今日は一つ家でも焼いた気でもって、僕につきあわないか。僕と一緒に、はなしにこないか。

治三郎　……。

正太郎　どうも君がいないと、この世の中がさびしくていけねえや。それに、僕のところのやつが、君が一日二日も顔をみせないと、その騒ぎッちゃないぜ。まるで、自分のラバーとの中を、堰《せ》かれでもしたように、さびしがってるんだからなあ。――君が一日顔をみせないと、風でもひいたのじゃなかろうかの、腹加減でもわるくしたのじゃなかろうかなどといって、なんのことはない。まるで腕白を持ったおふくろのようにしてるぜ。――こりゃ僕もおなしだが、僕のとこのやつときたら、それはまた格別なんだからなあ。どうだい。今日は一緒にこないか。無駄話でもしようじゃないか。

治三郎　せっかくだが、今日は勘忍してくれ。僕は睡くてたまらないんだから。（また、床返りをうって、向うむきになる。）

正太郎　ああ、なんだなあ。君は昨夜、白山《はくさん》へでかけたんだなあ。性懲《しょうこ》りもなく、白山へでかけていって、また土砂降りにあってきたんだなあ。それですっかり読めた。今日はこれから、ふて寝をしようというんだなあ。かわいそうに。

治三郎　よせやい。君じゃあるまいし。

正太郎　おっと待った。「君じゃあるまいし」だって。御常談でしょう。そりゃこっちでいうこった。

治三郎　……。

正太郎　どこへ行ったんだい。白山の。

治三郎　……。

正太郎　君一人で行ったのか。

治三郎　……。

正太郎　おい。黙っていちゃ分らないじゃないか。なんとかいいねえなあ。

治三郎　どうだって好いじゃないか。そんなこたあ。

正太郎　というのは、飽くまで君のほうのいい分だ。これが僕の身にしてみると、僕は君さえ、昨夜君の行った家と、その時かけたおんなとの名さえあかしてくれるなら、そこは友達冥利だ。僕はいまから、押ッとり刀でもってでかけて行って、君の恨みをはらしてきてやってもいい。

治三郎　……。

正太郎　いやか。君は。――そうだろうなあ。君は。下手に僕をやったが最後、また二重にも三重にも、恋の嫉刀《ねたば》というやつを研《と》がなければならないからなあ。

治三郎　なんだって。恋の嫉刀を研がなければならないッて。

正太郎　そうだろうじゃないか。まさかに君もわすれやしまい。何時か市川＊へ行った時のことをさ。

治三郎　つまらないことをいってらあ。（こういうと治三郎は、床から離れて、廊下のほうへでて行く。――間もなく彼は帰ってくる。今度はそこの火鉢をはさんで、正太郎と差《さし》になってすわる。）

正太郎　どこへ行ってきたんだい。

治三郎　なあに、憚《はばか》りよ。

正太郎　そうか。——憚りへ行って、また昨夜の恨みをあらたにしてきたことだろうなあ。かわいそうに。
治三郎　もうよそうよ。そんなつまらないことは。
正太郎　ああ。君がよしてくれといって頼むなら、よしてもいいよ。
治三郎　僕はべつに、頼みはしないよ。
正太郎　じゃ、もう一席、あとを続けようかな。
治三郎　続けたきゃ、勝手に続けるさ。
正太郎　なんだい。怒ったのか。君は。
治三郎　僕はべつに、怒りはしないよ。
正太郎　だって、君の顔をみていると、『それがしはまさに、怒りもうし候。』と書いてあるからさ。
治三郎　あるいは、そうかも知れない。
正太郎　僕は、君の顔をみていると、思いだすなあ。あの時のことを。
治三郎　なんだい。あの時のこととは。
正太郎　いや、これをはなしちゃ、君はなおと怒るかも知れないが、何時か市川へ行った時のことをさ。あの時には、ちょうど君は、いまとおなじような表情をしたからなあ。

治三郎　よせやい。君。――どうも君はうるさくていけないよ。つまらないことを君は、何時までもしゃべる癖があっていけないよ。何かなあ。君は人に、そんないやがらせをいって、相手が顔色をかえるのを見ると、面白いかなあ。

正太郎　いや、御説ではあるが、僕だって、そんなことは、特に面白くはないなあ。こう見えても、僕はまだそれほど堕落してはいないつもりだ。

治三郎　なら、もうよそうじゃないか。恐らくは君だって、人間という者は、みなそれぞれに、自己の誇りというやつを持っていることは知ってるだろうからなあ。――人間は、その誇りを、他から犯されると、誰だって、快く思わないものだということくらいは、……。

正太郎　おっと、待った。そりゃ、僕だって知ってらあなあ。だから、そんなに君が気にするならよすよ。よせばもう文句はないだろう。

治三郎　……。

正太郎　（暫くしてから、）何もそう、君のように怒らなくたって好いじゃないか。みんな僕は、常談にいってるんじゃないか。

治三郎　……。

正太郎　じゃ君は、昨夜はどこへ行ってきたんだい。――きっと君は、昨夜はどこかへ遊びに行ってきたんだろう。でなきゃ、朝のはやいのを売物にしている君が、今日にかぎってこの時間まで、床についている訳がないからなあ。

治三郎　だって、好いじゃないか。僕は君達とちがって、まだ独身なんだからなあ。

正太郎　今度はどうも、君のほうがいけないぜ。――そう何も君のように、やけに突ッかかってこなくたって好いじゃないか。

治三郎　べつに僕は、突ッかかりやしないじゃないか。

正太郎　だって、いまのような物いいをされちゃ、これが聞かされてる身にすると、そう取れようじゃないか。

治三郎　そうか。そいつは、僕がわるかった。じゃ、あやまるよ。

正太郎　いや、何もそうあやまらなくたっていいよ。だが昨夜はどこへ行ったんだい。白山か。

治三郎　君は、僕が遊びに行ったとさえいえば、何時でも白山ときめてるが、僕だって金を持ってる時には、何も白山ばかりとは限らないよ。――そのくせ昨夜は、僕は友人におんぶして行ったんだが。

正太郎　誰だい。その友人というのは。

治三郎　君の知らない男さ。——山口といって、——山口勇吉といって、これも小説を書いてる男さ。
正太郎　それと昨夜は、どこへ行ったんだい。
治三郎　なあに、昨夜は、その男にさそわれてさ。大森*へ行って遊んできたんだ。
正太郎　どうだったい。面白かったか。
治三郎　さあ、面白かったというのかなあ。
正太郎　だって、君達のしてきたことなんだぜ。——どっちだ。
治三郎　さあ。半分半分だなあ。
正太郎　そうか。——あれだなあ。面白くなかったほうは、例によって例のごとく、君は市川の二の舞いを踏まされたって寸法じゃないのかい。
治三郎　せっかくだが、今度の相手は、君じゃなかったからなあ。君のような、超人間じゃなかったからなあ。
正太郎　というのは、どっちなんだい。——善い意味でかい。それとも、悪い意味でのかい。
治三郎　これも、半分半分だといったほうが、一等適切だろうなあ。
正太郎　なんだか分るもんか。だがそれにしても、君としちゃ、今度の大森行きは、できのほうだなあ。――それとも本当は、また市川の二の舞いか。一切体裁ぬきにして、めくってのけたところは。

治三郎　そう君が疑ぐるなら、そのいわれ因縁なるものをはなしてやってもいい。

正太郎　僕も、聞いてやってもいい。

治三郎　そういった風に、君が物体《もったい》をつけるなら、よしておこう。

正太郎　おい。きわどいところで焦《じら》さずと、すっぱりしゃべりたまえなあ。

治三郎　君が神妙に聞くというなら、しゃべってもいい。

正太郎　聞くよ。この通り、膝のうえに両手をおいてさ。

治三郎　これは今朝のことだ。――今朝の八時ころでもあっただろうか。僕が一人で寝ていると、音もなくそこの襖をあけて、すッと這入ってきた者があるんだ。まるでこう、風のようにしてさ。

正太郎　なんだい。それは。――物取りか。それとも、戸惑いした化物か。

治三郎　僕もそう思ってみると、これが山口のところへ出ていたおんななんだ。――僕のところへ出ていたおんなは、外から呼んだのだ。それが夜があけると、帰って行ったと思いたまえ。あとで一人寝ている僕のところへ忍んできたのが、山口のところへ出ていたおんななんだ。

正太郎　よせやい。猫八*じゃあるまいし、そんな物真似は。
治三郎　物真似なもんか。これはいまのさっき、僕の眼前でおこなわれたことなんだからなあ。
正太郎　嘘つけ。――なんじゃないか。もしそれが事実なら、ちょうどルノアールが、毛筆でもって、唐紙へ書いた山水画をみてきたというも同しだろうじゃないか。――断っておくが、「風景」じゃないぜ。「山水」をだぜ。でなければ、ドストエフスキイのものした、「闇の力」*という戯曲は、いい戯曲だなあというも同様だろうじゃないか。
治三郎　じゃ、よすよ。――そんな嘘ッぱちを聞かしちゃ、君が耳のけがれになるだろうからなあ。
正太郎　なんだい。また怒ったのかい。気のはやい男だなあ。――いや、これは僕がわるかった。あやまるよ。
治三郎　……。
正太郎　よう。あやまったら好いじゃないか。終いまではなしたまえなあ。
治三郎　いや、もうよそう。――君のように、そう一々、理由もなしに駄目をだされちゃ、大抵僕でなくたって、はなす気はなくならあなあ。

正太郎　だから僕は、あやまってるじゃないか。——それから、どうしたんだい。君は舌皷《したつづみ》をうちながら、それを口にしてのけたなあ。

治三郎　君じゃあるまいし。

正太郎　こいつは御挨拶だなあ。——じゃ、どうしたんだい。それがしなどの、口にあわないからという理由でもって、ひらに御辞退したのかい。

治三郎　まあ、そうだ。僕はそういう不倫《ふりん》なことは嫌いだからなあ。

正太郎　莫迦《ばか》だなあ。君は。——あったら据え膳を前にしながら、それには手もふれないで、引きあげてくるなんてやつがあるもんか。

治三郎　そこが、君と僕との違うところさ。——山口のところへ出ていたおんなが、僕のところへやってくるまでの段取りは、君と僕との間にあったそれと同一だが、これが君なら、君が餓えてる者が食を得た時のように、がつがつしてむさぼり食うだろうが、僕は決して、そういうさもしいことはしないなあ。いや、しなかったなあ。——僕はおんなが僕の床のなかに這入ってくるのを見てとると、僕は反対にそこから抜けでてしまった。「すっかり寝坊しちゃった。もう幾時だろう。」とかなんとか、そういった風なことをひとりごちながら床からでて、僕は山口の寝ている部屋へ行ってみたんだ。——だから、僕達はそこをでてからも、なんのこだわりもなく、面白おかしく、笑いきょうじながら帰ってくることができたんだ。そりゃ僕だって、その時は、まさに三百おとしたも同様の気持ちがしないでもなかったが、しかしそれも、外へでてしまうと、落したそれの何倍かを拾ったもおなじような心持ちになってきた。すくなくとも僕は、一個の善事をしたという喜びでもって、胸の踊るのをおぼえた。

正太郎　そうだろうなあ。弱者という弱者はみなそうだよ。君がそれに箸をつける度胸があれば、恐らくは君は、市川へ行った時に、ああいうどじを踏まなくとも済んだんだろうからなあ。

治三郎　常談いってらあ。そんな分らないやつがあるもんか。そりゃ君のように、無闇と強者《きょうしゃ》がってさ。人の思惑《おもわく》を察せずに手当り次第に盗み食いするのも好かろう。——食っている間だけはそれも好かろう。だが、食ったあとでは、きっと食傷するにきまってるからなあ。

正太郎　などと、おどかしッこなしにしようぜ。よしまた、それが事実だというなら、そういう手合いは、きまって、歯をはじめ、胃腸のよわいところからきているのだ。その証拠には、世の強者という強者は、みんなそれを鵜呑みにしてなおしゃんとしているからなあ。

治三郎　あるいはそうかも知れない。——君のような超人間はなあ。——誤れる超人間はなあ。

正太郎　何も、「誤れる」はないだろう。君に真似ていえば、正しい超人間はみなそうだ。それにしても、君はちと偽善者すぎるよ。——君は、たれかかるよだれから、湧きたってくる唾を飲みこんだおなし口でもって、いうことだけは、さもさも意味のあることでもしでかしてきたようなことをいうんだからなあ。飽くまで君は、かわいそうな男さ。

治三郎　何か。それは常談か。それとも本気なのか。

正太郎　どっちだって、好いじゃないか。

治三郎　だが、これが常談なら、ちとこう、休み休みいってもらいたいなあ。

正太郎　そりゃ、お互さまにさ。

治三郎　何が、お互さまにだい。

正太郎　だって、そうじゃないか。僕のいうことが、君の気にさわったというなら、僕だっておなじように、気にさわろうじゃないか。——君だって僕のことを、誤れる超人間に擬《ぎ》してさ、思いきり冷笑をなげつけたろうじゃないか。

治三郎　そうさ。誤れる超人間らしいことをしたりいったりして、君はなお恬《てん》としているから、僕はそういったのだ。それがわるければ、君もすこしは、反省してみるが好かろう。

正太郎　それも、お互さまにだ。——もし僕が反省してみなければならないものなら、君だって同様にだなあ。

治三郎　何を僕が反省してみるんだい。

正太郎　それが分らなきゃ、教えてやろう。——君はも少し、ユーモアのなんたるかを、解するようにするんだなあ。できたら君はそれを、君自身にも持つようにするんだなあ。

治三郎　ありがとう。せいぜい僕も、そうなれるように心掛けよう。だが、それとともに、僕はちょっと君に聞くが、あれか、人間という者は、よしそれが、一夜の売笑婦であろうとも、自分の友人のところへ出ているおんなをだ。それをひそかに犯すことが、愧《はず》べきことではないだろうか。さらにそれを、その友人のまえへ高々と持ちだして、「色男には誰がなる。」といって、威張りちらすことは、さらにさらに、卑しいことじゃないだろうか。

正太郎　そりゃ、卑しい、憎むべきことかも知れないさ。ただし、弱者の間だけにはなあ。

治三郎　そうか。道理で君は、あれ以来僕にのぞむんだなあ。――これも、僕の見ていないことだけに、疑えばきりがないが、とにかく、僕のところへ出ていたおんながだ。僕の寝ている間に、君の床のなかへ這入って行ったということを提げて、しょっちゅう君は、この僕を辱《はずか》しめるんだからなあ。ちょうどそれは、愛煙家が、不断に煙草をとりだしては口にするように、君もしょっちゅうそれを僕のまえで口にしては、僕を煙にまこうとしている所以《ゆえん》なんだろう。

正太郎　そうさ。君は疑えばきりがないがというけれど、僕には、いまこうして、君と差になっているのが確《たしか》な事実のように、あの時のあの出来ごとだって、確な事実なんだからなあ。それが口惜しければ、君もこれから先、すこし気をつけたらよかろう。――人の物を犯す犯さないは別として、君自身は、ちと気をつけたらよかろう。悪いことはいわないから。（といわれて、治三郎は黙って、暫く脣《くちびる》をかんでいる。それにつれて、正太郎も暫く黙っている。やがて、治三郎によって、その沈黙がやぶられてくる。）

治三郎　じゃ、僕は君にちょっと聞くが、君はいま僕に、君の夫人が、僕のことを気にしてるといったねえ。――総《す》べてが、ラバーのようにして、僕を待っていてくれるといったねえ。

正太郎　ああ、いったよ。それがどうかしたのかい。

治三郎　それから、君はかつて僕に、僕が君のところへ行って、猥談というのか。男おんなの話をしてくる晩には、きっと君の夫人が、ちょうど今日君が僕を寝かさないようにして、夜ッぴて君を寝かさないので困ると、君が僕にはなしたことがあったっけねえ。

正太郎　ああ、そんなことが、あったかも知れない。いや、それはあっただろう。それがどうかしたのかい。

治三郎　それから、も一つ聞きたいことがある。それは、君の夫人が、いままでに幾度だか僕のところへ、君の用を持ってやってきたことがあるのを、君はおぼえているだろうなあ。そればかりではない。これは君の知らないことかも知れないが、君の夫人は、その外にも幾度だか、用事に行ってきた帰りだといって、僕のところへ寄って行ったことがある。それを僕は、ものはついでだ。この際あえて、君の耳へいれておきたい。

正太郎　ああ、それも確だ。僕が君のところへ、僕のところのやつを、使いによこしたことは。それから、それ以外に、僕のとこのやつが、君のところへ寄ったのは、いま君のいった通り、これは僕の知らないことだが、しかし、君がそういう事実もあったというなら、それも確に僕は承知した。がそれがどうかしたのかい。

治三郎　いや、どうもしやしないさ。ただそれだけのことさ。——それだけのことを、僕は君にたしかめておきたかったのだ。
正太郎　そうじゃあるまい。どうだ。もう君も、鞘《さや》をはらって斬ってきたんだから、一層その刀でもって、僕にとどめをさしたら。
治三郎　何も、それには及ばないよ。
正太郎　卑怯な男だなあ。君は。まるで猫のような男だなあ。猫も、紙袋をかむったような男だなあ。僕にはちゃんと分ってるんだ。君がとどめをさせないというなら、僕が手を貸して、ささせてやってもいい。
治三郎　常談だろう。
正太郎　何が常談だい。こうなんだろう。君は。——君が僕にいいたいのは。——「君のとこのやつと、僕とは関係があるのだ。」と、こういうんだろう。君は。
治三郎　いや、僕はそうはいわないよ。断っておくが、そういう恐ろしいことはいわないよ。
正太郎　嘘つけ。でなければ、なんだって君はいまのように、一々箇条立って、僕に駄目をついだのだ。僕達はお互に、はっきりする時には、はっきりしようじゃないか。

治三郎　そりゃ好い。――はっきりする時には、はっきりするのは、そりゃ好い。だが僕は、君がいまいったような考えがあって、君に聞いてみたんじゃないんだ。僕も君にいいたい。君はも少し冷静になる必要があるなあ。

正太郎　大きなお世話だ。それよりも君は、手にした刀でもって、僕にとどめをさしたらどうだ。抜いた刀を手にして、慄えあがっているなんて図は、あまりに見っともいいもんじゃないぜ。どうだ。

治三郎　そう何も、君のように取りみだすがものはなかろうじゃないか。何が何したら、僕が君にとどめをさすんだ。君がそういった風に、総べてを独り合点して、やけに身悶えすると、それこそ目に見えぬ刀でもって、君は、君自身を割くことになるかも知れないぜ。割くが最後、君が唯一の誇りにしている「強者」なる者をも、根こそぎないものにしてくるかも知れないぜ。だから、君ももう好加減によしたらどうだ。

正太郎　いや、僕はよさないよ。よせるものか。君がどうでも、とどめをさすのがいやだというなら好い。僕には僕の覚悟があるから。

治三郎　なんだい。覚悟があるとは。

正太郎　いやさ、君がそうして、僕を嬲殺《なぶりごろ》しにしようとするなら、僕は君に、その刀を渡したやつを捉えて訊くから。――僕は、僕のとこのやつに、どこをどうしたら、君にその刀を渡したか、それを訊きただしてみるから好いや。

治三郎　そりゃ君の勝手さ。君は君の好いようにしたまえ。

正太郎　するよ。きっとしてみせるよ。（幕）

第二幕

時間は、第一幕のおこなわれた日の、午後の十時ごろである。

舞台は、正太郎の家の茶の間である。

幕があくと、そこの長火鉢のそばに、たか子が坐って、襦袢の襟をつけている。――襦袢は、治三郎のものなのである。

とそこへ、表入口の戸のあく音がしてくる。たか子はその音を耳にすると、起って玄関のほうへ出て行く。今度はそこから、

「お帰りなさい。」という声がしてくる。間もなく、正太郎をさきに二人が茶の間へ這入ってくる。それから、正太郎だけまず長火鉢のそばに腰をおろす。

たか子　どこへ寄ってらしたの。
正太郎　どこへ寄ってきたって好いじゃないか。
たか子　御飯をめしあがってらしたの。
正太郎　食べたよ。
たか子　あなたまた、お酒をめしあがってらしたのね。（といって、かの女もそこに腰をおろす。）
正太郎　それがどうしたのだ。
たか子　どうもしやしませんわ。――あなた今日、誰かと喧嘩でもなすっていらしたんじゃない。
正太郎　ああ、してきたよ。――喧嘩をして、俺はまけてきた。まけて俺は、明日からは世間へも出れないようにされてきた。
たか子　御常談ばッかり。（といって、かの女はまた、襦袢の襟をつけだす。）
正太郎　それは谷のだろう。
たか子　ええ、そうよ。
正太郎　よせ。そんな物は。
たか子　どうして。好いじゃありませんか。もうすぐ済むのよ。――あたし昨夜は睡くなっちゃったから、これだけ残して寝たんですのよ。
正太郎　なんでも好いから、よせといったら、よせ。
たか子　もうちょっとよ。すぐ済むわ。
正太郎　よせといったら、よさないか。（というと、いきなり彼は手をのばして、襦袢をひきとる。ひきとったそれを、ずたずたに破って、そこへ叩きつける。）
たか子　どうするのよ。あなた。随分だわね。あなたは。それは谷さんのじゃありませんか。
正太郎　谷のを破いちゃわるいか。
たか子　だって、人さんの物を破いちゃわるいわ。
正太郎　何。わるい。そうか。お前も人の物を破いてはわるいということは知っているか。
たか子　そりゃ知ってるわ。あたしだって、それくらいのことは。
正太郎　じゃ、俺は聞くことがある。――俺はお前に聞くことがある。
たか子　……。
正太郎　お前と谷とは、関係があるだろう。――関係しているだろう。
たか子　……。

正太郎　どうだ。黙っていちゃ、分らないじゃないか。
たか子　随分だわね。あなたは、――なんですか、あなたは、今夜にかぎって、あたし谷さんの襦袢を縫ってあげてるのが、そんなに気にさわったんですか。
正太郎　何をいってるんだい。俺はそんなことを聞いてるんじゃない。俺は、お前と谷とのことを聞いてるんだ。
たか子　あたしと、谷さんとが、どうしたというんですの。
正太郎　おい。しらばッくれるのはよせ。今夜俺は、お前の出ように依《よ》っちゃ、お前を生かしちゃおかないかも知れない。そのつもりで返答をしろ。
たか子　……。
正太郎　どうなんだ。あるのか。ないのか。正直にいえ。きっとあるんだろう。
たか子　どうしたというの。あなたは。随分な人ね。そんなこと、あたし知るもんですか。――なんでしょう。あなた今日、谷さんとこへ寄ってらしたんでしょう。あなた、谷さんと喧嘩してらしたんでしょう。きっとそうだわ。
正太郎　それがどうしたのだ。
たか子　でもってあなたは、そんなつまらないことを、あたしにおっしゃるのね。
正太郎　莫迦をいえ。――いや、それでもって、俺がお前に聞いているんだとしても好い。俺はただ、お前と谷との間に、関係があるかないか。それを聞いてるんだ。どうだ。はやく返答をしろ。

たか子　だって、あたし知らないわ。そんなこと。——あなたが、どうでも返事をしろとおっしゃるなら、あたし知らないから、知らないというまでですわ。

正太郎　人を莫迦にするのも、好加減にしろ。もうちゃんと種があがってるんだ。俺はもうちゃんと、生きた証拠をにぎってるんだ。そんなだまかしに乗るような俺じゃないんだ。

たか子　……。

正太郎　どうだ。いえねえだろう。幾くら不貞にできていても、流石《さすが》にお前は、この俺の前には、これはこうだ。あれはあれだと、はっきりしたことはいえないだろう。

たか子　……。

正太郎　どうだ。なんとかいわないか。もうここまできて、唖《おし》の真似なんぞしていたって始まるかい。今夜俺は、どこをどうしてでも、白状させなければ措《お》かないから、そう思え。

たか子　……。

正太郎　なぜ黙ってるんだ。いわないなあ。（といったかと思うがはやいか、彼はたか子の横ッ面をひっぱたく。）

たか子　何するのよ。あなたは。（かの女はこういうと、ひっぱたかれたところを、片手でもっておさえる。）

正太郎　どうするもんか。俺はひっぱたくんだ。痛ければはやくいえ。関係があるとかないとか。それをいえ。

たか子　いってるじゃあありませんか。あたし。——知らないから知らないと、わたし、きっぱりといってるじゃありませんか。

正太郎　嘘つけ。俺はそんなことを聞いてるんじゃないんだ。俺は本当のことを聞いてるんだ。

たか子　本当のことッて。これが本当のことなんですわ。

正太郎　まだいわないなあ。しぶといやつだ。（といったかと思うと、またたか子の横ッ面を、続けさまに、二つ三つう
つ。）

たか子　どうとも、あなたの思いどおりにしてください。（というと、かの女は片手にひっぱたかれたところを押えて泣きながら正太郎のそばへにじりよって行く。）

正太郎　どうでもお前が、本当のことをいえない。いわないとこういうなら、俺はお前を、俺の思いどおりにしてやろう。

たか子　ええ。あなたのお好きなようにしてください。（といってまた泣く。）あなたはいま、たしかな証拠を持っているんだとおっしゃったわねえ。それをいってください。それをいってください。

正太郎　いえというなら、いっても好い。――それは俺が今日、相手の谷から、はっきり聞いてきたんだ。――僕は君の夫人と関係がある。とこう谷が、ぬけるようにはっきりといいきるのを、俺は聞いてきたんだ。どうだ。これでもまだお前は、嘘だというのか。

たか子　（黙ってすすりあげている。）

正太郎　黙っていちゃ、分らないじゃないか。何がかなしくて泣いてるんだ。――俺ははなから、お前の素振りを変だと思って睨んでいた。お前が谷に対する素振りを。それが今日谷にあって、俺は彼の口ずから、彼がこうこうだというのを聞いた時に、俺はそう思った。これが書きあげた絵なら、それをうまくはまる額縁《がくぶち》へはめて、さらにそれを、適当な光線のもとにおいたら、こうもあろうかと。それればかりではない。気がついて見ると、なるほどその絵は、たしかに俺の手になった物には相違ないが、しかし、その額縁といい、そのおかれてある部屋というのは、みな谷のものだということが分ってくると、俺はその絵を、そのまま谷にくれてやる気になってきた。そうじゃないか。この場合、お前は絵だ。その絵は、この俺の丹精になったものだが、こうして見ると、お前だって、この俺の暗い部屋の隅に、ろくろく額縁にもはめず、まるで首をくった者のようにしてぶらさげられてるよりは、総べてがお前に適した谷のところへ行ったほうが、お前だって好かろうじゃないか。俺も男だ。お前がもし正直に、本当のことを聞かしてくれるなら、俺はもうなんの未練ものこさない。俺は捨てるようにして、谷の手へお前をくれてやるつもりだ。——どうだ。関係があるのか。ないのか。きっとあるんだろう。

たか子　……。

正太郎　まだ強情をはっているのか。（といったかと思うと、やにわに火箸を手にして、それでもって、たか子の頭をうつ。それから立ちあがって、足蹴にする。）どうだ。これでもまだいわないか。——お前が何時までもそうして黙っているなら、俺だって何時までもこうするから、そう思え。（というと、また火箸でもって、頭をうつ。）どうだ。関係があるんだろう。それをいえ。

たか子　谷さんが、本当にそうおっしゃったんですか。

正太郎　疑ぐりぶかいやつだなあ。そういったから、そういったといってるんだ。どうだ。本当なんだろう。二人の間に関係のあるのは。

たか子　……。
正太郎　黙っていると、容赦はないぜ。（というと、今度はまた、火箸を握りなおす。）どうだ。はやくいえ。
たか子　もしそうだったら。いいえ、そんなことはまるで嘘ですわ。ですがもし、もしそうだったら、あなたはどうするおつもり。いいえ、あたし、そんな恐ろしいことは、微塵おぼえがありませんけれど。
正太郎　何をいってるんだ。はっきりいえ。はっきりいえ。
たか子　……。
正太郎　そんなことは分ってるじゃないか。――もうそうなら俺は、猫の子でもくれてやるようにして、お前を谷にくれてやろうといってるじゃないか。
たか子　……。
正太郎　どうだ。まだいわないなあ。（というと、また火箸でもって、頭をうちすえる。）どうだ。これでもいわないか。
たか子　もうし訳ありません。（というと、突ッぷして泣く。）
正太郎　谷と関係があるのか。
たか子　もうし訳ありません。

正太郎 なんだ。「もうし訳ありません。」それでことが済むと思うか。出て行け。

たか子 ……。

正太郎 出て行け。

たか子 ……。

正太郎 出て行けといってるのに、聞えないか。（というと、火箸でもって、たか子の頭をうつ。さらに足蹴にする。）

たか子 だって、あなたは………。

正太郎 何がだってだ。俺はむやみと、飼い主の手へ嚙みつく犬のような人間はきらいだ。――そうじゃないか。僕はいま、お前との約束をはたすんだ。谷の手へ、お前を猫の子でもくれてやるようにして、くれてやろうといった、それをはたすのだ。

たか子 ええ、分りましたわ。あたし、明日になったら、出て行きますわ。こういう、夜よなかでなしに。

正太郎 ふざけるない。夜も昼もあるもんか。それはこっちでいうこった。この俺を蝙蝠《こうもり》のように、夜でなければ外へもでれないようにしたのは誰だ。出て行け。俺はもう一分間だって、お前をここにおくわけには行かない。出て行けといったら、出て行かないか。（といったかと思うと、また足蹴にする。）（幕）

第三幕

舞台は、第一幕とおなじである。

時間は、前二幕のあった翌日の午前八時ごろである。

幕があくと、治三郎とたか子とが、火鉢を真中にして、坐っている。――たか子の顔には、前の晩正太郎にうたれた痕がついている。つまり、左の目尻のあたりが牡丹《ぼたん》花《か》でも彫ったように、青くあざになっている。

治三郎　どうしたんです。奥さん。泣いてばかりいては、分らないじゃありませんか。
たか子　（黙って、やはり泣いている。）
治三郎　あなたは昨日、木村君から、いやなことをいわれたでしょう。そりゃ僕にも分っています。
たか子　（なおも黙って、泣きつづけている。）
治三郎　なるほどそりゃ、あなたの身にすると、あなたはかなしかったでしょう。――かなしくもあれば、又口惜しさも口惜しかったでしょう。だから僕はあやまります。いってみると、あなたにそういう思いをさせたのは、なかば僕のせいですから、それは僕があやまります。勘忍してください。
たか子 いいえ。
治三郎 本当に済みませんでした。悪いところは僕があやまります。
たか子 いいえ。あたしこそ、あなたにそうおっしゃられると、なんといっていいか、分らなくなりますわ。
治三郎 木村君は、きっとそのことで、あなたをひっぱたいたんでしょう。痛かありませんか。お顔に、青くあざができていますね。
たか子 いいえ。そんなでもありませんわ。――少しはひりひりしますけれど、そんなでもありませんわ。（といって、右手を左の目尻へ持って行く。）
治三郎 だが、それにしても乱暴ですね。木村君も。何も、そんなにまでしなくとも、よさそうなもんですがね。
たか子 これはあの人の癖ですわ。――何時でもあの人は、自分の気にいらないことがあると、あたしをひっぱたくんですわ。それに昨夜は、……。
治三郎 昨夜。昨夜ですって。
たか子 ええ、そうなんですの。昨夜の十時ごろでしたわ。木村の帰ってきたのは。

　それに木村は、酒に酔って、帰ってきたんですのよ。
治三郎　じゃ木村君は、どこか飲み屋へ寄ったんですね。僕のところを出ると。――なんでも、僕のところを出たのは、お昼ちかくでしたから。
たか子　じゃ、きっとそうよ。あの人はのんべいですから。
治三郎　そうでしたか。それじゃ昨夜は、一つはその酒のせいもあったんでしょう。
たか子　そうかも知れませんわ。それに昨夜は、あたしをひっぱたくだけならいいんですが、しまいにはあたしを、踏んだり蹴ったりするんですの。
治三郎　そいつは驚きましたね。お怪我《けが》はありませんでしたか。あなたは。
たか子　いいえ。怪我ッて怪我はしませんでしたわ。ですがあたし昨夜、一人で休みましたの。ですが、こうなんだか体中が痛んで、よくは眠れませんの。――木村は昨夜、あたしをそうすると、もうぷいと外へでかけて行って、今日あたし出てくる時にも、まだ帰りませんでしたわ。
治三郎　どこへ行ったんでしょう。木村君は。それにしても驚きましたね。何もそんなにまでしなくとも、好かりそうなもんですがね。
たか子　ですがあの人は、昨夜あたしが、そうですといったから、もうよしたんでしょうが、それでなければ、……。

治三郎　いや、ちょっと待ってください。なんですって。昨夜あなたが、そうですといったからですって。それはなんのことです。

たか子　いいえ、あの人は、昨夜帰ってくると、いきなりあたしに、お前は谷さんと関係があるだろう。とこういうんですの。

治三郎　そりゃ分っています。

たか子　あたし、そんなこと、身におぼえのないことですから、知りませんといったんですの。

治三郎　そりゃ、そうでしょう。あなたとしては、そうおっしゃるのが、当然ですからね。——木村君が、あなたを攻めるのよりは、もっと当然ですからね。

たか子　すると、木村が聞かないんですの。なんといっても、聞いちゃくれないんですの。しまいに、そんな嘘をいったって駄目だ。もうちゃんと種はあがってるんだ。もう俺は、ちゃんと生きた証拠をつかんでるんだ。こういうんですの。

治三郎　それはまた、なんのことなんです。僕にはちっとも分りませんね。

たか子　あたしだって分りませんでしたわ。だからあたし、聞いてみたんですの。それはなんですって。すると木村は、僕は君の夫人と関係があるんだ。君はそれを知るまい。——あなたがおっしゃるのを、俺はちゃんと聞いてきたんだ。とこう木村がいうんですのよ。

治三郎　そりゃ嘘だ。いや、それは真赤な嘘です。――で、あなたはどうしました。

たか子　あたし、なんといわれても、微塵身におぼえのないことですから、知らない。知りません。――あたしはこういい張っていたんですの。

治三郎　すると。

たか子　するとあの人は、やにわにあたしをひっぱたくんですもの。それから、あたしを踏んだり蹴《けっ》たりするんですもの。

治三郎　どうしました。それからあなたは。

たか子　あたし、ただかなしくて、泣いてましたわ。

治三郎　それからですか。木村君が外へでていったのは。

たか子　いいえ。木村はその前に、もう関係ができてるものなら仕方がない。お前もいやでなければ、俺は、お前の相手にお前をくれてやろう。だから本当のことをいえ。いわないと、俺はお前を生かしちゃおかないからと、こういうんです。

治三郎　それから。

たか子　あたし、やっぱり泣いてました。だって、あんまり無理なことばかりいうんですもの。あたしかなしくて、やっぱり泣いてましたわ。

治三郎　それに業をにやして、木村君が外へでて行った。こういう段取りですか。

たか子　いいえ。違いますわ。——あたしそうしていると、それこそ木村は、まるで気違いのようになって、これでもか、これでもかとばかりに、打つやら蹴るやら、その騒ぎッちゃないんですのよ。——そうされるとあたし、もう決心してよ。どうで殺される気でもってあたし、そういってやったわ。——わたし、谷さんとは関係があります。立派に関係がありますッて。

治三郎　そういったんですか。あなたは。

たか子　ええ、そういっちゃったの。するとまた木村はまた、あたしを打ったり、蹴ったりするんですのよ。今度は、すぐに出て行けといって、そうするのよ。——木村が外へでて行ったのは、それからですわ。（と聞いて、治三郎は呆気にとられている。それにつれて、たか子も黙っている。）

治三郎　あきれかえッちまいましたね。——僕には、木村君の態度も慊《あきた》りません。同時に、あなたの態度にも愛想がつきました。本当に、あなた達は、なさけない人達ですね。

たか子　だってあたし、そうするより外《ほか》に、しようがなかったんですもの。

治三郎　あなたはそうおっしゃるでしょう。だがこれが僕なら、僕は決して、そうしません。

たか子　じゃ、どうしたら好いんでしょう。――あなたは、あたしが木村から疑われて、木村のために、殺されたほうが好いと、こうおっしゃるんですの。

治三郎　そうです。――もし、その疑いを晴らすことができない場合にはです。それと、相手がそれを恨みに持って、あなたを殺すなら、そしたら僕は、その時はあなたに、死んでもらいたかったと思いますね。――僕なら、きっとそうしますね。

たか子　そりゃ、無理ですわ。

治三郎　そうかも知れません。だが、僕はそう思いますね。

たか子　だって、あたし……。

治三郎　だって、あたしがどうしたんです。あなたも少しは物の道理を考えてごらんなさい。なるほどそりゃ、あなたが木村君から、あなたの貞操を疑ぐられるということは、たしかに辛いことでしょう。同時に、木村君が、その疑いをとくために用いた手段方法なるものは、苛酷に失していたかも知れません。辛辣《しんらつ》をきわめたものだったかも知れません。がしかし、そうかといって、何もそのためにあなたが、そういう恐ろしい嘘をいうにはあたらないじゃありませんか。

たか子　……。

治三郎　これもです。これもあなた一人で済むことなら、自《おのず》から問題はべつですが、ことの結果はといえば、あなたのために僕まで、とんだ濡れ衣を着なきゃならないじゃありませんか。

たか子　だって、それは……。

治三郎　なるほどそれは、木村君の採った態度はいけなかったでしょう。ですが、幾くら相手の態度がいけないからといって、何もあなたまで、それとおなじ態度を採るにはあたらないじゃありませんか。僕はそれをいうんです。

たか子　だって、それは。——じゃ、あたしお聞きしますわ。あなたはまたなんだって、木村にそういうことをおっしゃったんでしょう。

治三郎　とあなたはおっしゃるが、それは全然嘘です。誰がそういうことをいいました。いや、木村君のいったことは、それは飽くまで嘘です。きっとそれは、木村君が、あなたへの攻め道具にするために、自分の手でもって、捏造《ねつぞう》したんでしょう。

たか子　まあ。

治三郎　それに違いありません。——なるほど僕は、木村君が、あなたを疑えば疑われるようなことはいわなかった訳じゃありません。がしかし僕は、あなたと僕とが、関係があるなどということをいったおぼえは、断じてありませんから。

たか子　だって、あの人は、――木村ははっきりと、そういったんですわ。
治三郎　そりゃ、いったかも知れません。だがいまもいった通り、それは木村君が捏造したもので、僕の知ったことじゃありませんからね。
たか子　そいじゃ、あなたのおっしゃったのは。
治三郎　僕が木村君にいったのはこうです。――僕は前の晩宿をあけて、――これは一昨日のことですが、一昨日の晩僕は宿をあけて、帰ってきたのは、なんでも十時ころでした。それから僕は、前の晩の補いをしようと思って、床についていたんです。――前の晩はよく眠れなかったから。すると、そこへ木村君がやってきてくれたんです。
たか子　……。
治三郎　それから、木村君は例によって、僕をひやかすんです。――うるさく、僕をひやかすんです。
たか子　何をひやかすんですの。
治三郎　……。
たか子　あなたのお気にさわること。
治三郎　そうです。まあ、いってみると、僕がおんなから、嫌われがちだということなんです。

たか子　そんなことはありませんわ。

治三郎　まあ、黙って聞いてください。――木村君は、しきりとそれをいうんです。つまり僕しまいに木村君は、僕の知っているおんなと、関係ができたことがある。つまり僕と馴染だったといえば馴染だったおんなと、木村君が関係したことがあるというんです。といったところで、僕は何も、いまここで、木村君の品行をどうのこうのというのじゃありませんから、そこのところは、誤解のないようにしてください。

たか子　そりゃ、分っていますわ。

治三郎　それを木村君は、昨日もまたうるさく口にしていて聞かないんです。

たか子　それから、どうして、あなたは。

治三郎　僕は、あまりそれがうるさかったから、ついつかぬことまでしゃべったんです。

たか子　あたしとのことをですか。

治三郎　いや違います。そうどうも、あなたのように、早合点して頂いちゃこまります。――僕のいったのは、木村君がそういった風に、うるさく僕にのしかかってくるから、僕は、木村君の説が、必ずしも正鵠《せいこく》を得たものではないという一個の反証としていったまでです。

たか子　……。

治三郎　それは、つまりこうなんです。――君は僕のおんなをとったことがあるからといって、やけに威張りちらすが、君の夫人だって、不断から僕に、かなりの親しみを持ってくれてるぜ。その君の夫人が、かつては君の用を持って、僕のところへやってきたことのあるのは、君も知ってるだろう。

たか子　そうおっしゃったの。あなたは。

治三郎　そうです。というのも、ちょうど木村君が、昨日もあなたが不断から僕のことを気にしているの。それはまるで、恋人に対するようだのといったからでもありしたんです。――ただ、それだけのことなんです。僕のいったのは。

たか子　本当。それは本当。

治三郎　本当ですとも。僕はあなたも御存じのように、嘘をつくことは嫌いです。首を斬られても、嘘をつくことだけは嫌いですから。

たか子　……。

治三郎　そうです。それに僕が、そういうことを木村君にいったのは、いまもいったように、一つは僕が、睡かったせいからもきてるんです。――僕が前の晩の寐《ね》が足りなくて、頭のなかがまるで、からっぽのようになっていたからです。――からっぽになっている頭のなかが、何かこう、そうです。まるでこう、煙にでもむしかえされてでもいるようになっていたせいもあったんです。それを木村君が、尾に鰭《ひれ》をくッつけてはなしたのが、いまあなたのおっしゃったようなことになったんでしょう。

たか子　そうでしょうか。

治三郎　でなければ、よりどころがないじゃありませんか。僕にいわせると、木村君も卑怯です。このうえもない、卑法なやりかたです。がそれと同時に、僕はあなたの採った態度だって、同様だと思いますね。いや、この際あけすけにいわして頂くと、僕は、木村君以上だと思いますね。

たか子　だって、それにしても、あんまり甚《ひど》いわ、甚すぎますわ。――木村は、嘘だといえば嘘、拵らえごとだといえば、その拵らえごとでもって、あたしを攻めて聞かないんですもの。――お前が白状しなければ、俺にも覚悟があるなんていって。

治三郎　そりゃそうかも知れません。だが、あなたも木村君からそうして脅迫されると、根も葉もないことまでに、花を咲かせたり、実をむすばせたも同様のことをしたんじゃありませんか。僕はそれを憎むんです。それを卑しむんです。そうじゃありませんか。

たか子　だって、あなたはいまこうおっしゃったでしょう。——木村が、不断からあたしあなたを、思っているといったと。

治三郎　ええ。いいました。

たか子　それがあなたも分って。

治三郎　分っていれば、どうなんです。そりゃ僕にも分っています。僕はそれを、うれしいと思っています。いや、うれしいと思っていました。だが、それとこれとは、なんの関係もないじゃありませんか。

たか子　そうでしょうか。

治三郎　そうですとも。それよか僕は、あなたはどうするお積りで、そういう恐ろしいことを、おっしゃったのか分りませんね。

たか子　……。

治三郎　もしこれが、いまあなたのおっしゃったように、一時の危難からのがれる方便として、そうおっしゃったのだというならばです。今度はあらためて、それを取りけそうじゃありませんか。

たか子　どうするんですの。それは。どうして取りけすんですの。

治三郎　それは、いまから木村君のところへ行って、するんですね。
たか子　駄目ですわ。それは。
治三郎　そうかも知れません。そうじゃありませんね。だが、それもこれも、してみたうえでなければ、本当のことは分りませんね。僕はそう思いますね。
たか子　いいえ。あたしそうは思いませんわ。
治三郎　いや、そういうことは、いまここで、あなたと僕とが、いくら争っていたって、分りッこないにきまっています。だから僕は、論より証拠、木村君にあたってみるのが、何よりだと思いますね。
たか子　……。
治三郎　そうしようじゃありませんか。それに僕は、こう思いますね。――いまもいった通り、もともとあなたは、これが刑事問題なら、尋常な訊問をうけて自白したのではなくて、いわば係りの者があえてした、不法きわまる拷問のために、そういったこころにもないことまで自白してのけたのでしょうから。もしそうなら、今度は場所が公判廷であるだけに、ことのここに立ちいたった顚末《てんまつ》を、残らずのべてみようじゃありませんか。僕は当事者というのでしょうか。とにかく僕は、一旦今度の事件の関係者として、飽くまで、事実をありのままにはなしてあげます。だから、あなたも僕と一緒に、お宅へ行って、木村君に会ってみようじゃありませんか。

たか子　いやですわ。あたし。

治三郎　どうしてです。どうして、あなたはおいやなんです。

たか子　だって、それは幾くらはなしても、きっと駄目ですわ。

治三郎　どうして、駄目なんでしょう。

たか子　だって、あの人は、こうと一旦思いこんだことは、挺子《てこ》にだって動かない人なんですもの。これは、あなただって、よく御存じじゃない。それに、ことがことですもの。

治三郎　いや、木村君には、たしかにそういう一面があります。だが、よく膝をまじえてはなしあったら、反《かえ》って氷を火にいれたようにならないとも限りませんからね。それに、いまあなたが、ことがことだからとおっしゃったが、僕からいえば、ことがことだけに、なおと会う必要もあれば、またそれだから僕は、話はつきやすくはないかとも思いますがね。

たか子　まあ、そういえばそうかも知れませんわ。だがあたしいやですわ。あたし死んでも、もうあの人のところへ帰りませんわ。帰るほどなら、あたし死にますわ。

治三郎　じゃ、あなたは、これからさきどうしようというんです。

たか子　……。
治三郎　あなたが、どうでも木村君のところへ帰るのはいやだとおっしゃるなら、それも好いでしょう。それはみなあなたの自由ですから。しかし、それにしても、これから先あなたは、どうしようというお考えなんです。
たか子　……。
治三郎　はっきりと、その考えがなければ、――その考えがついていなければ、しょうがないじゃありませんか。
たか子　あれでしょうか。
治三郎　なんです。あれでしょうかッて。
たか子　あれでしょうか。――あなたのところに、置いて頂けないでしょうか。
治三郎　駄目です。とんだことです。それこそ、あなたじゃありませんが、駄目なこッてす。
たか子　……。
治三郎　考えてごらんなさい。僕には、木村君の手前というものがありますからね。
たか子　あったって、好いじゃありませんか。
治三郎　そうは行きませんね。また、これを無視してかかるとします。

たか子　ええ。

治三郎　いや、いま仮りに、これを無視してかかるとしてからが、いまの僕には、とてもあなたをお引きうけするだけの力を持ってやしません。だから、所詮これは、できない相談です。

たか子　なんですの。それは。——力とおっしゃると。

治三郎　力というのは、あなたを養って行く力です。

たか子　それなら、あなたに御心配おかけしませんわ。あたし。——そのことなら、あたしなんとでもしますわ。——あたし、あなたのためになら、死んでもよござんすわ。

治三郎　御常談でしょう。

たか子　いいえ、あたし本気ですわ。

治三郎　あなたは、本気かも知れません。ところで、それが本気なら本気なだけ、僕はいやですね。

たか子　どうして、おいやなの。

治三郎　その訳はいろいろあります。第一、あなたのおっしゃることは、所詮あなたにも実行できないからです。

たか子　いいえ、あたし。

治三郎　ちょっと待ってください。――というと、あなたはきっと、これを悪意にお取りになるでしょう。その結果あなたは、意地にもきっとこれを実行してみせますと、こうおっしゃるでしょう。また、それだけに、いざとなればきっとあなたは一生、これを実行してのけるかも知れません。だがそれは。

たか子　いいえ、あなたは。（といって、かの女は、歔欷嗚咽《きょきおえつ》する。）

治三郎　あなたは、僕があなたを疑ぐっていると、こうおっしゃるんでしょう。いや、それもあります。ですが、ここでは、それはきっと実行されるものとして僕はいうのです。――それは実行できても、決してあなたはそのために、幸福じゃないと思いますね。僕は。

たか子　（黙って、やはり歔欷嗚咽をつづけている。）

治三郎　そうじゃありませんか。それはかなりのお荷物です。それをあなたが背負いながら、僕と一緒に歩くうちには、きっと足腰がたたないようになってきます。それを僕が、黙ってみておれるでしょうか。

たか子　（なおも、前とおなじ仕草をしつづけている。）

治三郎　だから僕はいうのじゃありませんが、もともと僕は、男という男は、いや、人のことは知りませんが、すくなくとも僕は、一生自分の対照になってくれるおんなのためには、何を措いても、生活の保証にだけは立ってやることにしたいと思っています。だから僕は、いくら困っているからといって、この際あなたから、そういう補助をして頂こうとは思いませんね。

たか子　分りましたわ。あなたは、あたしをお嫌いなんですわ。

治三郎　いや、それは違います。僕があなたの願いをしりぞけるというのは、みんな僕がいまいったような訳だからです。——いまの僕は、毎月払わねばならない、この宿への払いも、ともすれば滞りがちになろうという身分なんです。だから僕は、さびしいけれどもこの年になるまで、凝《じっ》とこうして、独りでいるんです。——恥をいわなければ、理が聞こえないというから、僕もこういうことをいうんですが。

たか子　いいえ、嘘ですわ。それは嘘ですわ。あなたは、あたしをお嫌いなんですわ。

治三郎　困りますね。あなたのようでも。

たか子　そうでしょう。きっとそうですわ。

治三郎　じゃそうかも知れません。もし、そうだとすれば、あなたはどうします。あなたは、木村君のところへお帰りになりますか。

たか子　いいえ、あたし帰りませんわ。

治三郎 じゃ、どうするんです。

たか子 あたし死にますわ。（といって、また泣く。）

治三郎 まったく、あなたのようでも困りますね。（といって、机の上へでている、ナイフや錐を取りあげて、それを抽斗《ひきだし》へいれる。）どうでしょう。わけは僕からはなしてあげますから、木村君のところへ帰りませんか。もう木村君だって、そろそろ家へ帰ってるでしょうから。

たか子 （黙って、泣きつづけている。）

治三郎 泣いていたって、始まらないじゃありませんか。それよか、木村君のところへ、帰ろうじゃありませんか。

たか子 （なおも泣きつづけている。）

――幕――

語注

一夜

九　＊急性胃腸加答児……胃腸粘膜の急性炎症。

一六　＊自由廃業……娼妓《しょうぎ》取締規則および芸妓営業取締規則の規定により、芸娼妓が雇用主の同意がなくても自由意志で廃業したこと。

一九　＊風呂場の長兵衛……「極付幡随長兵衛《きわめつきばんずいちょうべえ》」は、町奴《まちやっこ》と呼ばれる侠客《きょうかく》の親分・幡随院長兵衛と、旗本奴・白柄組の頭領水野十郎左衛門との抗争を描いた河竹黙阿弥作の歌舞伎狂言。将軍の親衛隊であることを恃《たの》みに江戸で狼藉をはたらく水野の奸計に陥って、長兵衛は風呂場で惨殺される。

ウィスキーの味

二九　＊カフェー……大正末に全国に普及したカフェは、当時はバーに近い形態であり、女給を置いて飲食のサービスをする一種の遊興場だった。

三〇　＊須田町……東京市神田区（現・千代田区）の町名。現在の神田須田町。

三〇　＊鴆毒……鴆《ちん》と呼ばれる、空想上の鳥の羽にあるという猛毒。

三九　＊石町……日本橋区（現・中央区）の日本橋本石町および日本橋室町、または神田区の新石町（現・千代田区内神田）か。

四〇　＊飛鳥山……八代将軍吉宗が享保の改革施策の一つとして、酒宴や仮装を容認する桜の名所とした。現在の北区飛鳥山公園であり、毎年花見客で賑わう。

四一　＊大地震……大正十二（一九二三）年九月一日に発生した、関東大震災のこと。

刈入れ時

四五　＊文選、植字……文選は活版印刷で、原稿にあわせ必要な活字を拾うこと。植字は文選した活字を原稿に指定された体裁に組むこと。

四六　＊どんたく……（オランダ語 zondag から）日曜日、転じて休日。「半ドン」の語源ともなっている。

四七　＊神谷バー……明治十三（一八八〇）年に神谷傳兵衛により浅草で創業されたバー。デンキブランというカクテルが、現在に至るも有名。

五〇　＊いろは……東京浅草のいろは牛肉店。政治家、実業家の木村荘平《そうへい》が明治十一年、芝区（現・港区）に創業した。牛鍋で評判を呼び、市内に手広く支店を経営。また荘平には、子に小説家の木村曙《あけぼの》、木村荘太《そうた》、木村荘十《そうじゅう》、洋画家の木村荘八《しょうはち》、映画監督の木村荘十二《そとじ》らがあることでも知られる。

五三　＊中気……一般に、脳出血後に残る半身の不随、腕または脚の麻痺《まひ》する病気。中風《ちゅうぶう》とも。

六一　＊宮戸座……浅草寺裏に、明治二十年吾妻座《あづまざ》として開場。二十九年に宮戸座と改称し、小芝居を代表する劇場となった。大正十二年関東大震災で焼失。復興したが、昭和十二（一九三七）年に廃業。

六三　＊観音堂裏……浅草観世音堂（浅草寺本堂）北側の一画。現在の台東区浅草二丁目。

六四　＊六区の電気館……明治三十六（一九〇三）年、浅草公園六区にできた、日本初の常設映画館。これに倣《なら》い、日本全国に多数の「電気館」ができた。
＊「島に咲く花」……大正十三（一九二四）年八月、浅草電気館で封切られた松竹蒲田制作の劇映画。監督・小沢得二、主演・正邦宏。
＊「怪談小幡小平次」……山東京伝の読本「復讐奇談安積沼《ふくしゅうきだんあさかのぬま》」を原作に、嘉永六（一八五三）年に河竹黙阿弥によって舞台化された狂言。幽霊しか演じることの出来ない役者が、自分を殺した男と、裏切った妻をたたり殺すという怪奇談。
＊中屋……明治四十三（一九一〇）年に創業した浅草寺前で祭衣装や江戸小物を扱う店。

六五　＊仲……吉原遊郭のこと。

七〇　＊笹子トンネル……山梨県大月市と同県甲州市の間にある中央本線のトンネル。明治三十五年の完成当時は日本最長のトンネルだった。

七七　＊白山……小石川区（現・文京区）の地名。明治から昭和初期にかけ料理屋、待合、芸者屋からなる、いわゆる三業地として栄えた。藤澤清造も、よく利用していたという。

七八　＊ゴールデンバット……日本で最も大衆的だった紙巻き煙草《たばこ》。明治三十九（一九〇六）年発売。バット。

九七　＊調革……二つの車輪にかけ渡し、他方に動力を伝えるベルトのこと。調帯とも。

一〇三　＊博多の角帯……福岡県博多で織られてきた、絹の細糸と、太糸の組み合わせで柄を織り出す博多織の男帯。
＊越後上布……新潟県小千谷市を中心に生産される、平織りの上質な麻織物。

一〇四　＊五百燭……燭は光度の単位。蠟燭一本分の明るさ、に由来。

女地獄

一〇九　＊敷島……日本の古い国号に由来する、明治三十七（一九〇四）年発売の高級口付紙巻き煙草。
一一三　＊小金井や稲田堤……小金井は東京都下、稲田堤は神奈川県川崎市の桜の名所だった。
一一四　＊朝日……明治三十七（一九〇四）年に発売された、口付紙巻き煙草。
一一五　＊大島ぞっき……大島紬で揃えていること。「ぞっき」は「純」の意。
一一九　＊藤村の羊羹……江戸時代から続く文京区本郷の老舗「藤むら」の練り羊羹。夏目漱石も好んで食べた。
一二一　＊シャン……schön（独）。旧制高等学校の学生語で、美人のこと。
一四〇　＊下見……木造建築の外壁をおおう横板張のこと。下見板。

母を殺す

一四四　＊母の遺骨を墓へ……明治四十三（一九一〇）年、母・古へ危篤の報に際し、藤澤清造は東京から石川県七尾に戻り、十二月二十五日に最後を看取った。藤澤家の墓所は、生家近くの浄土宗西光寺（七尾市小島町）にある。その後、藤澤清造は終生故郷に帰ることはなかった。

犬の出産

一六四　＊切手……「おそばに参りました」の意にかけて、引っ越しの際に蕎麦切手という引換券を隣近所に配る習慣があった。

一七〇　＊お召……横糸に強い撚りをかけた先染めの上質な絹織物。江戸時代、将軍が着用していたことからそう呼ばれたとも言う。
＊棒立……和服の衽《おくみ》（左右の前身頃の前襟から裾まで縫いつける半幅布）が、長方形に裁たれている着物のこと。棒裁とも。
＊弁慶……着物の縞柄《しまがら》の名称。二色の色糸を用いた、幅広い碁盤目の格子柄のこと。

殖える癌腫
一八七　＊お菰……（薦《こも》をかぶっている、との意から）乞食《こじき》の異称。
一八九　＊子は三界の首枷……親にとり、子供は長きに渡って苦労の絶えることがない存在だ、ということのたとえ。
一九三　＊サンガー夫人……米国産児制限会会長のマーガレット・サンガー女史は、大正十一（一九二二）年三月に日本を訪問したが、「産めよふやせよ」の国策に反するという立場から、産児制限の宣伝演説を禁じられた。
一九六　＊紡績絣……綿糸と紡績絹糸を混在して用いた織物。
二〇五　＊花柳病……性病のこと。
＊トリッペル……Tripper（独）。淋病のこと。

ペンキの塗立
二一七　＊烏森……芝区の地名。現在の新橋駅西口の、港区新橋二丁目周辺。

豚の悲鳴

二二三　＊差配……所有者にかわって貸家を管理する人。

二二六　＊新銘仙……綿糸の表面をガスで焼き光沢を出したガス糸を用いて、絹織物である銘仙に似せた織物。

槍とピストル

二四三　＊ブル……ブルジョアジーの略。資本家階級。

二五一　＊南京玉……陶製、ガラス製の小さい飾り玉のこと。多くは糸通しの孔《あな》が開いている。

二五四　＊プロ……プロレタリアートの略。労働者階級。

二五五　＊秩父、伊勢崎……埼玉県、群馬県の銘仙の産地。

＊市ケ谷鷹匠町……牛込区（現・新宿区）の町名。武家地の名残りを由来とする。

＊省線電車……戦前の鉄道省・運輸省が運営した電車。ここでは現在の中央線にあたる。当時、市電は外濠をはさみ、省線電車と並行して外堀通りを走っていた。

恥

二七一　＊被服廠……軍服を作る工場。大正八（一九一九）年に赤羽に移転した陸軍被服廠の跡地（現・墨田区横網）は大正十二（一九二三）年九月の関東大震災では罹災者《りさい》の避難場所となった。しかし、大規模な火災旋風が起こり、東京市全体の死亡者の半数以上にあたる三万八千人が死亡した。藤澤清造は地震発生五日後に、この地の惨状をつぶさに見て廻った。現在は、東京都慰霊堂となっている。

二七三　＊九段の招魂社……九段の靖国《やすくに》神社のこと。

二七五　＊久堅町……小石川区の町名。現・文京区小石川四丁目付近にあたる。〝町〟の読みはちょう、ではなく、まち。

二七八　＊七厘……（物を煮るのに七厘の炭で足りる、との意から）コンロの一種。七輪。

＊銅壺……火鉢の中に置き、燗酒《かんざけ》などをつくる銅や鉄製の湯沸かし器。灰に埋めこんで炭から熱を受ける部分と、湯を貯めて徳利を浸ける部分で出来ている。

二七九　＊鉄灸……鉄線を格子状に組み、火の上で魚などをあぶるのに使用する。

＊三丁目……本郷区（現・文京区）の本郷三丁目を指す。市電の停留所があった。

＊菊坂……本郷区の地名。所在地の菊坂町（現・文京区本郷四、五丁目付近）は室町中期の長禄年間に菊を栽培する家が多かったことに由来し、明治期以降、付近には樋口一葉を始めとする多くの文人が居住した。菊富士ホテルも知られている。

二八一　＊指ケ谷……小石川区の町名。現・文京区白山二丁目付近。さしがやとも発音する。藤澤清造にはこの地の待合で豪遊、支払いに困って近くの原町（現・白山四、五丁目付近）在の友人に、使いを寄越したエピソードがある。

＊馬……遊興費の不払いの取り立てに客に同行する者。つけうま。

嘘

三一〇　＊襦袢……肌につけて着る短衣。はだぎ。

三一二　＊市川……旧陸軍施設が置かれ、軍都として栄えた千葉県市川には、明治期から花街があった。

三一六　＊大森……現・大田区の北東部にあった三業地。明治初年の大森駅開業以降、行楽地として賑わい、明治・大正期には花街が栄えた。

三一八　＊猫八……江戸時代からの物乞いのひとつ。猫・犬・鶏などの鳴き声をまねて、金品をもらい歩く者。

＊「闇の力」……明治十九（一八八六）年トルストイ作の、農民の生活を描いた代表的戯曲。日本では大正五（一九一六）年に島村抱月、松井須磨子らが創設した芸術座、芸術倶楽部で上演されて、高く評価された。

西村賢太

編者付記　本項も新潮文庫版『藤澤清造短篇集』（平成二十四年三月）に収録の、西村賢太・新潮文庫編集部作成の「語注」を底本に用いたが、角川文庫化に際して一部表記等を改めた。

解説

西村賢太

曩《さき》に本文庫（著者注 新潮文庫）よりの復刊を果たした『根津権現裏』は、幸い多くの読者に迎え入れられるかたちとなった。

〝幻の私小説家による幻の私小説の、およそ九十年ぶりとなる蘇生〟と云う謳い文句を別としても、発刊後数箇月で二度の増刷を重ねたことは誠に快事であった。

周知のように、本文庫は初版部数に或る一定の高ハードルが設けられており、そも、そのラインナップに列なること自体が容易ではない。

そこへ長い期間、忘却の彼方に置き去りにされ続けていた私小説家がいきなり割り込み、地味ながらも強靭な存在感で予想以上の好評を博したのだから、つくづく小説とは、文芸評論家風情の短い物差しでは測りきれぬものがある。

以前に刊行を打診した文庫レーベルは、まるで話を聞く耳すら持たず門前払いの恰好であったが、今となってはそれも却って良い流れをもたらしめた。

おかげで、藤澤清造とその作品にとっては、最良のかたちでの復活を遂げることが叶ったのである。

「根津権現裏」は、最早埋もれた〝幻の私小説〟ではない。

少なくとも従来のごとく、作の良否の判断を、おおかたの悪評からの又聞きでなされる憂いはなくなった。実際に目を通した上での、個々の直接の判断に委ね得る状況を、とりあえずは整えることができた。

何んでも能登の藤澤清造の墓所には、文庫刊行後、俄かに掃苔《そうたい》に現われる若い人が増えたと云う。これまで訪《おとな》う者とてなかったその墓に、常時香華が手向けられていると云う図は正直違和感もあるが、しかしこれは清造の人と作品中に、どこか読む者を引き付けてやまぬ、潜在的な魅力が眠っていた証左であったとも云えよう。

だが、当然のことに藤澤清造の作は、かの長篇一本きりと云うわけではない。その十年間の活動期間中には、決して多作とは云えないまでも、極めて味わいの深い短篇をも幾つか書き残している。

そしていかにも大正期の小説家らしく、その短篇群にこそ、清造の一面の真価が発揮されているケースも少なくないのである。その点は、むしろ長篇である前掲書以上に、より明確なかたちでもって、読み手に伝わるに違いあるまい。

「一夜」は、『新潮』大正十二年七月号に発表された、清造の小説としては商業誌における初の掲載作である。

このときの清造はかぞえで三十五歳。前年四月の『根津権現裏』の書き下ろし刊行によってごく一部の注目を集めつつ、それが文壇的な反響を呼ぶまでに至らなかった清造は、なかなか第二作発表の場を得ることができずにいた。当時の文壇で、三十代に入っての新人と云うのは滅多にあらわれるものではない。殊に純文学の分野で世に出る者は、それ以前に主として学閥のコネによる、上からの引き等で、学生時代に新進作家の列に連らなっている。それだけに、清造のこの作に賭けた熱情は並大抵のものではなかったはずである。

処女作である「根津権現裏」同様、本作でもそのテーマは〝金〟と〝病気〟で一貫している。更には前作で異彩を放った独得の比喩が、ここでは一層の磨きがかかって炸裂しており、この点は短篇であるが故に、妙に悪目立ちする恰好とも相成った。それが〈新潮合評会〉での芥川龍之介による瑕瑾《かきん》としての不満や、『報知新聞』紙上での生田長江からの苦言を呼ぶことにもなるのだが、しかし確信犯的にこれを試みている清造に、かような的外れな批判は一切通用しなかった。

その後も全作に亘って、一部の文学識者から見れば〝奇妙な比喩〟〝変な文章〟のスタイルを押し通してゆくのだが、その意味でも本作は、いわば清造流スタイル確立の、記念すべき初短篇でもある。

そう云えば比較的近年においても、該作の比喩と行文については或る一教職者がしたり顔であげつらっていたことがあったが、それはいかにも杓子定規な、他人の創作世界への土足闖入的な戯言《たわごと》だった。尤も、そも文芸評論とは所詮そうしたものに過ぎないが、しかしいくら作品の時代背景を考察しようと、そのときの作者自身の置かれた状況——年齢的にも最早どうにもならない程に出遅れつつ、初めて短篇枠の檜舞台に登板する書き手の、その作に確とこめられた伸るか反るかのギリギリの情熱を汲まなければ、そんな批評は全く無意味な、単なる一個人の感想文である。

ちなみにこれは全くの余談だが、筆者が三十八歳時に初めて商業文芸誌に載った三十枚の短篇は、清造の例に倣って同題のものとしている。同人誌上がりのズブの素人だっただけに、失敗作を書いたら次のチャンスはなかった。それだから甚だ僭越極まる行為ではあったが、この題を冠し勝負に打って出た、清造の熱情を我が身に乗り移らせたかったのである。結果は評論家筋には案の定、完全無視されたが、この、真の意味での第一作目が川端康成賞の最終候補に残ったときは、当時の同賞のフェアなシステムに感嘆すると共に、何やら藤澤清造の霊から認めてもらえたようなよろこびを感じたものであった。


「ウィスキーの味」は、『文藝春秋』大正十三年六月号に発表された。

神田須田町のカフェーの客となった主人公は、店内で僅かの酒に食らい酔い、買春自慢を繰り広げる、初老の男たちの会話にたまらぬ嫌悪感を覚える。が、結句《けっく》それはどこまでも羨望から生じ来たる妬ましさでもあり、貧しき者にとっては華やかなるカフェーにあっても、畢竟《ひっきょう》するところ異邦人の心境にならざるを得ないのである。

清造の得意とする、貧故の心情の剔出が見事になされた佳篇であり、例えば菊池寛や広津和郎辺りの描く〝カフェーもの〟と読み比べれば、その色彩の違いには興趣もあろう。

本作には、筆者の手元に清造自筆による原稿が残っている。但《ただし》、二百字詰原稿用紙の冒頭部分二枚のみで、他はすでに現存していないと思われるが、初出掲載時と多少の異同があった。当時は著者校はなく、完成原稿として渡したものが、そのまま掲載される慣習だったから、この機会に原稿原文通りのかたちに復し、現状、最良の手立てを施した。即ち、三十一頁（本書では二十九頁）一行目の読点の挿入、及び五行目の初出誌上〈ちつとも〉を〈ちょっとは〉への復元である。また同行の〈はいって〉は、初出誌でも旧仮名で同様だが、原稿では〈はひて〉となっている。だが今回は現代仮名遣いに改めた上で明らかな脱字、誤植は訂正する方針だから、当該箇所のゴチック表記は避けて〈っ〉の小字を補った次第である。

「刈入れ時」は、『新小説』大正十三年十一月号に発表された。「根津権現裏」や、新聞連載を三十回で中絶した「謎は続く」以外の清造の小説としては比較的枚数が長く、当時の基準では中篇に近いものである。徹頭徹尾〝借金〟の話である。少なからぬ額の借銭を軒並み拒絶されるごとに、主人公は執念のように新らしい口実を絞りだし、また次の申し込み先へと足を運んでゆくのだが、彼には単に生計《たつき》の為以外にも、これをどうでも成就しなければならぬ、後ろ暗い理由があった。

僅かな心の緩みから生じた、その自業自得の悲喜劇は、誰しもが身につまされるところを含んでいよう。オチのありきたりさは必ず指摘されようが、無論、本作の眼目はそんなところにあるわけではない。

類まれなるユーモリストでもあった清造の、その知られざる本領が遺憾なく発揮された一篇であり、むしろこの作を清造の代表作として推す声も多い。

「女地獄」は、『新潮』大正十四年七月号に発表された。

本作は「刈入れ時」とは逆に、清造の欠点でもあった全体的な単調さが、やけに目立つ恰好となっている。

いったいに清造と云う作家は、題名の付けかたに余りうまくないところがあり、前出の「根津権現裏」や「一夜」「謎は続く」等は申し分ないが、「秋風往来」「父と子と」「春」「青木のなげき」「土産物の九官鳥」となると、いくら自然主義の流れを汲む作風としても、いかにもこれでは、味も素っ気も感じられない。その点、この「女地獄」は、タイトルはまことに秀逸である。

だが、作としての同時代の評は、さんざんなものがあった。

発表直後の各時評での酷評ぶりは、ほぼ例外なく辛辣を極めたが、とりわけ〈新潮合評会〉においては殆《ほとん》ど袋叩きも同然の態《てい》だった。このときの出席者には編輯主任格の中村武羅夫以下、小島政二郎、佐佐木茂索、片岡鉄兵、堀木克三、藤森淳三が集《つど》ったが、未読らしき片岡を除いて、全員がどこか喜々として該作をこき下ろしているのは、一種壮観でもある。

この異様な吊し上げは、平生の清造自身の、創作上のことをも含む大言壮語ぶりにそもそもの因があったと思われるが、しかしこうなると単に勝手な印象批判の悪口大会で、この〈新潮合評会〉自体がさほどの意味を持たぬものにも映ってくる（とは云え、現今の文芸誌がやっているような、本当に無意味な面子《メンツ》による無意味な〝創作合評〟に比べれば、いくらかマシだが）。

そしてこの作は、結果的に清造の作家生活における、或る種のターニングポイントともなった。残念ながら、悪い方向に対してである。

前年からの旺盛な創作量は、この作の不評を機としたように、俄かに先細りとなっていった。これまで雑文を含めて継続的に起用されていた、『新潮』及び新潮社系の文芸誌には、翌年以降、終生清造の原稿が掲載されることはなかったのである。

「母を殺す」は、『文藝春秋』大正十四年九月号に発表された。前々月の「女地獄」に関する汚名返上は、本来この作で充分に果たしてはいた。が、これが全く話題にもならなかったことは、清造にとって無念やるかたない思いであったろう。

それ程に実母の死を取り扱った本作は、哀切極まりない好短篇である。貧故に病気の母親をも足手まといとし、その死を強く願うと云う異色のテーマは、親子間における感傷と背中合わせのエゴを容赦なく描出し、一読、強烈な印象を残さざるを得ない。叙述はすべて実際の清造の身辺事に符合し、ここには明治四十三年に、母・古《こ》へ危篤の報を受け、能登七尾に一時帰省した際の心情も色濃く反映されていると思われる。但、その折の清造は母の看護にあたる傍ら、地元で行なわれた素人芝居にも参加。元来が旧劇俳優志望であっただけに、すっかりの役者気取りで常盤町の遊廓に上がり込んだりもしている。また身辺に材をとりながらも、作中に記される吉田町、松川町なる町名は七尾に存在しない点などに、その私小説書きらしい、虚構性に対するふてぶてしさがよくあらわれているところでもある。

「犬の出産」は、『サンデー毎日』大正十五年六月六日号に発表された。

創作のピークを前年までに迎えたかたちの清造は、先の『新潮』誌に引き続き、この時期は菊池寛と仲違いをし、重要な原稿売捌先であった『文藝春秋』誌からも締めだしを食らう憂目に陥っていた。そんな状況にあって救世主となったのが、まずは『サンデー毎日』『週刊朝日』の二種の週刊誌だった。当時、前者の大阪本社には花柳小説でも名を馳せた渡辺均《ひとし》、後者にはシアトル帰りの翁久允《おきなきゆういん》がおり、両者は清造の、需要そろそろ乏しき原稿を積極的に買い上げている。

物語は、隣家の産まれたての仔犬を巡る他愛のない一挿話に過ぎないが、作中には清造と前の年より同居を始めた内妻との、その落ち着いた生活ぶりの一端が窺える。

同棲相手との間に繰り広げられる、独得のかけあい的会話の一言一句は不思議なユーモアを湛《たた》えて、今読んでも色褪せぬ妙味を含んでいる。


一方、「殖える癌腫」は半年遅れて『週刊朝日』の大正十五年十一月二十一日号に発表されたが、こちらは私小説的色彩を排した清造流の家庭小説である。

だが凡百のその手のものとは違い、ここにも清造の心情面は濃厚に投影されている。

経済的な理由、そして自身の慢性の性病と、元娼婦であった病身の内妻との間に子供なぞは誕生させられようわけもない。その諦観が持ち前の貧者の論理と相俟ったとき、冷めた筆は平板なストーリーにアイロニカルな陰影を刻みつけるのであった。

「ペンキの塗立」は、『現代文芸』昭和二年一月号に発表された。素人社発行のこの文芸誌は、俳人の金児《かねこ》杜鵑花《とけんか》が主宰。のちに誌名を『文芸サロン』と改題し、清造の死に際しては昭和七年四月号を追悼号として小特集を組んだ。清造の一句〈何んのそのどうで死ぬ身の一踊り〉も、杜鵑花に書き遺して後世に知れるところとなった。

侘びしき下宿生活を送る独り者の、貧しさ故に恋にも破れた一景をうまく切り取っている。友人の妻をも手淫の用途に供せざるを得ない浅ましさは、所詮性慾の業とも云えるものだが、極めて短い小品ながら、貧と性を根限り描いてゆくことを豪語していた清造の面目は、この一篇でも一応の躍如を果たしている。

「豚の悲鳴」は、『文芸王国』昭和三年九月号に発表された。

佐々木千之が編集する半同人誌の本作掲載号は、佐々木が親炙した「葛西善蔵追悼号」でもあった。無論、清造の作自体に葛西との関連性はなく、両者の間に交流のあった記録もないが、共通の友人であった三上於菟吉によると、稀代の我儘《わがまま》者で通っていた葛西以上に清造は我儘者だったと云うから、それはそれで大したものである。

この作に清造の、秘めたる左傾への意志を読み取る向きもあるが、それは時代背景と当時の風潮を余りにも意識しすぎた、些か皮相な見解と云うべきであろう。

無論、清造が心情的にはその方に与する立場にあり、シンパたる姿勢は書簡中にも明記したことは間違いないが、その理論を行動として起こすには、清造と云う作家の内には哀しいかな、古風な戯作者精神の方が勝《まさ》っていたのである。

「槍とピストル」は、『世界の動き』昭和五年三月号に発表された。

発行元の世界の動き社は、群司次郎正《ぐんじじろうまさ》自演の手の込んだ売り出しのイメージが強いが、それだけに各号、意気軒昂たる左翼芸術のアジテーションに漲っている。

本作も私小説の範疇には入らぬが、これまで繰り返し語られた同一のテーマを、幾分掲載誌の性格に合わせたものか、或る意味でより明確に、また或る意味においては至極プリミティブに提示してみせている。

すでに晩年期に入りつつ、しかしまだ梅毒が脳にまで廻っていなかった清造にとっては、この「槍とピストル」が、一応首尾の整った最後の佳品となった。

「敵の取れるまで」は発表紙誌、年月号不明の、自筆原稿のかたちで残ったものである。

平成二十三年の、明治古典会の大市に突如あらわれたもので、清造の草稿は他にも「乳首を見る」と「スワン・バーにて」の二本が出品された。いずれも筆者の長年の博捜でも突きとめられなかった短篇であり、そもそも清造の原稿が古書市場に出るケース自体、極めて稀なことだった。

いわゆる〝ウブ口《くち》〟のものであり、このときは他に横光利一や葉山嘉樹、嘉村礒多、直木三十五、国枝史郎等のウブい草稿も同時に出たが、それらには共通して、大阪で発行されていた新聞（『夕刊大阪新聞』）で使用したと覚しき痕跡が認められた。清造の原稿にも、該新聞社の封筒が一枚添付されていたので、その点からも掲載紙名の方はほぼ断定できるが、しかし現時点ではまだ確認が取れていない。また寡聞にして該紙の全容を詳かにし得ない為、その掲載時期についても昭和三〜五年との大まかな推測しかできぬ状況にはある。

しかし、それならば尚のこと、本作、及び他の二作は、現時点においてはかの原稿でしか読めないものとなるので、この機会に、まず「敵の取れるまで」を本文庫に収録しておくことにした。

清造が愛用した、松屋製の二百字詰原稿用紙二十二枚に綴られており、原題は「何時の日か復讐ならん」。この末尾の〈らん〉の上に、〈る？〉と訂正が施され、更に題名全体に斜線を引き、横に本タイトルが新たに付されている。無論この改題も、すべて清造自身の筆によるものである。

これも私小説ではないが、婚家を離れた妹の行末を案ずる内容は、清造世界中の設定としては珍しい。が、やはりいかにもこの作者らしい、ぶっきらぼうな律儀さが随所にちりばめられている。

こうした毛色の小品があったことは、その歿後弟子としてうれしい限りである。

巻末には、清造のもう一方の面であった、劇作家としての秀作を二本添えた。

「恥」は、『新演芸』大正十三年四月号に発表された初戯曲。

「嘘」は、『演劇新潮』大正十三年七月号に発表された。

先にも触れたように、元来清造は少年時からの芝居好きであり、故郷よりかぞえ十八歳で上京した際には、初め旧劇俳優となることを目指していた程である。だが過去に患った、右足の骨髄炎による後遺症もあり、その目標を断念したのちには小説と共に、劇作の方にも鬱勃《うつぼつ》たる野心を抱くようになっていた。

それだけに文壇登場後はすぐさま戯曲にも筆を染めたが、菊池寛はこれを一切認めず、またおおかたの反応も決して芳しいものではなかった。金子洋文などは、或る座談会で清造に面と向かい、〈お前のドラマをやる時代は来ても、興行主はやらないよ〉と言ってのけ、〈未来でも興行主はやらない、変り者はやるだろう〉との宣言まで付け加えている。

事実、当時清造の戯曲が上演にこぎつけたと云う様《ためし》は全くなかった。

尤も最近になり、それは大阪と東京の二つの団体によって、ようやく実現の運びともなったが、痛感させられたのは、かの脚本は到って上場に不向きであるとの事実だった。

一つの因は、その小説の持ち味同様の、余りにももって廻った、くどい筋運びである。そしてもう一つの因は、かの独得の台詞である。

ここに収めた二篇の戯曲も、文で読む限りでは滅法に面白い。会話も魅力的だし、「恥」の震災も、「嘘」で描出される、男女間の行き違いの愛憎も、いかにも今日的状況と相通ずるものがある。が、これを実際に上演した場合、よほどの演出家の腕がないと、どこか捌ききれない冗長なものが、変に際立ってしまうのである。

だが戯曲自体の今日性は決して失われていない以上、今後もこれらの脚本の上場は断続的に重ねられてゆくであろう。

たとえ清造自身が、随筆中で自らを〈一個の理想主義者〉とし、上演目的のみで戯曲を書いてはいないと豪語しようと、先の金子の言を引きつつ、これに補足すれば、〝気骨のある変り者〟は、いつの時代にも確実に存在するものである。この点、今後の展開に期待するところ大である。

以上、本書に収録した作品は、「敵の取れるまで」を除いていずれも初出誌を底本とし、別掲編輯方針に基づいた校訂を行なった。

「敵の取れるまで」については明らかな脱字は補い、原稿上で重複して付されたルビは初回時のもの以外は削った。

また、今回この新潮文庫版の第二弾を編むにあたっては、前書における好評の余恵と云う側面を、はな念頭から除外し、どこまでも藤澤清造の創作世界の、良くも悪くもの真髄を示すに足りる集成を心がけた。したがって、あえて玉石混交の選択に奔った面は否めないが、仮りに駄作にも、一種突き抜けた奇妙な味わいのあるのが、清造の、他の小説家には決してない最大の特色なのだ。

この言が単なる贔屓《ひいき》の引き倒しかどうかは、直接集中の作にお目を通し、判断して頂きたい。

とあれ、衝撃はまだ終わらない。

藤澤清造の真の評価は、実こそ、ここから始まるのである。

（平成二十四年二月、小説家）

付記　角川文庫化に際して一部補筆した。（令和元年六月）

年　譜

明治二十二年（一八八九）　**一歳**

十月二十八日（月）、石川県鹿島郡藤橋村ハ部三十七番地（現七尾市馬出町ハ部三十六番地付近）、藤澤庄三郎（四十七歳、三代六右衛門の子）、お（古）へ（四十六歳）の四子二男に生まれる。長姉とよ（十四歳）、兄信治郎（九歳）、次姉よね（五歳）があり、家業は農業。農閑期には地元の主な生産物の一つである叺や莚などを作り、商い、生計を立てていた。

明治二十八年（一八九五）　**七歳**

四月二十九日（月）、三島町の莚納屋からの出火で七尾町の西半分が焼ける大火災が起こり、家が類焼する。

明治二十九年（一八九六）　**八歳**

七尾尋常高等小学校男子尋常科入学。

明治三十一年（一八九八）　**十歳**

十一月二十一日（月）、庄三郎死去。享年五十六。

十二月二十日（火）、信治郎戸主となる旨を鹿島郡七尾町役場に届出。すでに家の地所は借金の担保となっていた。

明治三十三年（一九〇〇）　**十二歳**

三月三十日（金）、七尾尋常高等小学校男子尋常科第四学年を卒業。直後に七尾町内の活版印刷所（新聞の取次を兼業しており、ここでの仕事は主に新聞配達であった）で働く。のち、右足に骨髄炎を病む。手術後、主に自宅で療養する。また、この頃より母と二人で生家付近に間借り生活をし、東京から帰郷していた兄はやはり生家付近に新設されていた、石川県第三尋常中学校の用務員のような職についていた。足の状態が少し良くなってからは阿良町の足袋屋「大野木屋」で働き、以降上京するまでに七尾町内の鋲屋、代書屋等で働く。泉鏡花等の小説を耽読する。

明治三十六年（一九〇三）　**十五歳**

五月十三日（水）、よね死去。享年十九。

明治三十九年（一九〇六）　**十八歳**

上京し、五月、同郷の年長の友人、横川巴（巴人）に連れられ、根岸の市川九女八、及び伊藤銀月宅を訪ねる。中里介山を知る。東京在住のとよが小西佐吉と結婚する。

明治四十二年（一九〇九）　**二十一歳**

芝区桜田本郷町の弁護士野村此平の玄関番をする。上京後、製綿所職工（火事で全焼した為に離職する）や沖仲仕などの職にもついた。九月、とよ離婚。

明治四十三年（一九一〇）　**二十二歳**

当時弁護士だった芝区西久保巴町斎藤隆夫の書生として住み込み、上京していた同郷の横川巴、赤尾弥一、大槻了、安野助多郎らと交遊。俳優志願者（のちに右足骨髄炎の後遺症を主とした理由で断念、志望を文学に求める）として小山内薫らに面会する。また、安野の紹介で徳田秋聲、三島霜川を知り、その縁で演芸画報社に入社する。室生犀星との交遊が始まる。

十二月二十五日（日）、さいへ死去。享年六十七。母危篤の報を受け帰郷した際、全国各地で行なわれた白瀬矗南極探検後援会にならった七尾での後援会が、帰省していた横川巴らを中心に組織され、その主催による横川が脚本を書いた素人芝居にみずから望んで出演する。このときを最後とし、以降、生涯にわたって七尾に帰ることはなかった。

明治四十四年（一九一一）　**二十三歳**

物集高量、加藤教栄（萬朝報記者）等と交遊。

明治四十五・大正元年（一九一二）　**二十四歳**

十月二十九日（火）、斎藤茂吉の青山脳病院に入院中だった安野助多郎が縊死する。金沢に生まれ七尾で長じた安野は小説家志望であり、のちに「根津権現裏」の岡田のモデルとなる。

大正二年（一九一三）　**二十五歳**

四月、川村花菱作の舞台「熊と人と」に出演。花菱宅へ原稿依頼に赴いた際、熊の役を厭う俳優連に義憤を感じ、乞われるまま熊役を引きうける。事前に上野動物園で熊の動作を観察して役作りに臨んだ。

大正三年（一九一四） **二十六歳**

『演芸画報』六月号に「演劇無駄談義」が掲載される。商業誌においての署名入り活字化の最初のものとなる。これ以降同誌に劇評も発表し始める。

七月、『反響』に随筆「千駄木より」を発表。同年齢の久保田万太郎を知る。

大正五年（一九一六） **二十八歳**

十二月、とよ、菩提寺の西光寺に藤澤家先祖代々の墓碑を建立。

大正六年（一九一七） **二十九歳**

十一月二十三日（金）、とよが東京で死去。享年四十二。

大正七年（一九一八） **三十歳**

七月、岡栄一郎、浜村米蔵らの友人とはかい、小山内薫、岡本綺堂等をむかえた〃稽古歌舞伎会〃を発足させ、『演芸画報』記者の立場から実務面でこれに尽力する。会員数十名。第一回の研究題目は〃「一谷嫩軍記」の内熊谷陣屋の場〃、翌年に第二回として〃「野崎村」〃を研究し、いずれも成果の報告を代理人的立場でまとめ、『演芸画報』に発表する。

大正八年（一九一九） **三十一歳**

九月、信治郎、姫路出身の福本つるを入籍。夫婦にはすでに二女があった。

大正九年（一九二〇） **三十二歳**

七月、『新潮』に室生犀星の印象記「渠に云ひたいこと」を発表。

九月、演芸倶楽部（『演芸画報』発行元の当時の名称）を退社する。直後に小山内薫の紹介で松竹キネマに入社する。

大正十年（一九二一） **三十三歳**

一〜二月の間に経費削減を理由に松竹キネマから馘首される。

三月四日（金）、当時巡査をし、大阪府西成郡中津町に在住していた信治郎のもとに以降半年間ほど滞在し、「根津権現裏」の筆を執る。脱稿後帰京し、出版をはかるもまとまらなかった。

七月十三日（水）、姪（信治郎の二女）勝子死去。享年五。小山内薫の世話により、劇作家協会の常任幹事をつとめる。

大正十一年（一九二二）　三十四歳

小山内薫の世話でプラトン社の非常勤編集者になり、五月創刊の『女性』誌の原稿集めを担当する。

四月、友人の三上於菟吉の尽力により『根津権現裏』を日本図書出版株式会社（小西書店の別会社）から刊行。

七月、森鷗外の葬儀に参列。

九月までに本郷区根津藍染町の豊明館に下宿を移る。

大正十二年（一九二三）　三十五歳

二月、田山花袋が書下ろし評論随筆集『近代の小説』中で「根津権現裏」を激賞。また、同時期の「根津権現裏」広告文中に島崎藤村が推薦文を寄せる。

三月以降にプラトン社での仕事を辞める。

七月、『新潮』に「一夜」を発表。商業誌における創作掲載の最初のものとなる。

九月に発生した関東大震災直後から室生犀星、久米正雄、豊島与志雄等の友人宅を見舞うかたわら、市内各地の惨状をつぶさに見て廻り、そのルポルタージュを執筆。『改造』、『女性改造』、『中央公論』などに発表する。

年末までに下宿を本郷区根津須賀町の松翠閣に移る。のちに今東光、大木雄三（雄二）も同所に下宿する。

七月、「一夜」（新潮）

大正十三年（一九二四）　三十六歳

この年より、各誌に小説、戯曲等を次々と発表。

三月、二松堂書店刊『文芸年鑑　一九二四年版』にアンケート回答（設問〝大正十二年の文壇に対する所感〟）を収録。

四月、高陽社刊のアンソロジー『創作春秋』に「秋風往来」が収録される。


一月、「けた違ひの事」（文藝春秋）二月、「秋風往来」（文章倶楽部）四月、戯曲「恥」（新演芸）六月、「ウキスキーの味」（文藝春秋）七月、戯曲「嘘」（演劇新潮）十一月、「刈入れ時」（新小説）「狼の吐息」（青年）

大正十四年（一九二五）　三十七歳

前年に引き続き小説、戯曲、随筆等を精力的に発表。反面、創作に対する不評判が各誌時評等に目立ち始める。

『演劇新潮』一月号より同誌の編集同人になる。

四月、新時代文芸社刊『新時代小説集　第一輯』に随筆「病院から帰つて」が収録される。

悪化した下疳などの性病に苦しむ。

十二月、東京市外上荻窪の二軒長家の一軒に転居し、以前からの恋人であった元娼婦の早瀬彩子と同居する。


一月、戯曲「父と子と」（演劇新潮）六月、戯曲「春」（演劇新潮）七月、「女地獄」（新潮）八月、戯曲「復習」（文章倶楽部）九月、「母を殺す」（文藝春秋）十一月、戯曲「愚劣な挿絵」（文藝春秋）十二月、「帳場の一時」（太陽）

大正十五・昭和元年（一九二六）　三十八歳

創作の発表数が極端に少なくなり、随筆、雑文などで生計を立てる。

五月、聚芳閣より原形に全面的な訂正をほどこした改訂版『根津権現裏』が、上製函入版、普及版の二種、刊行される。


一月、「恐水病をおそる」（週刊朝日）四月、「青木のなげき」（週刊朝日春季特別号）

六月、「犬の出産」(サンデー毎日)十一月、「殖える癌腫」(週刊朝日)

昭和二年(一九二七)　三十九歳

七月、芥川龍之介の葬儀において休憩所接待係を川端康成、高田保らと共につとめる。五篇の創作を発表の他、随筆、雑文で口を糊す。

一月、「ペンキの塗立」(現代文芸)三月、「愛憎一念」(太陽)四月、「予定の狼狽」(週刊朝日)十一月、「赤恥を買ふ」(宇宙)「本音の陳列」(サンデー毎日)

昭和三年(一九二八)　四十歳

七月、同郷で年少の未知の読者、岡部文夫からの来簡を機に交遊が始まる。十一月、『中央公論』に発表した「動物影絵」等、主に随筆の発表が続く。

十二月、小山内薫の死に通夜を明かし、葬儀に列席する。

二月、「狐の後悔」(サンデー毎日)九月、「豚の悲鳴」(文芸王国)

昭和四年(一九二九)　四十一歳

引き続き月に一、二篇の随筆、劇評を主とした発表が続く。

『萬朝報』一月二十三日付より小説「謎は続く」の連載が開始されるが、二月二十一日付の第三十回で中絶する。

他にこの年に発表した創作は、九月に同人雑誌巻頭に掲載された「拾銭銀貨のひかり」のみ。

八月十四日(水)、姪(信治郎の長女)信子死去。享年十七。

十二月、新宿二丁目「よ太」で水守亀之助、吉井勇、田中貢太郎らと座談。席上、辻潤と初めて会話を交わす。

昭和五年(一九三〇)　四十二歳

前年より随筆の発表数は多くなる。

五月、田山花袋の葬儀において島崎藤村、加能作次郎、正宗白鳥らと接待係をつとめる。

七月までに、彩子と一時別居にともない（生活がたち行かぬ為でその後も交際は続く）、借家を引き払って単身、下谷区谷中三崎町の駒形館に下宿住まいをする。

九月、岡部文夫の第二歌集『鑿岩夫』（紅玉堂刊　無産者歌人叢書）に西川百子と共に序文を寄せる。同月、下谷区谷中初音町の素人下宿に移る。のち、すぐに本郷区駒込千駄木町の愛晟館に移る。

借金の申し込みを断わられたのが理由で岡部と絶交する。

一月、「雪空」（週刊朝日）　三月、「槍とピストル」（世界の動き）

昭和六年（一九三一）　四十三歳

月に一篇程度の随筆等の発表が続く。

六月、牛込区市ヶ谷河田町の個人宅邸内に移る。三上於菟吉、鈴木氏亨、安成二郎らとの交遊は依然として続いた。

九月、『映画と演芸』に随筆「是何んの故ぞ」、及び『演芸画報』に同「外は是蟬の声」を発表。

十一月、本郷区根津八重垣町の素人下宿に移る。その頃より、慢性の性病に由来する精神的な異常の兆候が他人目にもあらわれ、友人宅での不可解な言動、夜間の彷徨、彩子への暴力などの行為が続いた。

五月、「此処にも皮肉がある　或は『魂冷ゆる談話』」（文藝春秋）

昭和七年（一九三二）　四十四歳

彷徨し、空家へ入り込んで窓硝子を破壊、警察に勾留されるなどの行動が続くなか、一月二十五日（月）より下宿に帰らず行方不明となる。

発表紙誌・年月号不明作
弱者の強音
敵の取れるまで（二百字詰原稿二十二枚）
乳首を見る（二百字詰原稿五十九枚）
スワン・バーにて（二百字詰原稿六十枚）

二十九日（金）朝、芝区芝公園の六角堂内のベンチで凍死体となっているのが発見される。検屍による死亡推定時刻は同日午前四時頃。三十日（土）、桐ヶ谷火葬場で身元不明者として荼毘に付されたのち、二月一日（月）、検屍写真等によって彩子が身元を確認する。十八日（木）、芝増上寺別院源興院にて徳田秋聲、三上於菟吉、久保田万太郎らにより告別式が挙行される。辻潤、近松秋江、佐藤春夫、尾崎士郎ら百名を越す人々が訪れた。戒名清光院春誉一道居士。
五月、東京電気株式会社のPR誌が、後記にて〝遺稿〟とし、創作「土産物の九官鳥」を掲載。
十月、改造社刊『文芸年鑑　一九三二年版』に「此処にも皮肉がある　或は『魂冷ゆる談話』」が収録される。

年齢は数え年。各年度の発表作は原則創作に限り、随筆類の記載は最小限にとどめた。

西村賢太編

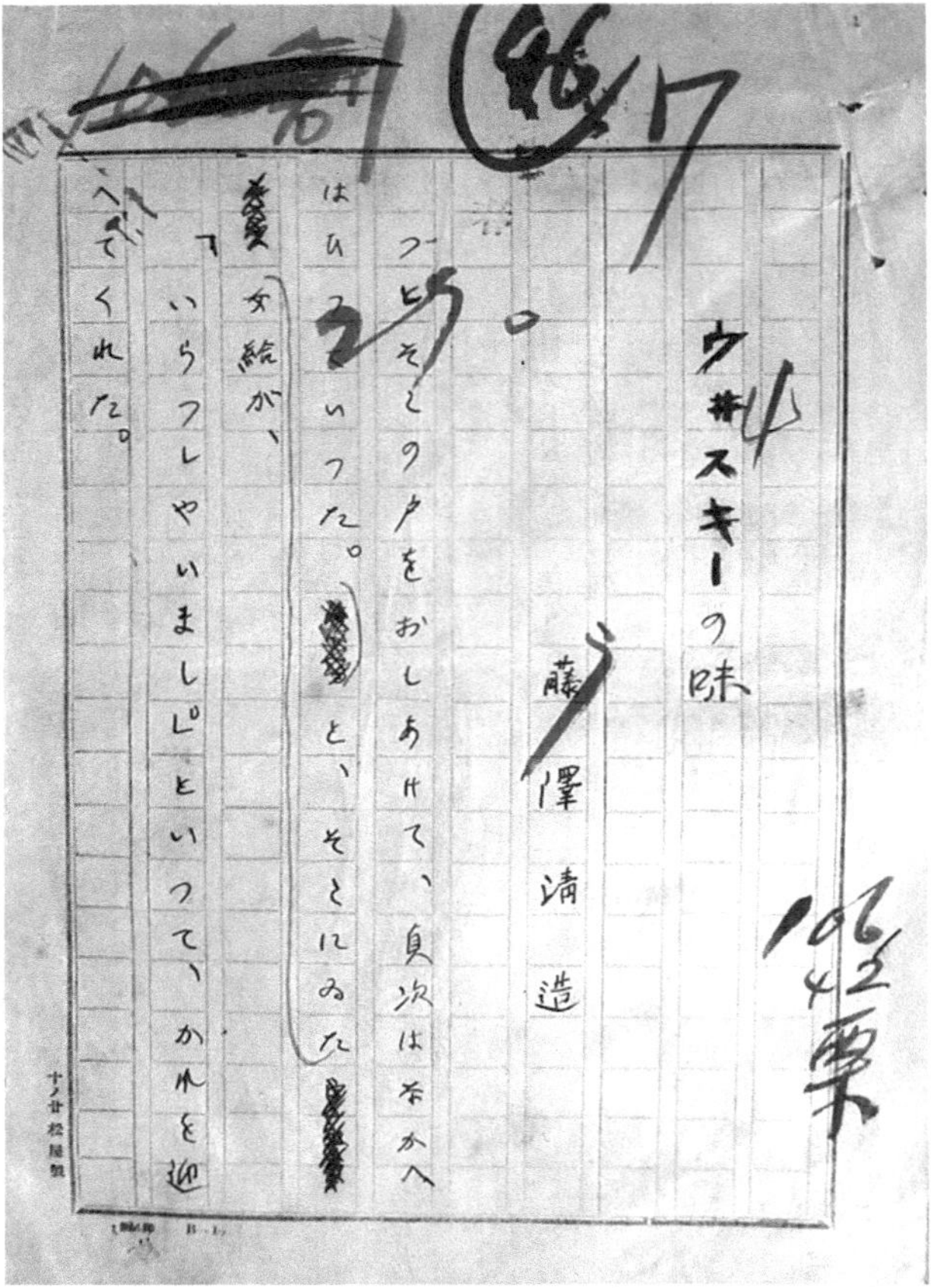

ウヰスキーの味

藤澤清造

「ヒ」そこの戸をおしあけて、貞次はなかへはひつていつた。

と、そこにゐた

女給が、「いらつしやいまし」といつて、かれを迎へてくれた。

「ウィスキーの味」自筆原稿（西村賢太所蔵）

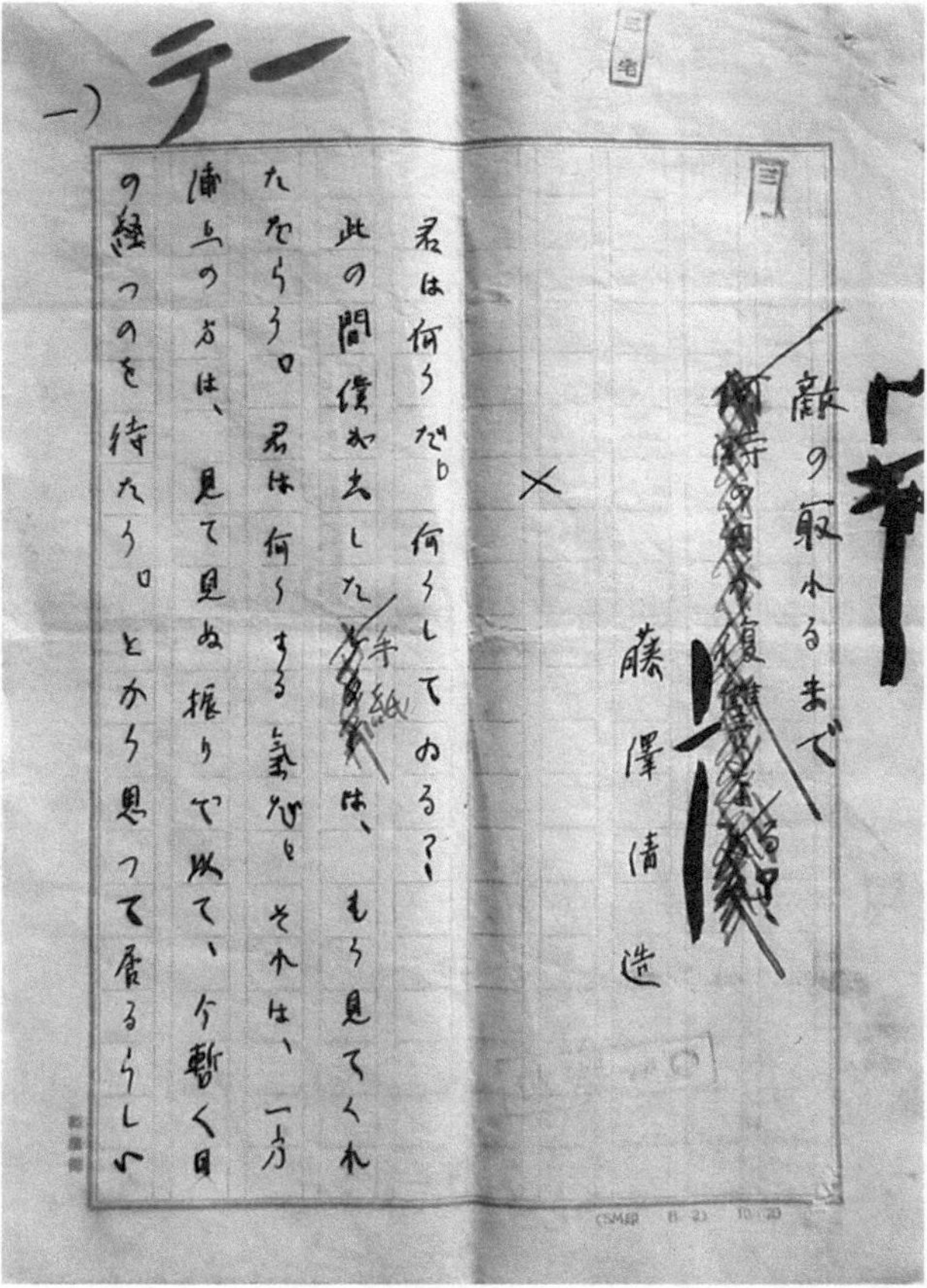
敵の取れるまで
藤澤清造
君は何うだ。何うしてゐる？
此の間僕が出した手紙は、もう見てくれただらう。君は何うする氣だ。それは、一方債主の方は、見て見ぬ振りで以て、今暫く日の經つのを待たう。とから思って居るらしい

「敵の取れるまで」自筆原稿（西村賢太所蔵）

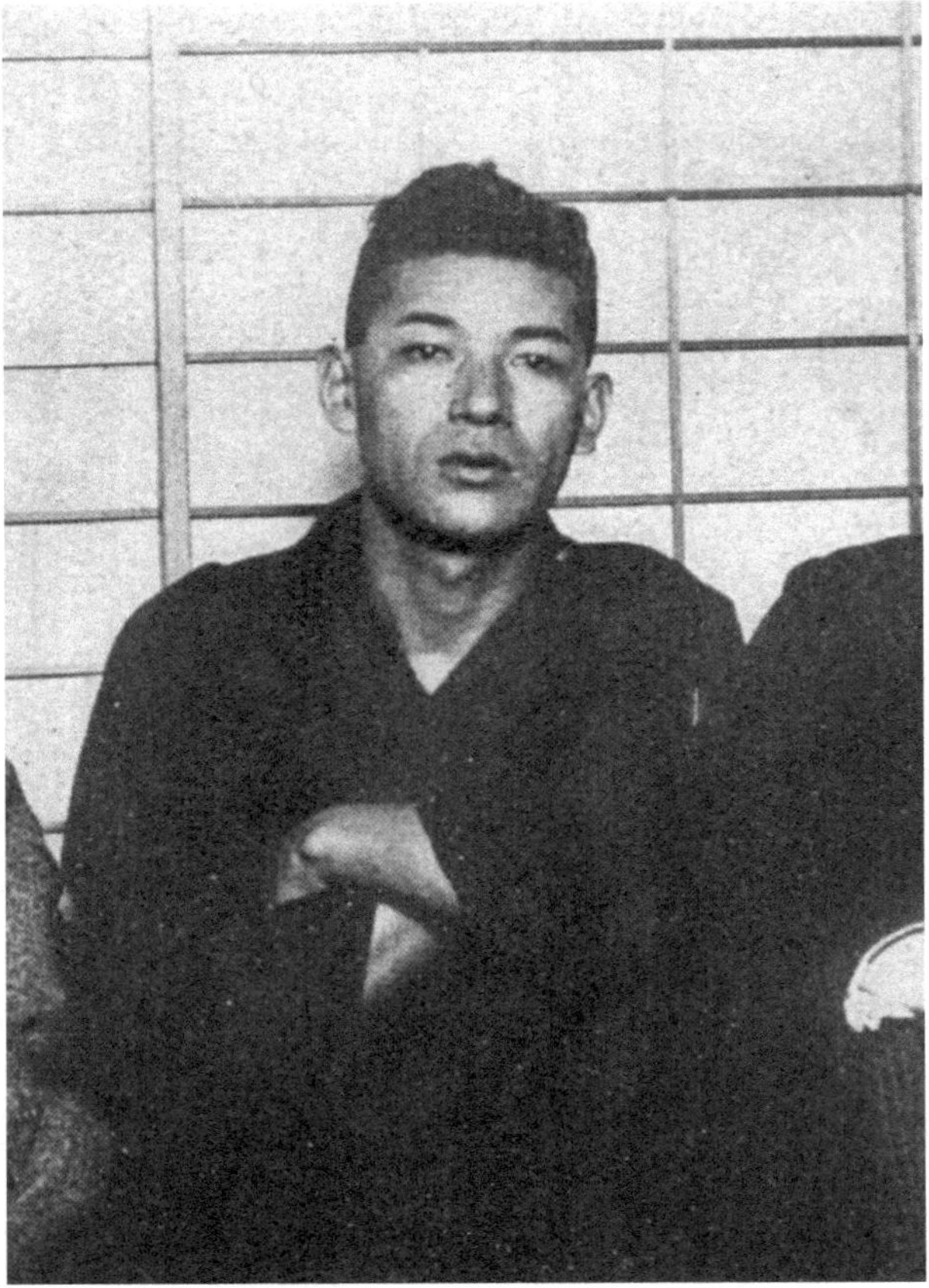

大正十三年十月（西村賢太所蔵）

本書は、平成二十四年三月に刊行された『藤澤清造短篇集』（西村賢太編・校訂　新潮文庫）を底本としました。

（底本での基本方針）
原則として旧仮名づかいは現代仮名づかいに、旧字は新字に改めました。
校訂者の判断によって明らかな誤記、誤植は適宜修正し、疑わしい箇所にはママをつけました。
難読と思われる語には振り仮名をつけました。

本文中には、白痴、唖《おし》、盲、気違いといった現代では使うべきではない差別語、並びに、今日の医療知識や人権擁護の見地に照らして、不適切と思われる表現がありますが、執筆時の社会的状況、作品舞台の時代背景、作品自体の文学性、また著者が故人であることを考え合わせ、原文のままとしました。

（編集部）

藤《ふじ》澤《さわ》清《せい》造《ぞう》短《たん》篇《ぺん》集《しゅう》

一夜《いちや》／刈《かり》入《い》れ時《どき》／母《はは》を殺《ころ》す　他《ほか》

藤澤清造《ふじさわせいぞう》　西村賢太《にしむらけんた》編集・校訂

令和元年 7月25日　初版発行
令和6年 10月30日　8版発行

発行者●山下直久

発行●株式会社KADOKAWA
〒102-8177　東京都千代田区富士見2-13-3
電話　0570-002-301(ナビダイヤル)

角川文庫 21666

印刷所●株式会社KADOKAWA
製本所●株式会社KADOKAWA

表紙画●和田三造

Printed in Japan
ISBN 978-4-04-107961-4　C0193

◆◇◇

角川文庫発刊に際して

角　川　源　義

第二次世界大戦の敗北は、軍事力の敗北であった以上に、私たちの若い文化力の敗退であった。私たちの文化が戦争に対して如何に無力であり、単なるあだ花に過ぎなかったかを、私たちは身を以て体験し痛感した。西洋近代文化の摂取にとって、明治以後八十年の歳月は決して短かすぎたとは言えない。にもかかわらず、近代文化の伝統を確立し、自由な批判と柔軟な良識に富む文化層として自らを形成することに私たちは失敗して来た。そしてこれは、各層への文化の普及滲透を任務とする出版人の責任でもあった。

一九四五年以来、私たちは再び振出しに戻り、第一歩から踏み出すことを余儀なくされた。これは大きな不幸ではあるが、反面、これまでの混沌・未熟・歪曲の中にあった我が国の文化に秩序と確たる基礎を齎らすためには絶好の機会でもある。角川書店は、このような祖国の文化的危機にあたり、微力をも顧みず再建の礎石たるべき抱負と決意とをもって出発したが、ここに創立以来の念願を果すべく角川文庫を発刊する。これまで刊行されたあらゆる全集叢書文庫類の長所と短所とを検討し、古今東西の不朽の典籍を、良心的編集のもとに、廉価に、そして書架にふさわしい美本として、多くのひとびとに提供しようとする。しかし私たちは徒らに百科全書的な知識のジレッタントを作ることを目的とせず、あくまで祖国の文化に秩序と再建への道を示し、この文庫を角川書店の栄ある事業として、今後永久に継続発展せしめ、学芸と教養との殿堂として大成せんことを期したい。多くの読書子の愛情ある忠言と支持とによって、この希望と抱負とを完遂せしめられんことを願う。

一九四九年五月三日

角川文庫ベストセラー

二度はゆけぬ町の地図　西村賢太

日雇い仕事で糊口を凌ぐ17歳の北町貫多は、彼の前に現れた一人の女性のために勤労に励むが……夢想と買淫、逆恨みと後悔の青春の日々とは？　『苦役列車』の著者が描く、渾身の私小説集。

人もいない春　西村賢太

親類を捨て、友人もなく、孤独を抱える北町貫多17歳。製本所でバイトを始めた貫多は、持ち前の短気と喧嘩っぱやさでまたしても独りに……『苦役列車』へと連なる破滅型私小説集。

一私小説書きの日乗　西村賢太

11年3月から12年5月までを綴った、無頼の私小説家・西村賢太の虚飾無き日々の記録。賢太氏は何を書き、何を飲み食いし、何に怒っているのか。あけすけな筆致で綴るファン待望の異色日記文学第1弾。

随筆集　一私小説書きの独語　西村賢太

雑事と雑音の中で研ぎ澄まされる言葉。半自叙伝「一私小説書きの独語」（未完）を始め、2012年2月から2013年1月までに各誌紙へ寄稿の随筆を網羅した、平成の無頼作家の第3エッセイ集。

蠕動で渉れ、汚泥の川を　西村賢太

17歳。中卒。日雇い。人品、性格に難ありの、北町貫多は流浪の日々を終わらせようと、洋食屋に住み込みで働き始めるが……善だの悪だのを超越した、負の青春の肖像。渾身の長篇私小説！　解説・湊かなえ

角川文庫ベストセラー

角川文庫ベストセラー

刺繡する少女　小川洋子

寄生虫図鑑を前に、捨てたドレスの中に、ホスピスの一室に、もう一人の私が立っている——。記憶の奥深くにささった小さな棘から始まる、震えるほどに美しい愛の物語。

高校入試　湊かなえ

名門公立校の入試日。試験内容がネット掲示板で実況中継されていく。遅れる学校側の対応、保護者からの糾弾、受験生たちの疑心。悪意を撒き散らすのは誰か。人間の本性をえぐり出した湊ミステリの真骨頂！

さぶ　山本周五郎

無実の罪で島流しとなった栄二。世を恨み、意固地になった彼の心を溶かしたのは、寄場の罪人たち、そして弟分のさぶがくれた、人情のぬくもりだった……成長、そして友情を巧みに描いた不朽の名作。

五瓣の椿　山本周五郎

大切な父が死んだ夜、母は浮気の最中だった。おしのは母、そして浮気相手の男たちを憎み、次々に復讐を果たしていくが、彼女自身も実は不義の子で……山本周五郎版「罪と罰」の物語。

柳橋物語　山本周五郎

幼さゆえに同情と愛とを取り違え、庄吉からの求愛を受け入れたおせん。しかし大火事で祖父と幼な馴染の幸太を失ったことを皮切りに、おせんは苛烈な運命へと巻き込まれてゆく……他『しじみ河岸』収録。

角川文庫ベストセラー

金田一耕助ファイル1 八つ墓村

横溝正史

鳥取と岡山の県境の村、かつて戦国の頃、三千両を携えた八人の武士がこの村に落ちのびた。欲に目が眩んだ村人たちは八人を惨殺。以来この村は八つ墓村と呼ばれ、怪異があいついだ……。

金田一耕助ファイル2 本陣殺人事件

横溝正史

一柳家の当主賢蔵の婚礼を終えた深夜、人々は悲鳴と琴の音を聞いた。新床に血まみれの新郎新婦。枕元には、家宝の名琴〝おしどり〟が……。密室トリックに挑み、第一回探偵作家クラブ賞を受賞した名作。

金田一耕助ファイル3 獄門島

横溝正史

瀬戸内海に浮かぶ獄門島。南北朝の時代、海賊が基地としていたこの島に、悪夢のような連続殺人事件が起こった。金田一耕助に託された遺言が及ぼす波紋とは？　芭蕉の俳句が殺人を暗示する⁉

金田一耕助ファイル4 悪魔が来りて笛を吹く

横溝正史

毒殺事件の容疑者椿元子爵が失踪して以来、椿家に次々と惨劇が起こる。自殺他殺を交え七人の命が奪われた。悪魔の吹く嫋々たるフルートの音色を背景に、妖異な雰囲気とサスペンス！

金田一耕助ファイル5 犬神家の一族

横溝正史

信州財界一の巨頭、犬神財閥の創始者犬神佐兵衛は、血で血を洗う葛藤を予期したかのような条件を課した遺言状を残して他界した。血の系譜をめぐるスリルとサスペンスにみちた長編推理。